BRIGIT YOUNG

Lost & Found

BRIGIT YOUNG

Lost & Found

Aus dem Amerikanischen von
Gundula Müller-Wallraf

KNESEBECK

Für meinen geliebten Dad, Ernest P. Young, der jedes meiner Werke, vom Referat über den Triceratops in der dritten Klasse bis zu diesem Buch, als Erster zu sehen bekam.

Ein Foto ist ein Geheimnis
über ein Geheimnis. Je mehr es preisgibt,
desto weniger erfährst du.

Diane Arbus

Die Welt ist voll von Offensichtlichem,
das niemals jemandem auffällt.

Arthur Conan Doyle, *Sherlock Holmes*

1. Das Fundbüro

Tillie Green studierte ständig. Aber nicht Mathe oder Englisch, sondern Bilder. Bilder über Bilder von allen möglichen Leuten, sie untersuchte ihr Kommen und Gehen, ihre längst vergessenen Momente, gedankenlosen Fehler und sich ständig wandelnden Gesichter.

Sie hängte die Fotos der vergangenen Woche über dem abgenutzten Schreibtisch in ihrem Zimmer auf. Sie sortierte sie chronologisch, vollzog das Leben ihrer Schulkameraden von Montag bis Freitag nach. Da geriet Clay Johansson mit der Frau von der Essensausgabe in Streit über die Qualität der Kroketten. Als Nächstes hatte sie Mary Boyd mit strahlenden Augen für Deshaun Washington, der bei einer Schülerversammlung ein Gedicht vortrug und nichts von ihrer Bewunderung ahnte. Und da war auch das Bild vom Donnerstag, das Tillie gesucht hatte: Tom Wilson saß lachend in seinem übergroßen T-Shirt in der Mensa und flüsterte irgendetwas. Er hatte die Hände unter dem Tisch versteckt, genau wie Lauren Canopy. Es sah aus, als reichten sie eine Nachricht weiter. Oder hielten sie Händchen? Berührten sich ihre Hände insgeheim die ganze Zeit? In einem Foto verbergen sich oft viele Geheimnisse, das wusste Tillie.

Auf dem darauffolgenden Foto, am gleichen Tag entstanden, war Tom zu sehen, wie er an seinem Spind lehnte und mit gerunzelter Stirn konzentriert etwas las. Wie Tillie schon vermutet hatte, hatten er und Lauren unterm Tisch offenbar eine Nachricht ausgetauscht – *die* Nachricht. Wahrscheinlich ein Liebesbrief.

»Ich habe ein ... Stück Papier verloren. Einen Zettel«, hatte Tom ihr letzte Woche verlegen und panisch zugleich erzählt. »Den brauche ich unbedingt wieder.«

Das nächste Foto zeigte Tom von hinten, der Zettel spitzte aus seiner Gesäßtasche hervor. Vielleicht war er kurz darauf herausgefallen und in der Altpapiertonne neben Toms Spind im dritten Stock gelandet – und dann wahrscheinlich nicht wieder auffindbar. Die Reinigungskräfte sollten die Altpapiertonnen nämlich jeden zweiten Tag leeren, aber die an den Treppen vergaßen sie auch manchmal.

Vielleicht war einer ihrer Fälle bereits gelöst.

Zufrieden ließ sie die Finger über den Rest ihrer wöchentlichen Ausbeute gleiten: Cara Dale, die über etwas nicht Sichtbares lachte, während sie an ihrer Halskette herumspielte, Miss Martinez, die beste Lehrerin der Welt für das beste Fach – Kunst –, und die schöne und immer perfekt gekleidete Diana Farr, nur unscharf im Hintergrund eines Klassenzimmerfotos zu erkennen, und trotzdem der Star der Klasse, auch wenn sie nicht im Mittelpunkt stand.

Es war Diana gewesen, die Tillie zum »Fundbüro« ernannt hatte – zur Schuldetektivin und Finderin verloren gegangener Dinge. Dabei hatte Diana Tillie über ein Jahr lang überhaupt nicht wahrgenommen, die ganze Zeit bis zum Herbst der siebten Klasse. Tillie stand nicht auf derselben gesellschaftlichen Stufe wie Diana Farr. Eigentlich stand Tillie auf gar keiner gesellschaftlichen Stufe.

Das Ganze hatte mit einem typischen Diana-Drama begonnen. Eines Tages, einige Minuten vor Beginn des Nachmittagsunterrichts, hatte Diana plötzlich ihr Diamantarmband nicht mehr finden können.

Als Tillie hörte: »Ich habe es verloren! Ich habe meine Diamanten verloren!«, fiel ihr ein, dass sie das Armband nur wenige Stunden zuvor auf einem ihrer Schnappschüsse glitzern gesehen hatte. Sie klickte sich also durch ihre allmorgendlichen zwei Dutzend Bilder, bis sie zu einem Foto kam, auf dem Diana sich im Zeichensaal Farbe von den Händen wusch. Dabei hatte sie das Armband noch getragen, also machte Tillie sich auf, um es zu suchen.

Als sie schließlich in Mister Werners Unterricht zurückkam, murmelte sie: »Ich hab's.«

Die Klasse verstummte. Diana stürzte auf sie zu.

»Im Kunstunterricht hattest du es noch«, sagte Tillie. »Also musste es dir beim Händewaschen ins Waschbecken gefallen sein.« Sie hielt inne und zuckte mit den Achseln. »Und genau da lag es auch noch. Ich habe es auf einem meiner ...«, Tillie senkte den Blick auf ihre Kamera, auf das Band, an dem sie um ihren Hals hing, »darauf gesehen«.

Diana quiekte. Sie drückte Tillie an sich, sodass deren Arme seitlich an den Körper gepresst wurden, und die Klasse applaudierte.

»Hey, Leute«, wandte sich Diana dann an die anderen Kinder, »wer braucht schon dieses total nutzlose Fundbüro im Lehrerzimmer, wenn wir Tils und ihre verrückte Kamera haben?«

Als die Glocke zum Beginn der nächsten Stunde klingelte, hatte Tillie für ihre Mitschüler zum ersten Mal überhaupt existiert.

Die Stimme ihrer Mutter ließ sie aus ihren Gedanken aufschrecken – die konnte irgendwie gleichzeitig dröhnen und fiepsen.

»Tillie, Schatz – Schule!«

»Ich komme schon!«

Sie sicherte die neuen Bilder, die sie auf ihr Laptop heruntergeladen hatte, und steckte alle ausgedruckten Fotos in ihre Gesucht-gefunden-Mappe. Eines fiel heraus und Tillie bückte sich, um es aufzuheben.

Es war von Sonntagmorgen. Ihr Dad, das angegraute Haar ganz zerzaust, stand an der Spüle vor dem Küchenfenster, trank seinen Morgenkaffee und starrte auf das Vogelhäuschen im Garten. Schweigend die Vögel zu beobachten, da war Tillie sich ziemlich sicher, hatte er sich erst nach dem Unfall angewöhnt. In ihren Erinnerungen hatten die Wochenendmorgen davor aus Bergen von Pfannkuchen und albernen Liedern bestanden, Vögel hätten sich bei dem Lärm ohnehin nicht herangetraut. Aber vielleicht bildete sie sich das auch nur ein.

»Sehe ich richtig, dass du beschlossen hast, heute nicht zur Schule zu gehen?« Ihre Mutter steckte den Kopf ins Zimmer. Als sie Tillies Fotos sah, fügte sie hinzu: »Spaß beiseite: Komm in die Gänge, Schatz!«

»Ich komme schon«, wiederholte Tillie und fing an, ihre Sachen zusammenzupacken.

»Und vergiss nicht, mir eine Nachricht zu schicken, wenn du auf dem Heimweg bist!«

Tillie seufzte. Ihre Mutter tat immer so, als sei Templeton, Illinois, so etwas wie Gotham City und nicht eine kleine, langweilige Hochschulstadt, in der das Gefährlichste, was

Tillie je widerfahren würde, ein wütendes Eichhörnchen war, das seine Nüsse verteidigte. Alle anderen Kinder durften nach der Schule noch in der Stadt herumhängen, oft bis nach Einbruch der Dunkelheit, und holten sich an der Main Street heiße Schokolade und Snacks, nur Tillie musste immer sofort nach Hause, zur Krankengymnastik oder zu einem Arzttermin. Nicht dass sie jemanden gehabt hätte, mit dem sie gern heiße Schokolade getrunken hätte, aber es ging ums Prinzip.

Tillie griff nach ihrer Jacke und eilte durch die Tür, wobei ihr die Brille herunterrutschte. Auf dem Weg zur Bushaltestelle lastete der Rucksack schwer auf ihren Schultern und die Kamera pendelte im ungleichmäßigen Rhythmus ihrer Schritte um ihren Hals.

Tom Wilsons Liebesbrief steckte sogar noch ziemlich weit oben im überquellenden Altpapiereimer an der Treppe.

»Hast du ihn gelesen?«, fragte Tom, als Tillie ihm das Schriftstück übergab.

»Nein«, sagte sie, schon wieder von ihm abgewandt.

»Okay, also –«, begann er.

Sie drehte sich noch einmal zu ihm um.

»Ach, vergiss es, Fundbüro«, murmelte er und trottete davon.

»Gern geschehen«, brummte Tillie hinter Toms Rücken. Und richte das auch Lauren Canopy von mir aus, dachte sie noch.

Tillie zog einige Male die Fußspitze an und ließ wieder locker, wie die Krankengymnastin es ihr immer sagte, und schlurfte los in Richtung Klassenzimmer. Ihr Bein tat jetzt schon weh, und dabei hatte der Tag gerade erst angefangen. Sie bemerkte, dass hinter ihr irgendetwas vor sich ging, schenkte dem aber keine Beachtung. Stattdessen konzentrierte sie sich auf ihre Schritte und machte Fotos von einem neuen Edding-Graffiti auf Alice Pierces Spind.

»Hey!«, hörte sie aus einiger Entfernung.

Irgendjemand hatte ein Biobuch auf den Boden fallen lassen. Es war so liegen geblieben, dass eine Seite mit der Abbildung eines Skeletts aufgeschlagen war. Tillie machte ein Bild.

»Hey, warte doch mal!«, rief die gleiche Stimme.

Tillie bemerkte den Ruf hinter sich kaum. Sie war zu sehr damit beschäftigt, einen Ring aus blauen Kaugummikügelchen im Trinkbrunnen zu betrachten. Er erinnerte sie an einen der alten Steinkreise, über die sie im Geschichtsunterricht etwas gelesen hatte. Sie machte ein Bild.

»Fundbüro!« Die Stimme war nun dicht an sie herangekommen und Tillie spürte eine Hand auf der Schulter.

Sie zuckte zusammen, drehte sich um und musste sich ein Stöhnen verkneifen.

Es war Jake Hausmann. Sie hatte natürlich schon das eine oder andere Foto von ihm geschossen, aber auch immer einen großen Bogen um ihn gemacht, um nicht mit ihm sprechen zu müssen.

»Du bist doch Fundbüro, oder?«, sagte er. »Du findest die Sachen, die andere suchen? Sie haben gesagt, ich soll nach dem Mädchen Ausschau halten, das ...« Er wurde rot.

Tillie »ging komisch«, wie die Kinder in der Grundschule immer gesagt hatten, bevor sie dafür ausgeschimpft worden waren. Anfangs, während der ersten paar Monate, hatte das an dem Stützkorsett gelegen. Seit das weg war, lag es daran, wie ihre Knochen verheilt waren und wie ihre Beine gelernt hatten, sich zu bewegen nach allem, was ihr Körper durchgemacht hatte.

Tillies Arzt bezeichnete ihren Gang immer wieder als »Triumph« und fügte gewöhnlich hinzu: »Es hätte so viel schlechter ausgehen können.« Ihre Mutter sagte, sie sei so stolz darauf, was sie alles geschafft habe. Die Sportlehrerin meinte, das Ganze sei »ein großes Unglück«. Die Kinder, die mit Ausnahme einiger wirklich fieser meist im Tuschelton sprachen und dachten, sie könne sie nicht hören, sprachen von »voll freakig«, »schräg« oder »total traurig«, wenn sie ihr im Gang oder sonstwo begegneten.

Ihre Klassenkameraden in der Grundschule hatten sich daran gewöhnt. Aber als sie wie alle anderen Kinder der Stadt zur sechsten Klasse in die neue Schule gekommen war, war sie erst einmal wieder eine Sensation gewesen. Die meisten hatten sie einfach nur angestarrt, ohne ein Wort zu verlieren, aber ein paar hatten sich auch ganz offen über sie lustig gemacht. Einmal, ziemlich zu Beginn des Schuljahres, hatte Tillie eine Gruppe von Kindern bemerkt, die hysterisch lachten, sich die Bäuche hielten und die Köpfe in den Nacken warfen. Sie hatte den perfekten Ausschnitt für das Bild gewählt und den Fokus auf das Gesicht eines lachenden Mädchens gerichtet. Ein wunderbares Foto! Aber gerade, als sie hatte abdrücken wollen, war ein Junge ins Bild gerauscht und hatte es ruiniert. Durch den Sucher hatte sie erkannt, dass er die Quelle der Heiterkeit war. Mit hängenden Schultern, die Haare wirr vor dem Gesicht, war er herangeschlurft, ein Bein hinter sich herziehend, und hatte so getan, als würde er fotografieren. Bei jeder Bewegung hatte er ein leises

Quietschgeräusch von sich gegeben. Als sie die Kamera sinken gelassen und sich, so schnell sie eben konnte, davongemacht hatte, hatte der Junge seine Vorstellung beendet und war in das Gelächter eingestimmt, während die anderen ihm auf die Schulter geklopft und ihn abgeklatscht hatten.

Jetzt stand genau dieser Junge vor ihr und sah sie flehentlich an.

»Ich brauche dringend deine Hilfe.« Er wich ihrem Blick nicht aus. »Es ist wichtig.«

Irgendwie glaubten immer alle, was sie verloren hatten, sei unglaublich wichtig.

»Ich muss zum Unterricht«, stieß Tillie knapp hervor. Sie brauchte immer doppelt so lange wie die anderen Kinder, um von einem Klassenzimmer zum nächsten zu kommen, und war schon spät dran, weil sie mit ihrer Kamera herumgespielt hatte.

Aber dann hielt Jake sie am Arm fest und Tillie musste dagegen ankämpfen zusammenzuzucken. Sie blieb stehen.

Seine Hand blieb auf ihrem Arm liegen. »Nein ... ganz ehrlich.«

Tillie stand wie angewurzelt da. Sie spürte die Wärme seiner Hand und musterte Jake Hausmann von oben bis unten.

Er war klein – sogar schmächtig. Eines dieser Kinder, die ihre Mutter höflich als »Spätentwickler« bezeichnete. Er hatte einen Haarschnitt, den man nur lächerlich nennen konnte (lange Zotteln, aber hinten ein bisschen zu kurz). Er trug ein Shirt mit Aragorn aus *Der Herr der Ringe* darauf und seine zu enge Hose brachte seine streichholzdünnen Beinchen besonders gut zur Geltung. Trotzdem, das wusste sie, stand er immer sofort im Mittelpunkt jeder Gruppe, genau wie damals, als sie ihn zum ersten Mal wahrgenommen hatte.

»Bitte, Fundbüro. Du musst mir helfen. Hör mir bitte einfach kurz zu.« Er ließ ihren Arm los, und obwohl sie bereits sehr dicht beieinander standen, machte er noch einen Schritt auf sie zu.

»Okay. Worum geht es?« Sie versuchte, seinem Blick auszuweichen. Trotz der Verzweiflung, die darin lag, waren seine Augen warm und groß. Irgendwie war ihr das auf den Bildern nie aufgefallen.

»Ich habe meinen Vater verloren«, sagte er. »Und ich muss ihn unbedingt finden.«

2. Verschwunden

»Ich suche nicht nach Menschen«, sagte Tillie und drehte sich um. »Nur nach Dingen.« Sie wünschte sich sehnlichst, schneller wegkommen zu können.

»Soweit ich gehört habe, kannst du *alles* finden.« Mit einem einzigen Sprung hatte er sie wieder eingeholt. »Du findest Sachen heraus.«

Tillie erreichte ihr Klassenzimmer und ging zu ihrem Platz. Sie sah Jakes Gesicht draußen vor der Scheibe in der Klassenzimmertür. Er lugte herein und fuchtelte mit den Armen herum. Fast hätte sie ihn fotografiert, aber der Lehrer begann mit dem Unterricht und Jakes Gesicht verschwand.

Nach der Schule belästigte er sie schon wieder.

»Hey!«, rief er hinter ihr her, als sie das Gebäude verließ. »Hey, du!«

Ihr Bus stand als letzter in der Reihe und Tillie beschleunigte ihren Schritt, um Jake zu entkommen. Dazu musste sie das rechte Bein besonders kräftig nach vorn stoßen, was den Gang, den er früher schon so komisch gefunden hatte, noch stärker betonte.

Wer verlor denn bitte seinen Vater? Ein Vater war doch kein Armband. Ein Vater war auch kein Brief. Man wusste doch wohl immer, wo sein Vater war, wünschte sich, dass er endlich von der Arbeit nach Hause käme, oder spürte seine Gegenwart am anderen Ende des Flurs, wenn man sich bettfertig machte.

Ein Vater musste schon tot sein, um verloren zu gehen. Tillie schauderte.

»Du kannst mich nicht ewig ignorieren, weißt du«, sagte er plötzlich neben ihr.

»Kann ich nicht?«, antwortete sie außer Atem. Sie wusste, wie einfach es war, jemanden zu ignorieren. Oder eher, ignoriert zu werden.

»Ich bin Jake«, sagte er.

Tillie hielt den Blick vor sich auf den Gehweg gesenkt. Nur noch ungefähr 50 Schritte, dann wäre sie am Bus.

»Hörst du auf *Fundbüro?*«, fuhr Jake fort. »Oder empfindest du es als beleidigend? In der Vierten haben mich immer alle Supergirl genannt, weil ich mit einem Umhang in die Schule kam. Ich dachte, er wäre rot, aber in Wirklichkeit war er wohl eher pink. Ich bin farbenblind, weißt du? Ich fand diesen Spitznamen wirklich verletzend. Kann man keinen pinken Umhang tragen, wenn man möchte? Dürfen Jungs etwa kein Pink tragen? Pink ist toll!«

Tillie beachtete ihn nicht, musste aber zugeben, dass es irgendwie nett war, jemanden laut darüber nachdenken zu hören, was er von etwas hielt, egal wovon. Und ja, die Geschichte mit dem pinken Umhang war schon irgendwie lustig.

»Hör zu«, sprudelte es aus ihm heraus, während er forsch neben ihr her marschierte. »Ich glaube, irgendetwas Sonderbares ist im Gange. Mein Dad ist jetzt schon seit drei Tagen verschwunden. Und er ist nicht da, wo sie behaupten, dass er ist.«

»Was meinst du überhaupt mit ›verschwunden‹?«, brummte Tillie. Und wer waren »sie«?

»Vor drei Tagen hat er mich an der Schule abgesetzt und alles war in Ordnung. Aber an dem Abend ist er zum Essen nicht nach Hause gekommen und meine Mutter hat gekocht, dabei kocht sonst immer er. Das war also schon mal seltsam, aber es war ja nur ein Abend, also habe ich mir nichts dabei gedacht. Vielleicht hat er lange gearbeitet oder so. Aber am nächsten Morgen war er immer noch nicht da. Und meine Mom sagt kein Sterbenswort. Okay, komisch, aber was soll's? Vielleicht muss er früher anfangen. Dann ist Filmabend. Wir machen jede Woche einen Filmabend. Und den würde er niemals, nie und nimmer verpassen. Schließlich hat er ihn erfunden! Er *liebt* den Filmabend. Aber er ist nicht da! Also frage ich meine Mom, wo er ist, und sie sagt: ›Ach, das habe ich dir noch gar nicht erzählt? Er musste verreisen. Nach Toronto. Geschäftlich.‹ *Geschäftlich*? Nach *Toronto*? Ich bitte dich! Was ist er denn? Ein internationaler Banker? Der Mann verkauft Kühlanlagen! Der hat sein ganzes Leben noch keine Geschäftsreise gemacht. Und auch noch am *Filmabend*?«

»Könnte doch sein ...«, begann Tillie, immer noch dem Bus entgegenstrebend, aber Jake unterbrach sie.

»Gut, okay. Dann vergeht noch ein Tag, und ich höre immer noch nichts von ihm. Langsam wird es richtig merkwürdig.«

»Und wieso?«, wollte Tillie wissen. Sie blieb stehen und drehte sich zu ihm. Für sie klang das alles völlig normal.

»Es ist einfach merkwürdig, okay?«, sagte er. »Wir spielen eine Endlospartie Dungeons & Dragons, seit ich acht war – nur wir beide. Wir tauschen Playlists und hören uns die Musik des anderen an. Letztes Jahr hat er mich zu einem Bob-Dylan-Konzert mitgenommen. Der Mann war kaum zu hören und spinnt auch irgendwie, aber egal. Es war toll.«

Jake redete, als wolle jeder hören, was er zu sagen hatte, dachte Tillie.

»Also gut, ich beschließe also, ihn anzurufen, und lande direkt bei der Mailbox.« Jake holte Luft. »Verstehst du? Kein Klingeln. Telefon aus«, sagte er und betonte dabei jedes einzelne Wort. »Das einzige Mal, das wir bisher getrennt waren – mein Opa lag im Krankenhaus und Dad ist nach Chicago gefahren, um sich um ihn zu kümmern –, haben wir jeden Tag telefoniert. Er ruft an, während er sich um meinen kranken Großvater kümmert, aber wenn er für drei Tage auf irgendeiner überraschenden Geschäftsreise ist, dann nicht? Nie im Leben! Also sage ich meiner Mom, dass ich ihn nicht erreiche, und frage, ob er sie angerufen hat oder ob wir uns Sorgen machen müssen. Sie sagt, es gibt keinen Grund, sich Sorgen zu machen, er hat sein Ladekabel vergessen, deshalb ist der Akku alle, aber sie haben gemailt und es geht ihm gut. Also denke ich: *Na gut*, und schreibe ihm eine E-Mail. Aber er antwortet nicht. Und da kam mir der Gedanke, dass sie mich vielleicht aus irgendeinem Grund anlügt.«

»Hast du nach dem Ladekabel gesucht?« Vielleicht musste sie nur ein ganz kleines Rätsel lösen, um Jake, den Spötter, wieder loszuwerden. Wenn er es fände, sagte seine Mutter die Wahrheit und er hatte seine Antwort.

»Klar habe ich das«, sagte Jake. »Es steckt sonst immer in der Steckdose direkt neben seinem Bett. Und da ist es nicht. Also habe ich das ganze Haus abgesucht, nur für alle Fälle. Es ist nirgendwo. Also warum behauptet sie so was?«

Aus dem Augenwinkel sah Tillie, wie sich der Bus langsam füllte.

»Na ja«, sagte sie, während sie sich von Jake entfernte. »Dann ruf doch einfach mal bei seiner …«

»Firma an?«, beendete Jake den Satz für sie, ihr immer noch wild entschlossen auf den Fersen. »Hab ich. ›Könnte ich bitte mit Dave Hausmann sprechen?‹, habe ich ganz geschäftsmäßig gefragt. Die haben mich mit seinem Apparat verbunden – Anrufbeantworter. Also rufe ich noch mal an und frage diesmal nach seinem Freund und Arbeitskollegen Jim. Und rate, was der gute, alte Jim sagt? Erst: ›Klar, ich hole ihn schnell!‹ Dann kommt er wieder ans Telefon und sagt: ›Ach, da hab ich mich vertan. Er hat die nächsten Wochen frei genommen. Urlaub.‹ Wie bitte? Was ist es denn nun, eine Geschäftsreise oder Urlaub? Wenn er auf Geschäftsreise wäre, müssten die in seiner Firma das doch wissen, oder? Und warum erzählt meine Mutter etwas anderes als seine Kollegen? Du siehst, irgendjemand lügt mich an. Und ich muss wissen, wieso!«

»Und was, bitte, habe ich damit zu tun, hä?«, unterbrach ihn Tillie und bemerkte, dass ihre Stimme etwas lauter war als sonst. »Ich mache Fotos. Ich bin kein *Detektiv*.«

Jake fing wieder an, herumzufuchteln. Ihr fiel auf, dass er die Angewohnheit hatte, sich hinter dem rechten Ohr zu kratzen. Dabei rieselte eine feine Schicht Schuppen auf seine Schultern.

»Bist du wohl!« Er kratzte weiter. »Genau das bist du.«

»Von wegen«, spottete Tillie.

»Du bist *wie* ein Detektiv. Mit deinem ganzen Mit-der-Kamera-im-Hinterhalt-Lauern und dem Gesucht-gefunden-Kram.«

Tillie stockte. »Lauern? Na danke.« Der Bus war jetzt nur noch wenige Meter entfernt und sie gab dem Fahrer ein Zeichen, auf sie zu warten.

»Nein, ich meine – so habe ich es jedenfalls nicht gemeint«, sagte Jake.

»Ich glaube nicht, dass ich dir weiterhelfen kann«, sagte Tillie und stieg ein.

Sie spürte, wie sein Blick ihr folgte. Es fühlte sich seltsam an, diejenige zu sein, die beobachtet wurde.

Als sie am Abend durch die Bilder des Tages klickte, blieb sie bei dem von Alice Pierces Spind hängen. Er war bedeckt von nachlässig gekritzelten kleinen gebrochenen Herzen. Wer mochte die wohl dort hingezeichnet haben.

»Süße«, hörte sie ihre Mutter vom anderen Ende des Flurs, »vergiss nicht, noch deine Übungen zu machen, ja?«

Ihre Mutter wiederholte diese Leier fast jeden Abend. Manchmal kamen ihr die physiotherapeutischen Übungen total nutzlos vor, aber ihre Mutter überzeugte sie davon, dass sie ihre Schmerzen lindern und ihre »Gehbehinderung«, wie die Erwachsenen ihr Hinken nannten, verbessern würden.

»Vergiss nie, dass es dir jetzt viel schlechter ginge, wenn du nicht von Anfang an immer so fleißig trainiert hättest«, sagte ihre Mutter stets, wenn Tillie maulte. Dummerweise hatte sie damit recht.

Tillie nahm ihre Knöchelgewichte und arbeitete pflichtbewusst das Programm für das linke Bein ab. Als sie zu der Widerstandsübung kam, bei der sie auf dem Rücken liegend gegen das Gummiband drücken musste, riss das Band entzwei. Tillie suchte nach einem anderen, aber es war keins mehr da.

»Mom!«, rief sie, immer noch auf dem Rücken. »Mom, mein letztes Band ist gerissen!«

Keine Antwort. Tillie drückte sich vom Boden hoch und ging zum Schlafzimmer ihrer Eltern, aber ihre Mutter war nicht da. Ihr Dad saß auf dem Bett, das Laptop auf den Schenkeln, die Lesebrille auf die Nasenspitze geschoben.

»Hey«, sagte Tillie.

»Oh«, sagte er in ungewöhnlich hoher Tonlage, überrascht von ihrer Gegenwart, aber ohne aufzublicken. »Hey, Til. Wie war dein Tag?«

»Wo ist Mom?«, fragte Tillie.

»Sie telefoniert mit Tante Kerry. Was ist denn?«, fragte er und tippte weiter.

»Mein letztes Band ist gerissen. Ich brauche jemanden, der mir bei den Widerstandsübungen hilft«, brummte Tillie.

Er klappte den Bildschirm des Laptops herunter und sah sie an. »Oh«, sagte er wieder. Dann verzog er das Gesicht. »Hm ...« Er sah sich um, als hoffe er, ihre Mom würde plötzlich neben ihm aus dem Erdboden wachsen, um die Aufgabe zu übernehmen.

Tillie ließ sich auf dem Boden nieder.

»Hm, weißt du, Til, ich muss das hier noch schnell fertig machen«, sagte er. »Ich habe heute eine Menge Arbeit.«

»Irgendwelche großen Skandale?«, fragte sie und stand wieder auf.

Ihr Vater war Redakteur in der Politikabteilung der Lokalzeitung. Tillie liebte es, von den Skandalen zu erfahren und zuzuhören, wenn er ihrer Mutter von den Intrigen und Geheimnissen der Politiker erzählte. Er berichtete auch aus Chicago, wo die wirklich interessanten Dinge passierten.

»Die sündige Stadt!«, pflegte ihre Mutter zu sagen. Manchmal hatte man den Eindruck, dass sein Arbeitstag niemals endete.

»Nichts wirklich Spannendes«, sagte er lächelnd. »Kannst du bitte trotzdem auf deine Mutter warten? Sie ist bestimmt gleich da.«

»Okay, Dad.«

Er wandte sich wieder dem überaus Wichtigen zu, das sich auf seinem Computer befand.

Na, dann machte sie die Übungen eben, wenn sie wieder neue Bänder hatte. Sie ging zurück in ihr Zimmer und zu ihren Kameras, sicherte die Bilder, die ihr gefielen, auf ihrem Laptop und leerte die Speicherkarte.

In ihrem allabendlichen Ritual räumte Tillie ihre Kameras in das Regal am Fußende ihres Bettes, wo sie nachts über ihren Schlaf wachten.

Sie ordnete sie nach Größe, beginnend mit der kleinsten – einer digitalen Sucherkamera, die sie in der Jackentasche mit sich herumtrug. Die benutzte sie für die geheimen Aufnahmen, setzte sie zum Beispiel im Unterricht unter der Bank auf ihr Knie oder lichtete ihre Mitschüler aus der Hüfte in privaten Momenten ab. Dann kam die kostbare, aber robuste digitale Spiegelreflexkamera, ein echter Schatz, den sie bei einem Hofflohmarkt entdeckt hatte. Diese Kamera trug sie den ganzen Tag um den Hals wie eine Rüstung. Sie leistete ihr seit dem Sommer in der fünften Klasse Gesellschaft. Inzwischen fühlte sie sich an wie ein zusätzlicher Körperteil. Als letzte in der Reihe stand eine klobige Filmkamera, die früher ihrer Mutter gehört hatte. Sie war zu groß, um sie mit in die Schule zu nehmen, aber perfekt, um zu Hause alles Mögliche damit auszuprobieren. Alle paar Wochen fuhr ihre Mutter mit ihr zu Walmart, um den Film entwickeln zu lassen.

Nachdem sie ihre drei geliebten Kameras auf ihren Ruheplatz gestellt hatte, trat sie einen Schritt zurück, um sie zu bewundern.

»Schatz«, hörte sie ihre Mutter rufen, aber sie sprach mit dem anderen »Schatz« im Haus, nicht mit ihr. »Tillie muss ihre Widerstandsübungen machen! Kannst du ihr bitte helfen, wenn sie Unterstützung braucht?«

Einen Augenblick später klopfte ihr Vater an die Tür und sagte: »Ich wurde herbeordert.«

Tillie rang sich ein künstliches Lachen ab. »Woher wusste sie?«

»Deine Mutter weiß alles.« Er machte eine kurze Pause. »Ich schätze, sie hat uns reden hören«, gab er zu.

Tillie legte sich auf den Boden und hob das Bein. Ihr Vater hockte sich vor sie hin und begann mit der Hilfestellung. Beide richteten die Augen zur Decke und vermieden Blickkontakt. Er drückte gegen ihr Bein, sie drückte ihr Bein zurück gegen seine Hand. Bei jeder Wiederholung leistete er stärkeren Widerstand. Und dann zu starken.

»Aua, okay, zu viel, das tut weh«, sagte sie, als es in ihrer Hüfte zwickte.

»Was?«, fragte er, als sei er mit den Gedanken ganz woanders gewesen und gerade erst zurückgekehrt.

»Das hat wehgetan, Dad.«

»Wo? In der Hüfte? Am Bein?«, fragte er hektisch.

»Dad, schon gut. Hat nur ein bisschen gezwickt. Machen wir weiter.«

Ihr Vater griff sich mit der Hand an die Stirn – seine übliche Bewegung, wenn er sich aufregte oder wenn er überfordert war. Er stand auf. »Entschuldige, Til. Tut mir leid.«

»Schon okay«, sagte sie wahrheitsgemäß und hob das Bein, um weiterzumachen.

»Deine Mutter kann das viel besser … vielleicht sollte sie …«, stammelte er und bewegte sich in Richtung Tür, ohne sie anzusehen. »Ich, hm … ich muss wirklich arbeiten. Ich sehe mal nach, ob deine Mutter fertig telefoniert hat.«

Mit diesen Worten verließ er das Zimmer.

Tillie blieb noch einen Moment am Boden liegen – das Zwicken hallte noch etwas nach – und zog sich dann an ihrem Bett hoch. Sie hörte ihre Mutter am Telefon mit ihrer Tante lachen und das gedämpfte Klackern, das ihr Vater beim Tippen am anderen Ende des Flurs machte.

Tillie schleuderte die Gewichte in die Ecke, griff nach ihrem Laptop, steckte sich ein Ende des Kopfhörers ins Ohr und machte eine der Serien an, die sich ihre Eltern jeden Sonntagabend anguckten und die sie nicht sehen durfte. Als es Zeit war, ins Bett zu gehen, war das leichte Stechen in ihrer Hüfte verschwunden.

3. Fröhliche Gesichter

Tillie aß allein zu Mittag. Einmal in der Woche gestattete Miss Martinez den Schülern, die Mittagspause im Zeichensaal zu verbringen und dort an ihren Projekten zu arbeiten. An allen anderen Tagen setzte sich Tillie ans hinterste Ende des Tisches in der hintersten Ecke des Speisesaals – sicher, geborgen und allein.

Es hatte eine Zeit gegeben, in der sie nicht immer allein gewesen war. Früher waren Sydney Welch, Zahreen Askari und sie immer mit dem Rad durch die Gegend gefahren und hatten in jeder freien Minute Meerjungfrau gespielt. Aber das war vor dem Winter und Frühling gewesen, in dem sie so viel Zeit im Krankenhaus verbracht hatte, dass sie zu Hause unterrichtet werden musste. Als sie dann im nächsten Herbst wieder in die Schule gekommen war, schienen ihre alten Freundinnen nicht zu verstehen, dass es Dinge gab, die sie nicht mehr tun konnte – sie konnte nicht mehr Rad fahren und sie konnte nicht mehr mit ihrer imaginären Flosse schlagen. Und Tillie wusste, dass sie enttäuscht waren. Sie war schon immer eher schüchtern gewesen, aber als sie die Enttäuschung in den Gesichtern ihrer Freundinnen bemerkte oder die Blicke von Fremden, wenn sie den Rollstuhl oder die Gehhilfe oder das Stützkorsett oder eine Zeitlang die Narben und Bandagen sahen ... wünschte sie sich nur noch, unsichtbar zu sein. Es war einfacher gewesen, in ihrer Freizeit zu Hause zu bleiben und ihrer Mutter zu sagen, sie solle

Sydney und Zahreen wegschicken, wenn sie bei ihr vorbeikamen, um etwas mit ihr zu unternehmen.

Allein war alles leichter zu ertragen.

Tillie stocherte gerade auf ihrem Teller mit Kroketten herum, als Jake Hausmann sich neben ihr auf die Bank plumpsen ließ.

»Alles klar?«, fragte er.

Während er sich an sie heranschob, sah Tillie, wie ihm ein Dutzend Leute vom anderen Ende des Raumes zuwinkten. Er warf ihnen ein breites, zahnreiches Lächeln zu. Es war ein Wunder, dass Jake noch keine Zahnspange hatte.

Aus alter Gewohnheit zückte Tillie ihre Kamera und knipste im Bruchteil einer Sekunde eine Handvoll Bilder von der Meute seiner Freunde.

»Darf ich mal sehen?«, fragte Jake.

Tillie seufzte nur, verdrehte die Augen und wandte sich wieder ihrem Essen zu.

»Okay, ich schätze, das heißt nein.« Er zuckte mit den Achseln. »Hey, wieso kriegst du deswegen eigentlich keinen Ärger?«, fragte er und deutete mit einer Kopfbewegung auf die Kamera.

»Jahresbericht«, murmelte sie ihre übliche Halbwahrheit in Richtung ihrer Füße. Die Schule verbot grundsätzlich das Fotografieren anderer ohne deren ausdrückliches Einverständnis. In den ersten Monaten auf der neuen Schule hatte die Aufsicht Tillie mindestens einmal pro Woche die Kamera weggenommen. Irgendwann hatte Tillie sogar angefangen, sich auf Handyfotos zu verlegen (was zwar unauffälliger, aber auch viel weniger befriedigend war), aber selbst dabei war sie erwischt worden. Dann hatte Miss Martinez sie gebeten, ihr einige ihrer Bilder für den Jahresbericht zur Verfügung zu stellen. Wann immer ihr seither eine Aufsicht erzählte, sie dürfe keine Fotos machen, murmelte Tillie immer nur: »Die sind für den Jahresbericht«, und fügte manchmal noch hinzu: »Sie können gern Miss Martinez fragen.« Wenn sie sich dann von dem rügenden Erwachsenen entfernte, trieb sie ihr Humpeln auf die Spitze, indem sie jedes Mal, wenn sie das Bein hinter sich herzog, ein wenig stöhnte und ihre Bewegungen so stark verlangsamte, dass sie an die eines überanstrengten Faultiers erinnerten. Spätestens dann wagte niemand mehr, sie zu belästigen.

Nur ganz wenige ihrer Bilder landeten tatsächlich im Jahresbericht, aber das musste Jake ja nicht wissen. Warum konnte er nicht einfach weggehen?

»Sieh dir das mal an«, sagte Jake, ließ etwas neben ihr Tablett auf den Tisch fallen und nahm einen Bissen von seinem Pizzastück.

Tillie hob es auf. Ein Pass. »David G. Hausmann«, stand drin, neben dem wenig schmeichelhaften Foto eines blassen, rötlich blonden Mannes mittleren Alters.

»Ist das...?« Tillie blätterte den Pass durch, ohne genau zu wissen, wonach sie suchte.

»Jep. Das ist mein Dad«, sagte Jake mit vollem Mund. »Er ist also nicht in Toronto. Sonst bräuchte er den.« Er grinste ein selbstgefälliges Grinsen. »Wie erklärst du dir das, hä?«

Also gut, ja, es war merkwürdig, dass seine Mutter behauptete, sein Vater sei in Kanada, wenn dessen Pass zu Hause lag. Es war auch ein bisschen schräg, dass sein Vater ganz unerwartet verreiste und offenbar nicht zu erreichen war. Aber wahrscheinlich gab es dafür doch eine ganz vernünftige Erklärung. »Vielleicht haben sich deine Eltern – na ja –«, stotterte Tillie, »missverstanden.«

Jake legte sein Pizzastück ab, sah ihr in die Augen und sagte: »Hat mich deshalb heute jemand auf dem Weg zur Schule verfolgt? Weil meine Eltern einander ›missverstanden‹ haben?«

Tillie fing an, das abzutun, aber dann bemerkte sie, dass seine Augen durch den Raum wanderten, als wolle er sichergehen, nicht immer noch verfolgt zu werden. Er schien richtig verängstigt zu sein. »Warte mal. Wieso glaubst du ...«

Jake fiel ihr ins Wort. »Pass auf«, sagte er und schüttelte den Kopf. »Du hast die Fußballschuhe von meinem Kumpel Ian gefunden und den Abschnitt mit der Unterschrift von Aidens Eltern gerade noch rechtzeitig vor dem Ausflug nach Chicago. Und ja, das sind *Dinge*«, sagte er, »keine *Menschen*, aber es war trotzdem beeindruckend.«

Die Erinnerung daran, wie er ihr Hinken nachgeäfft hatte, zuckte ihr durch den Kopf.

»Ist es nicht langweilig, so detektivmäßig drauf zu sein und dann gar keine richtige Detektivarbeit zu tun zu haben? Vielleicht sind Cara Dales verlorener linker Ohrring oder Hailey Granitos Winterjacke ja spannend für dich, aber für mich klingt das, ehrlich gesagt, alles ziemlich öde.«

»*Ich bin kein Detektiv*«, zischte Tillie durch die zusammengebissenen Zähne.

»Okay, gut. Dann bist du also eine Künstlerin. Da ist es das gleiche Problem. Diese Schule eignet sich nicht gerade für mona-lisa-hafte Werke, oder?« Er lachte. »Also warum hilfst du mir nicht einfach bei etwas, das ... *größer* ist als die Hansberry Middle School?«

Tillie wollte antworten: »Na ja, du hast schon recht, ich hätte gern ein paar neue Motive für meine Bilder«, oder: »Ja, ich wüsste schon gern, welche großen Geheimnisse hinter den Leuten auf meinen Bildern stecken.« In Wirklichkeit wollte sie *eigentlich* antworten: »Wieso solltest du dir von jemandem helfen lassen, dessen Gang du so superkomisch findest?« Stattdessen sagte sie gar nichts.

»Und das hier ist auf jeden Fall größer!«, fuhr Jake fort. »Die Sache mit dem Auto ... Mannomann. Man denkt immer, üble Sachen passieren immer nur anderen, weißt du? Und dann passieren sie plötzlich doch dir. Und zwar nicht nur einfach üble Sachen, sondern so richtig actionfilmmäßig üble. Richtig gruselige.« Jake schüttelte den Kopf und blickte ins Leere. »Lebensverändernde.«

Wovon redete der?

»Okay«, gab Tillie schließlich auf. »Wer ist dir gefolgt? Was ist los?«

Jake beugte sich zu ihr und sprach hastig. »Okay, ich weiß, du findest das alles lächerlich, aber es ist einfach die *Wahrheit*, dass mir nun schon zwei Tage hintereinander auf dem Schulweg ein blauer Chevrolet – *derselbe blaue Chevrolet* – zwei Blocks weit gefolgt ist. Ich habe es gestern nicht erwähnt, weil ich dachte, ich wäre paranoid. Aber dann ist es heute schon wieder passiert. Er biegt ab, wenn ich abbiege, er hält immer gerade so viel Abstand, dass ich ihn nicht zwangsläufig bemerken muss. Heute Morgen habe ich mein Handy auf Selfie-Modus gestellt und wie einen Spiegel benutzt, um zu sehen, wer am Steuer sitzt.«

»Gute Idee«, musste Tillie unwillkürlich zugeben.

»Aber ich hatte kein Glück«, schloss er ab. »Ich hätte mich einfach umdrehen und auf ihn zulaufen sollen«, ärgerte sich Jake. »Die große Frage ist doch, warum mir irgendjemand folgen sollte? Das wolltest du doch gerade fragen, oder? Und was hat das alles mit meinem Dad zu tun?«

Er nahm Tillies Schweigen als Zustimmung.

»Die Antwort ist: Ich habe keine Ahnung. Ich habe ein paar Ideen, aber eigentlich habe ich keine Ahnung.«

Und er könnte sich das alles auch nur einbilden, dachte sie.

»*Was* ich weiß, ist Folgendes: Mein Dad verschwindet plötzlich aus der Stadt, angeblich nach Kanada, aber sein Reisepass liegt zu Hause. Sein Handy ist aus, aber es sieht ganz danach aus, als hätte er das Ladekabel mitgenommen. Meine Mutter sagt das eine, seine Arbeit das andere. Und dann folgt mir plötzlich ein Auto. Ja, schon klar, ich weiß, dass das nach Verfolgungswahn klingt.« Er schnitt ihr das Wort ab, bevor sie überhaupt etwas sagen konnte. »Aber das ist noch nicht alles. Einen Tag, nachdem er verschwunden ist, klingelt plötzlich dauernd das Festnetztelefon. Kein Mensch ruft auf dem Festnetz an. Wir haben das Telefon schon immer, wahrscheinlich seit ungefähr einer Million Jahren, aber außer Telefonumfragen ruft niemand je da an. Also wieso klingelt es auf einmal dauernd? Und warum legt der ›unbekannte Anrufer‹ immer auf, wenn ich drangehe?«

Tillie wusste nicht, was sie sagen sollte. Das klang schon alles, als könnte er es sich auch einfach einbilden. Aber wenn nicht, wenn irgendetwas dran war, war die ganze Sache ziemlich unheimlich.

»Weißt du«, flüsterte Jake und kam noch dichter an sie heran, so dicht, dass sie die Pizza in seinem Atem riechen konnte. »Vielleicht ist er so plötzlich verschwunden, weil er vor irgendetwas fliehen musste. Vielleicht sucht derjenige, der mir gefolgt ist und dauernd anruft, nach ihm. Vielleicht ist er in ernsthaften Schwierigkeiten.« Jake sprach jetzt noch schneller, als dürfe er Tillie keine Einwände finden lassen, weil sonst alles auseinanderfiele. »Oder vielleicht hat er etwas gesehen, das er nicht hätte sehen dürfen. Ein Verbrechen. Vielleicht haben die in seiner Firma irgendetwas Verbotenes getan. Vielleicht irgendetwas Kriminelles? Vielleicht versteckt er sich irgendwo und wartet darauf, dass die Sache auffliegt. Vielleicht weiß meine Mutter davon und belügt mich nur, um mich zu beschützen.«

Der hat ganz offensichtlich zu viele Filmabende gehabt, dachte Tillie. »Ich weiß nicht …«

Jakes Freunde riefen nach ihm. Er blickte auf, grinste breit, als hätte er überhaupt keine Sorgen, und signalisierte ihnen: »Sekunde!« Dann wandte er sich wieder Tillie zu, mit fröhlicherem Gesichtsausdruck als zuvor, als sei ihm plötzlich eingefallen, dass er auf einer Bühne stand und Publikum hatte.

»Ich weiß einfach nicht …«, wiederholte Tillie. »Könnte es nicht sein, dass deine Eltern sich streiten? Dass es einfach um irgendwelchen … ›Familienkram‹ geht oder so? Und das mit dem Auto und dem Telefon … bildest du dir nur ein?«

Jake beugte sich zu seinem Rucksack hinunter und zog ein großes, blaues Buch mit goldenem Blumenmuster auf dem Umschlag heraus.

»Ich wusste, dass du das sagen würdest. Deshalb finde ich, du solltest dir die hier ansehen«, sagte Jake und schlug das Buch auf. »Ich schätze, die sind ganz nützlich. Ich denke, du wirst sehen, was ich meine.«

Bevor Tillie protestieren konnte, hatte er ihr Tablett beiseitegeschoben und ihr das Buch vor die Nase gelegt. Ihr Blick fiel auf vergilbte Seiten mit fröhlichen Gesichtern: strahlende Gesichter, Gesichter mit herausgestreckten Zungen, Gesichter, die sich über Berge von Essen auf hübsch gedeckten Tischen hinweg unterhielten. Auf den ersten Seiten war auf fast allen Bildern eine Frau zu sehen. Sie hatte samtig braunes Haar in offenen, weichen Locken und ein Lächeln mit Zahnlücke, das Jakes sehr ähnelte.

Der Mann auf den Bildern hatte rotblondes Haar, trug eine Brille und war zu dünn. Auf den ersten Bildern schien er die Frau ununterbrochen zu küssen. Vor dem Lincoln Memorial hatte er das Gesicht in ihrem Haar vergraben, während sie kichernd den Kopf in den Nacken warf. Auf einem küsste er sie vor einer Geburtstagstorte mit brennenden Kerzen sitzend auf den Mund und schmierte ihr mit dem Finger Glasur auf die Wange.

Tillie musste unwillkürlich lächeln.

Auf späteren Bildern bekam die Frau einen dicken, runden Bauch und die Küsse wanderten von ihrem Gesicht hinunter in Richtung Bauchnabel. Bald tauchte Jake auf den Fotos auf und der Mann verwandelte sich in einen Meister der idiotischen Fotogrimassen. Auf vielen Bildern hatte Jake den Blick nach oben gerichtet und lachte sich kaputt über die schielenden Augen und die gebleckte Zunge des Mannes, der ihn auf dem Arm hielt. Nun waren auf den Fotos meist Jake und der Mann zu sehen. Seite für Seite zeigte den Mann und Jake, die lachten, wo sie auch waren – bei Baseballspielen, im Freizeitpark, beim Ringkampf am Strand, bei einem Brettspiel.

Schweigend blätterte Tillie das Album durch. Es wurde viel gelacht darin. Es schien, als sei keiner von ihnen jemals traurig gewesen.

Als sie fertig war, bemerkte sie, dass Jake sie immer noch anstarrte. Seine Augen waren wieder ernst. Und flehten.

»Siehst du? Siehst du, wie glücklich wir sind? Ich kenne meinen Dad«, sagte Jake. »Mein Dad würde niemals einfach *verschwinden*. Nicht, ohne vorher mit mir zu sprechen. Da *stimmt* etwas nicht. Bitte, hilf mir!«

Tillie seufzte. Es war unmöglich, ihm etwas abzuschlagen.

»Also gut«, sagte sie und bemühte sich, dabei weder Jake noch das Fotoalbum anzusehen. »Ich werde nach ihm suchen.«

Er flüsterte: »Ja!«, führte einen kleinen Siegestanz im Sitzen auf und hob die Hand zum Abklatschen, aber sie bremste ihn mit einem knappen:

»Aber ich arbeite allein.«

4. Ein Junge ruft an

Ihre erste Kamera hatte Tillie an dem Tag bekommen, an dem sie ihren Fußball verloren hatte.

Alle waren zusammengekommen, um ihren neunten Geburtstag zu feiern, den ersten nach dem Unfall. Sie war gerade erst aus den Gipsverbänden und dem Rollstuhl heraus, was an sich schon Grund genug zum Feiern gewesen wäre, aber der Behandlungsmarathon fing gerade erst an. Bei dem Autounfall war irgendetwas an ihrer Wirbelsäule und Hüfte kaputt gegangen, weshalb obendrein ihr Bein nie mehr so richtig funktionieren würde. Außerdem war auch mit ihrem Dad irgendetwas passiert, etwas, das ihn traurig machte, mehr verstand sie damals noch nicht. Dass sie dem Eis, dem Baum und dem Metall die Schuld daran gab, was ihr zugestoßen war, ihr Vater aber seinen Augen und Händen, war Tillie erst viel später klar geworden.

»Dein Vater macht gerade einiges durch«, erklärte Tillies Mom immer, wenn sie fragte, warum ihr Vater sie nie im Rollstuhl herumschob.

»Hat er Angst vor Rädern?«, wollte Tillie wissen.

Es gab Fragen, die ihre Mutter einfach nicht beantwortete. Das kleine Haus ihrer Familie steckte voller Geheimnisse.

Sie hatte im Mai Geburtstag, der perfekten Jahreszeit für Gartenpartys. In den beiden Jahren zuvor hatte ihr Vater zu ihrem Geburtstag ein Fußballturnier mit den Nachbarn, ihren Großeltern, ihren Cousinen und Cousins organisiert. Deshalb fragte Tillie ihn auch diesmal, nachdem sie die Kerzen ausgeblasen hatte, wann sie denn endlich zum Fußballspielen in den Park gehen würden. Statt ihr zu antworten, seufzte ihr Dad nur und schwieg, wie eigentlich schon den ganzen Tag, selbst als alle anderen aus voller Kehle »Happy Birthday« für sie gesungen hatten.

»Lass uns gehen, wenn wir gegessen haben«, antwortete ihr Großvater an seiner Stelle. Er sprach zwar mit Tillie, sah aber ihren Vater an, als er sagte: »Du kannst Schiedsrichter sein, Kleines!«

Als sich alle auf den Weg machen wollten, hörte Tillie, wie ihr Großvater in der Küche auf ihren Dad einredete.

»Nun komm schon«, sagte ihr Opa. »Sieh sie dir doch an. Sie lächelt. Es geht ihr gut.«

»Sie hat Schmerzen, Dad. Ständig. Sie kann die normalsten Sachen nicht mehr machen, wie Fahrradfahren oder ...«

»Jetzt mach aber mal halblang«, antwortete ihr Opa schroff.

»Geh nur, Dad«, sagte ihr Vater. »Ich komme nicht mit.«

»Sohn, irgendwann musst du einsehen, dass Unfälle einfach passieren. Du hast das Eis nicht auf die Straße gebracht. Jeder hätte am Steuer sitzen können.«

»Hör auf, Dad. Bitte, hör auf«, unterbrach ihr Vater ihn gereizt, dann schwiegen beide.

Bevor das Spiel anfing, überreichte Tillies Opa ihr eine Schachtel. Sie war nicht verpackt – ein Pappkarton, an den Seiten mit Klebeband zugeklebt.

Als sie das Klebeband abriss, sagte ihr Opa: »Irgendjemand muss dieses Spiel ganz genau beobachten, damit wir später nachvollziehen können, was wirklich passiert ist. Du weißt ja, dein Cousin Aaron ist mitunter ein ziemlich hinterhältiger Torwart.«

In der Schachtel befand sich etwas, das aussah wie ein kleiner Roboter: ineinandergesteckte graue Rechtecke, in der Mitte ein schwarzer Kreis aus Glas, der Tillie an das Auge eines Zyklopen erinnerte.

»Es ist eine Polaroidkamera«, sagte ihr Opa lächelnd. »Ich habe sie seit Jahren. Jetzt habe ich sie für dich reparieren lassen. Angeblich funktioniert sie wieder einwandfrei. Probier es aus.«

Tillie drehte die Kamera zu sich um, um sie genauer zu untersuchen, und wurde von einem Blitzlicht geblendet. Sie hatte versehentlich abgedrückt und ein Bild von sich selbst gemacht. Sie lachte. Aus einem Schlitz am unteren Rand der Kamera schob sich ein mit Plastik beschichtetes Blatt. Sofort entwickelten sich darauf vor ihren Augen Formen und Farben und zeichneten langsam die Umrisse ihres erfreuten Gesichtes. Ihre nussbraunen Augen lächelten und die Sommersprossen auf ihrer Nase reflektierten die Sonne wie braune Funken. Sie hatte ihr erstes Foto gemacht.

»Versuch es gleich noch mal«, sagte ihr Opa. »Richte die Kamera auf etwas. Irgendetwas da drüben.« Er deutete auf die Parklandschaft.

Tillie hob den Sucher ans Auge. Ihr Blick landete auf einem mächtigen Baum mit ausladenden Wurzeln. Tillie hielt den Atem an, während das Bild langsam entstand.

»Du hast ein gutes Auge«, sagte ihr Opa, als er ihr über die Schulter sah und das Bild betrachtete. »Das hatte ich mir schon gedacht.« Er klopfte ihr auf die Schulter. »Könntest du versuchen, ein Bild von mir zu schießen, wenn ich den

Entscheidungstreffer mache?« Er zwinkerte ihr zu und lief davon, um das Spiel zu eröffnen.

An diesem Tag hielt Tillie alles Mögliche im Bild fest: ihren Cousin und ihren Opa beim Abklatschen, das Lachen ihrer Tante, ihren Opa im Sturmangriff, ihre Mutter, wie sie mit dem Ball posierte, nachdem sie ein Tor geschossen hatte. Abends blätterte sie alle ihre Polaroidbilder durch und hatte das Gefühl, nur mit den Augen und der Fingerspitze wie durch Zauberei eine Million Bilder gemalt zu haben. Als sie sich aus dem Fenster lehnte, um ein Bild vom sternenklaren Himmel über Illinois zu machen, stellte sie fest, dass jemand den Fußball neben die Mülltonne an den Straßenrand gelegt hatte.

Ihr Dad war dafür zuständig, den Müll rauszubringen.

Seit diesem Geburtstag hatte Tillie weitere Kameras gesammelt. Einen Fußball hatte sie im Haus nie wieder gesehen.

»Schatz? Da ist ein Junge am Telefon, der dich sprechen möchte! Hast du mich gehört? Da ist ein Junge für dich am Telefon!«, hörte Tillie an der Tür, untermalt von einer Reihe hektischer Klopfer.

Tillie war gerade damit beschäftigt, ihre Hausaufgaben aufzuschieben und mit ihrer Filmkamera herumzuspielen. Sie hatte versucht festzuhalten, wie die Mondsichel am Himmel hing. Das Wort »Junge« brachte sie dazu, im falschen Moment auszulösen, was den Effekt ruinierte.

Bevor sie antworten konnte, kam ihre Mutter bereits ins Zimmer gestürzt, das Telefon an die Brust gedrückt wie eine Babypuppe. Mit der Handfläche hielt sie das Mikrofon zu und formte lautlos mit den Lippen die Worte:

Da ist ein Junge am Telefon!

Tillie nahm ihrer Mutter das Telefon ab und machte ihr die Tür vor der Nase zu, bevor ihre Mom ihr einen ihrer berühmten besorgten Blicke zuwerfen konnte.

Sie riss das Telefon ans Ohr und zischte: »Wie kommst du dazu, meine Mutter anzurufen?« Sie versuchte zu flüstern, für den Fall, dass ihre Mutter noch vor der Tür stand und lauschte.

»Hey! Woher weißt du überhaupt, dass ich es bin? Deine Mutter scheint nett zu sein.« Jakes Stimme klang fröhlich, als hätte er Spaß.

»Wie bist du überhaupt an die Nummer gekommen?«, fragte Tillie.

»Was glaubst du denn? Natürlich über die Telefonliste aus der Schule«, sagte er, als sei das ja wohl sonnenklar.

Tillie hatte die Telefonliste noch nie benutzt.

»Ich habe mich nach deinem vollen Namen erkundigt, *Matilda Green*. Und auf der Telefonliste stehen die Nummern aller Eltern. Eigentlich wollte ich dich nach deiner Handynummer fragen. Kannst du mir die vielleicht von diesem Handy aus simsen?«

Tillie zögerte. Sie ging zur Tür und öffnete sie einen Spalt, um zu sehen, ob ihre Mutter ihr nachspionierte, aber der Flur war leer. »Okay, gut«, sagte sie. »Und ich heiße Tillie. Was willst du überhaupt?«

»Meine Mutter hat heute Abend Kontoauszüge durchgesehen«, flüsterte Jake.

»Hä?«

»Eben sah ich, wie sie über irgendwelchem Papierkram brütete, und normalerweise hätte ich angenommen, dass sie arbeitet, aber sie sah ... irgendwie besorgt aus. Und meine Mom ist sonst mehr so wie Clint Eastwood, ich meine, echt beinhart. Gelassen. Aber da saß sie, rieb sich die Stirn und seufzte. Als sie dann aufs Klo gegangen ist, habe ich einen Ninja-Sprung quer übers Sofa hingelegt, um zu sehen, was sie da hat, und stellte fest, dass es *Kontoauszüge* waren.« Er machte eine Pause, als erwarte er, dass Tillie irgendwie schockiert reagieren würde. »Vom *Familienkonto*, Tillie. Dann ist ja wohl alles klar, oder? Mein Vater ist in Schwierigkeiten und wir brauchen Geld, um ihm zu helfen.«

»Könnte sein«, sagte Tillie. »Aber ist nicht auch bald Zeit für die Steuererklärung?«

Jake stöhnte. »Tillie, diese Sachen *häufen* sich, okay? Einzeln betrachtet, sind sie nichts Besonderes. Aber wenn du alle zusammennimmst ...! Hey, ich glaube, ich weiß, wo wir anfangen sollten zu suchen«, fuhr er fort.

»Ich hatte dir doch schon gesagt, dass ich das ...«

»Allein machst«, fiel ihr Jake ins Wort. »Ja, ich weiß. Es ist nur so, dass ... meine Anwesenheit irgendwie unvermeidlich dabei ist. Immerhin geht es um meinen Dad ...«

Tillie hörte ein Murmeln und Schlurfen am anderen Ende der Leitung, und dann rief Jake im fröhlichen Singsang eines Cheerleaders: »Alles bestens, Mom! Ist schon gut! Ja, ich telefoniere gerade mit einem Freund aus der Schule! Entschuldige bitte!« Als er sich Tillie wieder zuwandte, klang er wieder wie der ganz normale Jake: »Ich versuche so zu tun, als sei alles bestens. Ich bin mir ziemlich sicher, dass sie meine Zweifel wegen Toronto bemerkt hat. Aber wenn sie mich anlügt, und wenn sie denkt, ich hätte von nichts eine Ahnung, ist es leichter, mehr herauszufinden. Das funktioniert ganz gut. Sie hätte diese Kontoauszüge niemals einfach so offen liegen lassen, wenn sie wüsste, dass ich weiß, dass etwas nicht stimmt.«

»Hör zu.« Tillies Flüstern wurde lauter. »Ich bin hier nicht in ›Rufbereitschaft‹. Ich weiß nicht, was du glaubst, wie ich meine Zeit totschlage, aber ich habe noch anderes zu tun, als das Fundbüro für alle zu spielen!«

Sie konnte an ihrem eigenen Tonfall hören, dass das eine traurige Lüge war, und war sich sicher, er konnte das auch. Um die Wahrheit zu sagen, hatte sie den ganzen Nachmittag über Jakes Dad nachgedacht. Trotz seiner wilden, an den Haaren herbeigezogenen Theorien hatte er wahrscheinlich recht damit, dass *irgendetwas* an der Sache aufgeklärt werden musste.

An Jakes Ende der Leitung waren im Hintergrund immer noch Geräusche zu hören, aber die schienen von mehr als einer Person zu kommen. »Du bist schwer zu verstehen.«

»Meine Mutter und ich sehen viel fern, seit mein Vater verschwunden ist«, sagte Jake. »Er ist der Gesprächige in der Familie. Wenn er nicht da ist, glotzen wir ununterbrochen und spielen mit unseren Handys.«

»Er ist der Gesprächige?«, hörte Tillie sich fragen. Sie versuchte, sich ihren Vater als Plaudertasche vorzustellen. Es gelang ihr nicht.

Sie ging zu ihrem Laptop und klickte sich geistesabwesend durch die Bilder des Tages.

»Und wie! Der kann Witze erzählen wie kein zweiter. Hey, willst du meinen Lieblingswitz hören? Warum können Seeräuber den Flächeninhalt von Kreisen nicht berechnen?« Er wartete. Als Tillie keine Antwort gab, fuhr er fort: »Weil sie Pi raten.«

Jake lachte los und Tillie musste unwillkürlich ein bisschen mitlachen. »Geometriehumor«, sagte sie.

Sie klickte auf ein Foto, das sie früher am Tag von Jakes Freunden am anderen Ende der Mensa gemacht hatte. Einige von ihnen wirkten überrascht, ihn mit ihr sprechen zu sehen. Die anderen schienen sich nichts dabei zu denken.

»Egal«, fuhr Jake fort. »Ist doch komisch, das mit den Kontoauszügen, oder?«

Tillie hoffte, er würde sie noch einmal fragen, was sie, außer das Fundbüro zu sein, noch so trieb. Sie würde sich etwas ausdenken.

»Das könnte auch Zufall sein.«

»Ich dachte«, sagte Jake und ignorierte ihren Einwand, »weil mein Dad so lustig ist und alle ihn gern haben, könnten wir morgen vielleicht mit einigen seiner Freunde in der Firma sprechen. Vielleicht wissen *die* ja, wo er ist – vielleicht lügt ja nur Jim. Oder vielleicht glaubt Jim ja auch wirklich, dass mein Dad sich frei genommen hat – obwohl ich das bezweifle. Aber wir könnten ein bisschen mit ihm schwatzen und nach Hinweisen suchen. Beweise sammeln. Oder was du sonst so tust, um Leute zu finden.«

Dinge, keine Leute.

»Und dann könnten wir dort weitersuchen, wo er hingegangen sein könnte. An seinen Lieblingsorten auf den Bildern. Zum Beispiel im ersten Haus, in dem meine Mom und er zusammen gewohnt haben, in der Maple Street. Falls er sich irgendwo versteckt, auf der Flucht vor irgendjemandem oder irgendetwas, falls es so etwas ist: Dort würde er hingehen, um mir einen Hinweis zu hinterlassen, wenn er könnte. Ich meine, klar ist das unwahrscheinlich – inzwischen wohnen da auch ganz andere Leute. Aber im Moment haben wir noch nicht allzu viele Spuren, was? Ich weiß schon«, fügte Jake nun langsamer und sanfter hinzu, »dass sich das total dämlich anhört, aber immer, wenn wir an diesem Haus vorbeifahren, sagt er, dass er eines Tages wieder in diese Gegend ziehen möchte. Er hat immer total gern da gewohnt.« Er hielt inne. »Ich mache mir wirklich Sorgen, Tillie«, sagte er.

Einen Augenblick lang schwiegen beide. Tillie konnte ihn atmen hören.

»Könnten wir uns vielleicht morgen treffen?«, fragte er.

»Okay«, rutschte es Tillie heraus. »Aber ich muss immer gleich nach der Schule nach Hause«, hörte sie sich sagen, als gehöre ihre Stimme gar nicht zu ihrem Körper. Es war seltsam, sich mit jemandem für die Zeit nach der Schule zu verabreden, der nicht ihre Mutter war. »Ich weiß nicht genau, wie ich das umgehen soll.«

»Hmm …«, sagte Jake und Tillie stellte sich vor, wie er dabei irgendetwas Albernes tat, sich zum Beispiel an einem imaginären Bart kratzte. »Ich lasse mir bis morgen etwas einfallen. Deine Eltern werden keinen Verdacht schöpfen, vertrau mir. Und hey«, fügte er hinzu, »überleg mal, wie viele Fotos du unterwegs machen kannst. Nicht nur welche von verdreckten Schulgängen und Essensschlangen, sondern, du weißt schon, von der großen, bösen Welt.«

Tillie seufzte. »Also gut.«

»Super!«, schrie er fast. »Dann also morgen nach der Schule!«

Nun, da sie Jakes Stimme fern des Lärms im Schulflur und nur an sie gerichtet gehört hatte, sah sie ihn plötzlich im Schlafanzug vor dem Fernseher vor sich, oder wie er allein

Comics las oder seiner Mutter beim Abendessen erzählte, wie es in der Schule gewesen war, nicht nur dabei, wie er für die anderen Kinder den Clown spielte. Die Vorstellung war so merkwürdig, dass sie fast kichern musste. Aber sie war zu aufgewühlt, um zu kichern.

Nachdem sie Jake ihre Nummer gesimst und die Nachricht anschließend sofort gelöscht hatte, damit ihre Mom sie nicht sah, stand Tillie auf, um ihrer Mutter ihr Telefon zurückzugeben und ihr zu verbieten, je wieder Sätze wie: ›Da ist ein Junge für dich am Telefon!‹ in den Mund zu nehmen. Als sie die Zimmertür aufmachte, stand ihre Mutter bereits direkt davor und tat so, als sei sie ganz zufällig gerade auf dem Weg ins Elternschlafzimmer vorbeigekommen.

Tillie sah sie an.

»Wer war das denn, Schätzchen?«, fragte sie lächelnd. Manchmal sah ihre Mom so wahnsinnig nach einer Mom aus.

Mit Schritt – Ziehen, Schritt – Ziehen, Schritt – Ziehen schlurfte Tillie an ihr vorbei den Gang entlang, um ihren Vater zu suchen.

Wie aufs Stichwort kam der geistesabwesend mit einem Buch in der Hand aus dem Badezimmer, als ihre Mutter sie von hinten ansprach: »Was soll denn das mit dem Fundbüro? Hast du etwas verloren? Deine Handschuhe? Bitte sag jetzt nicht, ich muss mir schon wieder Gedanken darüber machen, wie deine Hände warm bleiben!«

Ihr Vater ging weiter, ohne von seinem Buch aufzusehen.

Tillie drehte sich zu ihm und verlagerte ihr Gewicht auf das gesunde Bein. Nun standen sie alle drei dicht gedrängt im Flur zwischen ihren Zimmern.

»Dad, ich habe einen Anruf bekommen und Mom hat mich die ganze Zeit durch die Tür belauscht!«

»Hmm? Warte mal, was hast du gesagt? Was ist los?«, fragte ihr Dad, als hätte er sie nicht richtig verstanden.

»Sie hat mit einem *Jungen* telefoniert«, sagte ihre Mom zu ihrem Vater, sprach aber eigentlich mit Tillie. »Er hat auf *meinem* Handy angerufen. Ich wollte nur sichergehen, dass alles in Ordnung ist. Also bin ich an der Tür stehengeblieben. Ich ...«

»Mom! Er ist einfach jemand aus der Schule! Es ging um die Hausaufgaben! Das ist ... normal!«, plapperte Tillie. Sie sah ihren Dad an.

Der schnaubte kaum merklich, es war der Hauch eines Lachens. »Ich bin sicher, dass es nur um die Hausaufgaben ging«, sagte er zu ihrer Mom. »Kein Grund zur Beunruhigung«, fügte er noch hinzu, wandte sich dann von dem Gespräch ab und wieder seinem Buch zu, ging ins Schlafzimmer und schloss die Tür hinter sich.

Tillies Mutter warf ihr einen schuldbewussten Blick zu, aber ob der dem Desinteresse ihres Vaters oder ihrem Lauschen galt, konnte Tillie nicht sagen. Sie funkelte ihre Mutter ein letztes Mal wütend an, drehte sich dann um und verschwand ebenfalls in ihrem Zimmer.

Warum sollte dich das auch beunruhigen, Dad?, dachte Tilly. *Als ob irgendein Junge deine komische hinkende Tochter gut finden könnte! Was für eine schräge Idee?*

Eine Schmerzwelle schoss ihr durchs Bein, die so heftig war, dass sie sich hinlegen musste. In Erwartung einer ungemütlichen Nacht erledigte sie noch schnell die Mathe- und Erdkundehausaufgaben mit dem für eine Zwei nötigen Aufwand und hasste jede einzelne Minute davon.

An diesem Abend sah sich Tillie die inzwischen kaputte Polaroidkamera und das gerahmte Bild, auf dem ihr Opa an jenem Tag Fußball spielte, im Regal am Fußende ihres Bettes an, bevor sie das Licht ausmachte. Sie hatte ihn nach diesem Tag nur noch selten gesehen.

Sie schloss die Augen und wünschte sich, Fotos wären Zeitmaschinen. Beim Einschlafen dachte sie an die perfekten Familienfotos, die Jake ihr an diesem Nachmittag gezeigt hatte, und daran, wie gut er diesen Wunsch wahrscheinlich nachvollziehen konnte.

5. Etwas zu verbergen

Am nächsten Tag präsentierte Jake Tillie beim Mittagessen seinen Plan für ihr Alibi. Tillie sollte behaupten, an einer Schul-AG teilzunehmen, und zwar an einer, bei der alle Eltern froh wären, wenn ihr Kind daran teilnähme. »Eine, bei der du neue Leute triffst und obendrein noch etwas lernst – der Traum aller Eltern«, sagte er. »So was wie ... Salsatanzen oder Meditation?« Jake schüttelte sich. »Dieses Herumsitzen und Atmen ... grässlich!«

Sie schüttelte zu beiden Vorschlägen den Kopf. »Salsa? Echt jetzt?«, sagte sie und warf einen Blick auf ihr Bein. Nicht dass sie nicht eine ganz spezielle Tillie-Version von Salsa hätte tanzen können, aber das würde wehtun. Und deshalb würde ihre Mutter es niemals erlauben. Aber das konnte Jake natürlich nicht verstehen.

»Ach, na dann.«

Sie entschieden sich schließlich für eine Kunst-AG – vage, aber glaubwürdig. Die sollte sich montags und donnerstags treffen. Tillie hatte Zweifel, ob das funktionieren würde, aber als sie ihrer Mutter simste, Miss Martinez habe sie zu ihrer neuen Kunst-AG am Nachmittag eingeladen, sodass sie in der Schule bleiben und erst später mit dem Linienbus nach Hause kommen würde, antwortete ihre Mutter sehr zu ihrer Überraschung: *Okay!!! Klingt toll, Schatz!!! Ganz viel Spaß!!!*

»Siehst du?«, sagte Jake. »Mütter lieben AGs.«

Jakes Mom schien ziemlich egal zu sein, wo er nach der Schule hinging, solange er sie grob über seine Pläne informierte. Normalerweise war sein Vater für solche Sachen zuständig. Trotzdem hielt Jake es für besser, für alle Fälle auch ein Alibi zu haben, er würde also auch an der imaginären AG teilnehmen.

»Du hast ihr erzählt, Miss Martinez leitet die erfundene Kunst-AG?«, fragte Jake und biss in sein Pizzastück.

»Ja«, sagte Tillie und steckte sich mit einer Hand Fritten in den Mund, während sie mit der anderen durch die Bilder auf ihrer Kamera klickte.

»Miss Martinez liebt mich«, sagte Jake, der offenbar nicht in der Lage war, ein Gespräch kurz zu halten. »Beim Elternsprechtag hat sie meinen Eltern erzählt, meine Mitarbeit im Unterricht sei ›originell‹. Dass ich das in meinem Hirn im Ordner für Komplimente abgeheftet habe, kannst du glauben, zusammen mit dem des Rabbis, dass ich eines seiner Lieblingskinder sei, und jeder einzelnen Gelegenheit, bei der meine Mom gesagt hat, ich sei ein hübscher Kerl.« Er zog schelmisch die Augenbraue hoch.

Tillie blieb das Essen fast im Hals stecken. »Du bist echt ein Spinner! Der Ordner für Komplimente in deinem Hirn?!«

»Hey, ich bin was ganz Besonderes«, sagte er. »Das sagen alle in meiner Familie. Obwohl sie mit ›originell‹ in Wirklichkeit wahrscheinlich gemeint hat: ›Sein Gekritzel sieht aus wie Hühnerscharren und ich muss das irgendwie nett formulieren‹. Ha!« Er lachte so, dass man das Essen in seinem Mund sehen konnte. »Außerdem ist sie die hübscheste Lehrerin, die ich je gesehen habe. Neben der sieht Miss Rudolph aus wie ein Kobold. Obwohl das keine Kunst ist. Als hätten sie nach jemandem gesucht, der den Bürgerkrieg noch erlebt hat, um uns etwas darüber beizubringen.« Jake lachte wieder. Dann klopfte er Tillie ein bisschen zu heftig auf den Rücken und ging zu seinen Freunden.

Sie trafen sich am Fahnenmast und gingen dann die Hillberry Street in Richtung Lake Avenue hinunter, wo die Firma von Jakes Vater lag.

»Also, hier sind meine beiden Theorien«, sagte Jake, als sie sich auf den weiten Weg machten.

Wie jeder, der mit Tillie zu Fuß unterwegs war, ging auch Jake durch seine normale Geschwindigkeit immer ein Stück vor ihr her. Alle paar Schritte schien ihm dann aber wieder einzufallen, dass er langsam machen musste.

»Ich glaube, er könnte etwas gesehen haben, etwas richtig Schlimmes, und muss sich deshalb verstecken, sogar vor mir. Du weißt schon, wie in diesem alten Film *Der Staatsfeind Nr. 1*.«

»Den habe ich noch nie gesehen.«

»Der Haupttyp kriegt irgendwie das Video von einem politischen Mord in die Finger und plötzlich ist die ganze Regierung hinter ihm her«, erzählte Jake ihr sachlich.

»Ach, das ist doch ...« Bevor Tillie »lächerlich« sagen konnte, fiel ihr Jake schon wieder ins Wort.

»Ich weiß, ich weiß, *genau das* ist es natürlich nicht. Aber so etwas, auf einer viel weniger wichtigen Ebene. Okay, also einmal hat mein Vater mir erzählt – ist wahrscheinlich so ein, zwei Jahre her –, dass es in der Firma einen Typen gab, der Büromaterial geklaut hat. Der Kerl hat eine Menge Ärger gekriegt. Damals hat Dad noch darüber gelacht, aber vielleicht hat der Kerl inzwischen irgendwas Schlimmeres gemacht. Irgendwas Großes gestohlen. Und mein Dad hat es gesehen. Der Kerl konnte nicht ertragen, seinen Job zu verlieren, vielleicht ist er ein Geisteskranker oder so, und deshalb hat er Dad gedroht. Oder unserer Familie. Also musste mein Dad für eine Weile untertauchen. Im schlimmsten Fall hat der Kerl ihm irgendwas angetan.« Jake zuckte zusammen und schüttelte dann den Kopf. »Nein, nein, verletzt ist er wahrscheinlich nicht, bestimmt nicht. Aber das wäre eine Möglichkeit.«

»Hmmm…«, sagte Tillie. »Findest du nicht, das ist ein bisschen weit hergeholt?«

In einem Vorgarten hüpfte ein Eichhörnchen über den kalten, toten Rasen. Tillie hob die Kamera und erwischte es dabei, wie es an einer Eiche hochkletterte.

»Du liebst diese Kamera wirklich, was?« Jake folgte dem Eichhörnchen mit den Augen und hob den Kopf den hohen Ästen und dem Himmel entgegen.

Im nächsten Vorgarten kam ein anderes Eichhörnchen aus dem Gebüsch und rannte auf genau dem gleichen Weg, den schon das erste genommen hatte, an der Baumrinde hinauf. Anstatt Jake zu antworten, machte Tillie ein weiteres Foto.

»Vielleicht sollte ich mir ein zahmes Eichhörnchen zulegen.« Jake grinste. »Mann, das wäre vielleicht cool. Dann wäre ich der Typ mit dem zahmen Eichhörnchen.«

Tillie schmunzelte und ließ die Kamera sinken, während die Eichhörnchen weiter in den Baumwipfeln Fangen spielten. »Ob ›cool‹ das richtige Wort für einen Typen mit einem zahmen Eichhörnchen ist?«, fragte sie. »Gut, also was ist deine zweite Theorie?«

»Hä?«, fragte er und Tillie stellte fest, dass er sich umsah, als halte er nach dem blauen Auto Ausschau, das er sich vielleicht nur einbildete. »Ach so, ja. Aber wenn du die erste schon für weit hergeholt hältst, wird dir die andere erst recht nicht gefallen … Aber hör sie dir wenigstens an.«

»Okay …«

»Was, wenn mein Dad …«, er machte eine Pause, holte tief Luft und ließ es dann heraus, »… entführt worden ist?«

Tillie runzelte die Stirn. »*Entführt*?«

»Unwahrscheinlich, schon klar, aber es gibt ein paar nebensächliche Hinweise, die diese Theorie stützen, und die ist einfach ein Prachtexemplar.«

»Die Theorie ist ein *Prachtexemplar*?«, musste Tillie ihn unterbrechen. »Warum sprichst du eigentlich manchmal wie dein eigener Opa?«

Jake zuckte mit den Achseln. »An unseren Filmabenden sehen wir uns oft Klassiker an, weißt du? Früher haben die Leute viel schöner gesprochen. Die hatten eine viel blumigere Sprache.«

Tillie schüttelte den Kopf und lachte in sich hinein. Er war einfach absurd.

»Weißt du, wir haben ein bisschen Geld geerbt, als Opa letztes Jahr gestorben ist.«

»Oh«, stammelte Tillie, »tut mir leid …«

»Ach, halb so wild, halb so wild, das war furchtbar traurig, aber inzwischen ist es okay«, wehrte Jake ab. »Wie auch immer, es war nicht viel, aber eine ganz hübsche Summe. Und ich bin sicher, Daddy hat seinen Kumpels in der Firma davon erzählt. Keine Frage. Und vielleicht fanden *die*, es wäre viel. Vielleicht war einer in einer verzweifelten Lage und brauchte

Omas und Opas Kohle. Vielleicht ist das der Grund dafür, dass meine Mom lügt und Kontoauszüge studiert und dass jeder eine andere Geschichte auf Lager hat, wo er angeblich ist.«

»Okay«, sagte Tillie, die spürte, dass ihr Rucksack immer schwerer wurde, je länger der Marsch andauerte, und das übliche Pochen in Hüfte und Bein einsetzte. »Aber könnte es nicht auch einfach sein, dass dein Dad eine Midlife-Crisis oder so was durchmacht?« Vielleicht war Jakes Dad einer von diesen Kerlen, die sich plötzlich vom Geld, das sie gar nicht hatten, Ferraris kauften oder aus heiterem Himmel auf endlose Wanderungen durch die Wildnis gingen. Ihr Vater hatte schon über Politiker geschrieben, die solche Sachen machten. »Vielleicht hatten deine Eltern Geldprobleme? Und haben sich darüber gestritten?«

Die Streitgespräche ihrer Eltern über Arztrechnungen kamen ihr in den Sinn und ihre Eingeweide krampften sich zusammen.

»Ach, mal ehrlich, wessen Eltern streiten sich nicht manchmal?«, fragte Jake. Sein Gang wurde schneller, sodass er rasch ein paar Schritte vor ihr war und lauter sprechen musste.

»Okay, aber …«, setzte Tillie wieder an, um ihn ein bisschen zu piesacken, »*das* ist die vernünftigste Erklärung dafür, dass sich jemand nicht mehr zu Hause blicken lässt. Oder bei der Arbeit.«

»Weißt du, meine Eltern sind die berühmten Gegensätze, die sich anziehen. Feuer und Wasser. Gimli und Legolas. Künstler und Wissenschaftler.«

»Verstehe.«

»Nur fürs Protokoll: Mein Dad ist Gimli. Außerdem reden Dad und ich über *alles*. Selbst wenn es größere Probleme oder irgendwas *gäbe*, hätte er mit mir darüber gesprochen! Ich weiß schon, du willst nicht glauben, dass ihm etwas wirklich Schlimmes passiert ist. Ich auch nicht, da sei mal sicher.«

Tillie warf ihm einen ungläubigen Blick zu.

»Ganz bestimmt nicht!« Tillie bemerkte, dass Jake beim Gehen galoppierte. Alles an ihm war irgendwie zu viel, überdreht. Sogar seine Stimme. Wenn er aufgeregt war, zwitscherte er förmlich. »Ich weiß einfach, dass irgendetwas Schlimmes passiert ist! Erklären ein Streit oder eine Midlife-Crisis die Anrufe auf dem Festnetz? Das Auto? All diese ... *schrägen Sachen*? Wenn wir in Dads Büro kommen, wirst du schon sehen. Dann wirst du sehen, dass ich nicht verrückt bin.«

Die Träger von Jakes Rucksack waren so lang, dass er ihm bis zum Hosenboden herunterhing und bei jedem Schritt von seinem Hinterteil abprallte.

Sie ließen die Backsteinhäuser und schmalen Bürgersteige und gelegentlich vorbeirollenden Autos hinter sich und bogen in die Lake Avenue ein. Die Welt wurde lauter.

Tillie spürte, wie sich ihr Bein verkrampfte. Die vielen Autos machten sie nervös.

»Alles klar bei dir?«, hörte sie Jake über die Geräusche der Motoren hinweg fragen und sah, dass er langsamer geworden war, um neben ihr zu gehen.

Tillie wandte sich ihm zu, der leichte Märzwind blies ihr das Haar aus dem Gesicht, die Kälte ließ ihre Brille leicht beschlagen. Wieder fielen ihr seine Augen auf. Groß. Aufrichtig. Es war nicht leicht, hineinzusehen und darin den Jungen zu entdecken, der sich in der sechsten Klasse über sie lustig gemacht hatte.

»Was ist denn?«, fragte Jake.

Sie senkte den Blick und seufzte. »Ich hoffe, wir sind bald da«, sagte sie. »Ich muss noch was für Diana Farr erledigen und dafür ungefähr eine Million Bilder durchsehen und jede Menge Hausaufgaben machen. Also beeilen wir uns.« Sie versuchte, schneller zu gehen, wodurch sie noch stärker humpelte, aber sie musste Jakes Blick unbedingt entkommen.

Jakes Dad arbeitete in einem Großraumbüro in der Vertriebsabteilung einer Firma, die Kühl- und Gefriergeräte für den Handel verkaufte. Jake erzählte, sein früherer Job habe ihm besser gefallen, damals, als sie noch in der Maple Street gewohnt hätten, aber dann sei er entlassen worden.

»Aber so schlecht ist der neue auch nicht, sagt mein Dad«, erklärte ihr Jake, als sie das Gebäude betraten. Jake benahm sich, als sei er schon eine Million Mal dort gewesen. Er sprang einfach in den Aufzug und fuhr nach oben zu den Büros der Firma seines Vaters, als sei es das Natürlichste der Welt. »Er sagt, mit seinen Kumpels macht die Arbeit eigentlich sogar Spaß. Obwohl einer dieser Kumpel, soweit wir wissen, derjenige sein könnte, der meinen Dad bedroht oder ...«

»Dürfen wir überhaupt hier sein?«, unterbrach ihn Tillie, als sich die Aufzugtür öffnete. Vor ihnen stand eine Glaswand mit zwei raumhohen Glastüren, die zu ein paar Dutzend Büroabteilen in einem riesigen, rohweißen Raum führten. Drinnen wirkten alle ungeheuer beschäftigt. Und schlecht gelaunt. So unauffällig wie möglich machte Tillie ein paar Fotos von der allgemeinen Eintönigkeit vor ihr.

»Na, klar«, sagte Jake. »Ich komme oft her. Dad lässt mich vorbeikommen, um ein bisschen zu plaudern, wenn er Kaffeepause hat oder so. Ich durfte auch schon mal mit zu einem

Außentermin. Irgendein Gemüseladen dachte darüber nach, sein Kühlsystem zu modernisieren. Um ehrlich zu sein, war das ein bisschen langweilig. Manchmal komme ich auch nach der Schule vorbei, dann macht er früher Schluss und wir gehen zusammen nach Hause. Ich kenne die Leute hier.«

Jake ging, ohne zu zögern, zur Tür.

»Die ist immer verschlossen«, erklärte er Tillie und fing an zu winken. »Gleich lässt uns jemand rein.«

Jake erregte die Aufmerksamkeit eines Mannes in einem braunen Anzug mit weichendem Haaransatz und leidendem Gesichtsausdruck. Der Mann winkte Jack zu, sah sich um und kam dann in ihre Richtung.

»Das ist der Typ, der behauptet hat, mein Dad wäre im Urlaub«, zischte Jake durch die Zähne.

Der Mann öffnete die Tür, ließ sie aber nicht hinein, sondern kam selbst heraus und machte die Tür hinter sich wieder zu.

»Jim!« Jake hob die Hand und der Mann klatschte ab, musterte Tillie kurz und wandte sich dann schnell wieder Jake zu.

»Hey«, sagte der Mann – Jim.

Tillie konnte kaum fassen, dass Jake die Kollegen seines Vaters beim Vornamen nannte. Sie hatte ihre Eltern noch nie an deren Arbeitsplatz besucht. Na ja, früher, als sie noch klein gewesen war, war sie gelegentlich bei ihrer Mutter auf der Arbeit gewesen, die als Sekretärin am Empfang des Instituts für Englisch am örtlichen College arbeitete. Aber schon lange war sie nicht mehr dort gewesen. Offenbar war es keine Übertreibung, wenn Jake behauptete, sein Dad und er stünden sich sehr nahe.

»Ich möchte zu meinem Dad«, sagte Jake und schob sich an dem Mann vorbei, um den Türgriff zu fassen.

Aber Jim trat nicht zur Seite, um ihn vorbeizulassen.

»Hey, Kumpel, dein Dad hat doch immer noch Urlaub«, sagte Jim. Er ließ die Augen mehrmals von den Büroabteilen hinter sich zu Jake und Tillie vor sich wandern und trat von einem Fuß auf den anderen. »Tut mir leid«, sagte er.

Jake warf Tillie einen vielsagenden Blick zu.

»Ach, das ist aber komisch«, sagte Jake. »Zu Hause ist er nämlich nicht, Jim, und meine Mom sagt, er sei auf Geschäftsreise in Kanada.«

Tillie stand dicht neben Jake. Sie hielt die kleine Sucherkamera in Hüfthöhe und schoss mit aufwärts gerichtetem Objektiv Bilder von dem Mann und dem Büro.

Wieder drehte sich Jim zum Büro um. »Ach, du meine Güte, ja, du hast recht!«, sagte er und schlug sich mit der Handfläche gegen die Stirn. »Ich bringe mal wieder sämtliche Terminpläne durcheinander. Nein, klar, er ist in Kanada, genau.«

»Aha«, sagte Jake.

»Aber ich darf dich nicht reinlassen, Kumpel«, sagte Jim. »Du gehst jetzt besser. Geschäftsvorschriften. Während der Arbeitszeit darfst du nicht rein.«

»Das stimmt doch gar nicht«, beharrte Jake, in dessen Stimme sich jetzt ein verzweifelter Unterton mischte. »Ich komme doch dauernd nach der Schule her.«

Jim überlegte kurz. »Ja, aber da war dein Dad bei dir«, sagte er.

»Ah, verstehe, klar«, sagte Jake nickend und tat, als würde er aufgeben. »Tja, ich schätze, dann sehe ich ihn einfach zu

Hause, wenn er aus ... aus Weiß-der-Teufel-Wo zurückkommt. Aber lass mich doch bitte noch kurz etwas holen. Er hat wohl ein paar Sachen auf dem Schreibtisch liegen lassen, die meine Mutter dringend braucht. Ich nehme ihr die Sachen mit nach Hause.«

Raffiniert, dachte Tillie. Möglicherweise fand er dort einen Hinweis. Und wenn Jim ihn im Auge behielt, konnte sie heimlich ein paar Fotos von dem Schreibtisch machen und sie konnten später entschlüsseln, was darauf zu sehen war.

Jim kniff grimmig die Lippen zusammen. »Junge ...«, sagte er nur und verstummte.

»Na ja.« Jake ließ sich nicht beirren. »Du bist doch sein Freund. Möchtest du nicht, dass wir bekommen, was wir brauchen?«

Jim drehte sich noch einmal zum Büro um. Er fuhr sich mit den Fingern durch den spärlichen Rest an Haaren auf seinem Kopf und trat von einem Fuß auf den anderen, als müsse er dringend auf die Toilette. Dann schüttelte er den Kopf und stieß hervor: »Jake, lass es einfach, ja?«

Jake gab auf. »Okay, Jim, okay. Ich will keinen Ärger machen.«

»Ich weiß nicht, was ich dir erzählen soll«, sagte Jim wieder etwas sanfter. »Aber ich kann dich nicht reinlassen. Also, mach's gut.«

Jim drehte sich um, öffnete die Tür und machte sie hinter sich wieder zu. Durch die verschlossene Tür lächelte er Jake und Tillie traurig an und ging davon. Dabei fuhr er sich immer wieder durch die Haare, bis er in einem Büroabteil im hinteren Teil des Raumes verschwand.

Als sie das Gebäude verlassen hatten und wieder auf dem Weg waren, tigerte Jake immer ein paar Schritte voraus, um dann zu ihr zurückzukommen und auf sie einzureden.

»Da war was faul«, sagte er mit schriller Stimme. »Da war ganz sicher was faul.«

Während Tillie hinter ihm herzuckelte, klickte sie sich durch die Fotos, die sie geschossen hatte. Nach allem, was sie sah, musste sie ihm zustimmen. Von Bild zu Bild schien sich Jim unwohler zu fühlen, seine Unruhe zeigte sich in einer kleinen Delle auf seiner Stirn, einem winzigen Schweißtropfen zwischen den Brauen und es gab Dutzende Bilder, auf denen er sich zum Büro umdrehte, als wolle er etwas überprüfen.

»Der hat doch gelogen, oder? Der hat uns *irgendwie* belogen.« Jake hastete weiter von dem Gebäude weg. »Oder? Jim ist ein guter Freund meines Dads, musst du wissen. Sie spielen miteinander Poker. Wenn der wirklich glauben würde, mein Dad hätte Urlaub, und dann erzähle ich ihm, dass er weder zu Hause noch im Urlaub ist, würde er sich Sorgen machen. Hat er aber nicht. Kein Stück.«

»Könnte er sich vielleicht wirklich vertan haben, wo er ist?«, fragte Tillie.

»Ja, na klar!«, schrie Jake schon fast. »Aber warum sollte er sich dann so komisch benehmen?« Jake schüttelte den Kopf und sagte mehr zu sich selbst: »Der hatte vor irgendetwas Angst. Er wirkte ... wütend oder schuldbewusst oder so.«

Jake hatte recht. Tillie behielt Jake in einem Auge, um sicherzugehen, dass er sich nicht zu weit von ihr entfernte, und sah sich mit dem anderen Auge die Bilder auf dem winzigen Display an. Als Jake in die Maple Street einbog, entdeckte Tillie einen ersten echten Hinweis.

»Hey, Jake, warte mal«, rief sie.

Er kam zu ihr zurückgerannt.

»Sieh dir das mal an«, sagte sie, ganz außer Atem von dem Versuch, hinter ihm herzukommen.

Sie steckten die Köpfe zusammen und betrachteten die Milliarden von farbigen Pixeln, aus denen das Bildchen bestand.

»Sieh dir mal den Mann da hinten an.« Tillie zoomte das Gesicht heran.

»Das ist auch einer von Dads Kumpeln. Den habe ich auch schon mal kennengelernt«, sagte Jake.

»Der ist auf jedem Bild.«

Hinter der Glastür, etwa in der Mitte der Büroabteile sah man den Kopf eines Mannes über die Wände seines Abteils hinausragen. Er beobachtete sie. Er neigte den Kopf einmal hierhin und einmal dorthin, ließ sie aber keine Sekunde aus den Augen. Auf dem Bild, das Tillie gemacht hatte, kurz bevor Jim ins Büro zurückgekehrt war, schienen die beiden Männer einander direkt anzusehen. Jim hatte sich bereits so weit abgewandt, dass nur noch das Weiße seiner Augen und ein winziger Streifen Braun zu sehen waren, und der Mann drinnen starrte ihn geradewegs an. Nein, er starrte nicht. Er funkelte ihn an. Er presste den Zeigefinger auf die Lippen und forderte Schweigen. Tillie konnte dass »Psssst« förmlich zischen hören.

Jake blickte von der Kamera auf und sah Tillie an.

»Die haben etwas zu verbergen«, sagte er.

6. Der blaue Chevy

Fast gleichzeitig klingelten ihre Handys.

Vor Schreck fiel Tillie die Kamera aus der Hand und knallte ihr auf die Brust.

»Mom«, sagte Tillie und entfernte sich von Jake. Sie hatte überhaupt nicht mehr auf die Zeit geachtet.

»Mom!«, sagte auch Jake in sein Handy. »Ich habe dir doch gesagt, dass ich bis ... ach«, wurde seine Stimme ein bisschen sanfter. »Mom, wenn das WLAN nicht funktioniert, liegt das wahrscheinlich wieder am Router.«

»Warum um Gottes willen bist du denn immer noch in der Schule?«, bohrte Tillies Mutter.

»Weil heute die erste Stunde ist und da ist, na ja, immer besonders viel zu klären«, sagte Tillie, überrascht, wie leicht ihr die Lüge über die Lippen kam. »Ich bin bald zu Hause.«

Als ihre Mutter anfing, die Liste mit Befindlichkeitsfragen durchzugehen, brummte Tillie nur: »Es geht mir gut. Jetzt muss ich aber los.«

»Mom, ich bin bald zu Hause und dann kümmere ich mich darum«, erklärte Jake seiner Mutter. Dabei kratzte er sich sorgenvoll am Kopf und löste damit wieder ein paar Schuppen. »Ja, die Kunst-AG ist gleich aus.« Er sah zu Tillie hinüber und zwinkerte. Wenn er zwinkerte, schien sich sein ganzes Gesicht um das eine geöffnete Auge in Runzeln zu legen. »Ich gehe mit ein paar Freunden nach Hause. Ich kann von unterwegs ein Sandwich oder so etwas zum Abendessen mitbringen. Ich bin bald da.« Jake stöhnte. »Ich habe dir doch schon gesagt, dass ich diesen Graffitti-Kram nicht mehr mache. Das war dumm.« Er hielt inne. »Obwohl sogar du zugeben musst, dass Stoppschilder mit einem Smiley drauf viel hübscher aussehen.«

Mit ihrem freien Ohr hörte Tillie, wie am anderen Ende der Leitung Geschrei losbrach.

»Entschuldige!«, lenkte Jake ein. »Okay, ja, ich mache mich gleich auf den Heimweg und repariere den Computer.«

Er legte auf. Tillie lauschte immer noch ihrer Mutter, die den Rattenschwanz an furchtbaren Problemen herunterbetete, den es nach sich zog, wenn sie sich überanstrengte und ihre Nerven überreizte, und wie schrecklich es von der Schule sei, die Kinder so lange aufzuhalten, Kunst-AG hin oder her, und wann Tillie denn nun endlich nach Hause käme und so weiter und so fort.

»Die flippt total aus. Wahrscheinlich, weil mein Dad sonst immer den Kleinkram repariert«, sagte Jake zu Tillie, die ihm umgehend einen unmissverständlichen »Sei still!«-Blick zuwarf. Eigentlich sprach er ohnehin eher mit sich selbst, wie ein Komiker, der vor einem leeren Saal auftrat. Er kickte ein paar Steinchen vor sich her und beobachtete, wie sie vom Gehweg auf die Wiese flogen. »Wahrscheinlich braucht sie den Computer, um irgendwas wegen Dad zu klären … Ich bin ganz sicher, dass sie irgendetwas weiß und im Grunde genau das Gleiche tut wie wir. Sie versucht herauszufinden, wie sie ihm helfen kann, oder? Nicht dass ich je verstanden hätte, was meine Mutter über irgendetwas denkt. Sie ist, na ja, *undurchschaubar*.« Er plapperte unaufhörlich weiter, meistens in Richtung seiner Füße, ohne Notiz davon zu nehmen, dass Tillie immer noch telefonierte.

Am anderen Ende der Leitung verwandelte sich der Monolog in unheilvolles Schweigen. Ihre Mutter hatte Jakes Stimme gehört und Tillies Verspätung schien plötzlich weniger wichtig.

»Das ist nur ein anderes Kind auf dem Gang«, sagte Tillie schnell.

»Das ist doch der Junge, der angerufen hat, oder?«, hakte ihre Mutter nach.

Wieso wussten Mütter eigentlich immer alles?

»Nein. Ich bin draußen auf dem Gang, weil du mitten im Unterricht angerufen hast!«, log Tillie. Sie warf Jake einen tötenden Blick zu und legte den Finger auf die Lippen, um ihn zum Schweigen zu bringen – genau wie der Mann im Großraumbüro Jim zum Schweigen ermahnt hatte, fiel ihr plötzlich ein und sie erschauderte.

»Schatz, bist du wirklich bei der Kunst-AG? Du schwindelst mich nicht an?«, verhörte ihre Mutter sie.

»Mom!«, antwortete sie ein wenig zu schroff und fühlte sich sofort schlecht. Schließlich log sie ja wirklich. »Ja, Mom, ich schwöre, ich bin bei der Kunst-AG. Bei Miss Martinez, erinnerst du dich?«, fügte sie hinzu. Ihre Mutter wusste alles über Miss Martinez. »Und jetzt mache ich mich auf den Heimweg.«

»Okay, ich komm dich abholen. Ich fahr sofort los.«

»Du brauchst mich nicht abzuholen. Wirklich nicht! Ich nehme den Bus und mache unterwegs ein paar Fotos. Von … Eichhörnchen«, sagte sie mit immer leiser werdender Stimme.

»Dann komm aber auch wirklich, Schatz. Komm sofort nach Hause. Keine Ausreden. Du überanstrengst dich«, warnte ihre Mutter.

»Okay. Tschüss.«

»Ups«, sagte Jake, als ihm klar wurde, dass er Tillie in Schwierigkeiten gebracht hatte. »Ich wollte nicht so laut sein. Aber sie kauft dir die Kunst-AG noch ab, oder? Wir können noch weitersuchen, ja? Wenn wir uns beeilen?«

»Ich muss los«, brummte Tillie. »Die Maple Street muss warten. Außerdem ...« Sie biss sich kurz auf die Zunge, aber dann sprudelten die Worte aus ihr heraus: »Außerdem fängt mein Bein bestimmt gleich an, richtig wehzutun. Das tut es immer, wenn ich zu viel gelaufen bin. Und meine Mutter erkennt immer ganz genau an meiner Stimme, wenn es wehtut. Dann erzählt sie meinem Vater davon und der wird immer ganz ... Ich kann ... solche Sachen ... nicht machen.«

Vielleicht sprach sie deshalb nie mit anderen Kindern. Weil man ihr immer gleich alles anhörte. Man hörte ihr an, dass sie nur noch soundso weit oder soundso lange laufen konnte. Vielleicht hörte man ihr auch an, dass ein Teil von ihr auf Stühle steigen und das Klassenzimmer für Thanksgiving dekorieren wollte, statt sitzenzubleiben und den Papiertruthähnen ihre Schwanzfedern anzutackern. Vielleicht hörte man ihr an, dass ein Teil von ihr es hasste, während des Sportunterrichts Aufsätze über persönliche Gesundheit und die Geschichte der Leichtathletik zu schreiben, und dass ein Teil von ihr viel lieber noch bei einem Basketballspiel zusehen oder ein Theaterstück einstudieren würde, statt direkt nach Schulschluss zum Bus zu hinken, damit ihr Körper am nächsten Tag nicht zu müde wäre und sich ihre Muskeln nicht zusammenzögen und ihr Bein ein paar Tage nicht noch kraftloser wäre, sodass ihre Mutter sie dann nicht rausgehen und fotografieren lassen würde.

»Ich kann nicht«, wiederholte sie.

Jake blieb stehen. »Okay«, antwortete er, als hätte sie irgendetwas ganz Normales gesagt. »Dann morgen am Fahnenmast?«

»Ich kann nicht zwei Tage hintereinander behaupten, ich müsste zur Kunst-AG«, sagte Tillie. »Außerdem hab ich ja auch noch anderes zu tun.« Ein Arzttermin. Eine Collage für Miss Martinez. Darüber hinaus hatte ihr der Mann im Großraumbüro ein bisschen Angst gemacht. »Ich muss los«, sagte sie.

»Lass mich dir die Kamera und deine Tasche zum Bus tragen«, bot Jake ihr an, als wäre das ganz selbstverständlich.

Tatsächlich hatte ihr Bein gerade angefangen, schrecklich wehzutun. »Okay«, lenkte sie ein und seufzte.

Ohne ihn anzusehen, reichte sie Jake ihre Schultasche und die beiden gingen schweigend nebeneinander her zum Bus.

An der menschenleeren Bushaltestelle setzte Tillie sich hin und Jake stellte die Tasche zu ihren Füßen ab.

»Okay, dann sprechen wir uns einfach bald.« Er trat einen Schritt zurück. »Ich ruf dich an, falls sich irgendetwas tut.«

Tillie nickte, hob die Hand zum Abschied, senkte den Blick auf ihre Kamera und begann, sich durch die Fotos zu klicken.

»Na dann, tschüss«, hörte sie ihn sagen.

Nur Sekunden später ließ ein Klaps auf den Arm sie aufschrecken. »Was zum ...?«

Jake stand wieder neben ihr und hopste aufgeregt auf und ab. »Tillie, Tillie! Da ist das Auto!«, rief er.

Sie blickte auf und sah ein blaues Auto, das ganz langsam auf der nahezu leeren Straße auf sie zukam.

»Der blaue Chevy! Ich schwöre dir, er folgt mir!« Jake schoss auf die Fahrbahn.

»Halt!«, schrie Tillie. »Pass auf!«

Aber er war nicht aufzuhalten.

»Mach Fotos!«, rief er ihr zu, während er auf das Auto zurannte.

Tillie sprang auf und machte vom Gehsteig aus an die hundert Bilder, während sich das Auto Jake näherte. Es wurde langsamer, während es näher kam, war aber immer noch zu weit weg, als dass man das Gesicht des Fahrers hätte erkennen können. Ein Sonnenstrahl verhinderte den Blick durch die Windschutzscheibe, aber Tillie dachte, sie hätte die Umrisse einer Baseballkappe erkannt.

Dann wendete das Auto plötzlich und raste davon.

Was sollte das? Warum hupte der Fahrer nicht einfach, um dem verrückten Kind klarzumachen, dass es aus dem Weg gehen sollte?

Jake stand in der Mitte der Straße und wedelte mit den Armen. »Ach, komm schon!«, bellte er. »Komm sofort zurück, du Feigling!«

»Jake, jetzt komm du erst mal von der Straße runter!« Tilllie fühlte sich schon fast wie ihre Mutter. Sie fürchtete, er könnte verletzt werden, wenn ein Autofahrer zu schnell wäre und ihn übersähe. »*Komm jetzt weg da*!« Ihre Stimme versagte. Sie schloss die Augen, und als sie sie wieder öffnete, kam Jake auf sie zugetrabt und der Bus die Straße herunter.

Atemlos erreichte Jake Tillie, gerade noch rechtzeitig, um ihr zuzurufen: »Hab ich's dir nicht gesagt? Hier geht irgendetwas Seltsames vor. Glaubst du mir jetzt?«

»Ich glaube dir«, sagte Tillie, als sich die Bustüren öffneten. »Du hattest recht.« Und sie stieg ein.

Als Tillie zu Hause ankam, machte ihre Mutter ein freundliches Gesicht, als sei alles in bester Ordnung, und fragte: »Und, wie war's?«

»Echt super«, schwärmte Tillie so überzeugend sie konnte. Um sich jedem weiteren Verhör zu entziehen, fügte sie sofort hinzu: »Ich muss noch lernen. Wir haben so viel in Geschichte auf. Könnte ich heute mal in meinem Zimmer zu Abend essen?«

Tillie hörte, wie ihre Mutter zustimmte, und wandte sich ab, um Blickkontakt zu vermeiden, falls sie noch Zweifel hegte.

Aber später am Abend, als Tillie zum Zähneputzen den Flur entlangging, hörte sie im Zimmer ihrer Eltern leise Stimmen. Sie blieb stehen und lauschte.

»Kannst du bitte mal damit aufhören?«, sagte ihr Vater laut, bevor ein »Pssst!« ihrer Mutter ihn dämpfte.

Als Expertin darin, das Knarzen des Holzfußbodens im Flur zu vermeiden, schlich Tillie so leise wie möglich zurück in ihr Zimmer, um die Kamera zu holen.

Durch ein Schlüsselloch zu fotografieren war einfacher, als man dachte. Tillie hatte im Kunstunterricht viel über frühe Fotografie gelesen und wusste, dass die erste Kamera eine Kiste mit einer winzigen Öffnung gewesen war, die Lichtreflexe auf eine Metallplatte bannte, die mit einer Chemikalie namens Bitumen überzogen war. Die wurden dann durch Lavendelöl sichtbar gemacht. Im Vergleich dazu war es ein Kinderspiel, durch das altmodische Schlüsselloch des Elternschlafzimmers zu spähen und Fotos zu machen. Mit der Kamera ließ sie sich vor ihrem persönlichen Guckloch nieder.

»Sie hat einen Freund. Jemanden, mit dem sie Zeit verbringt«, raunte ihre Mutter. »Und dir ist das völlig egal.«

Tillie schoss ein unscharfes, halbdunkles Bild von ihrer Mutter, die sich die Strümpfe auszog und sie in den Wäschekorb warf.

»Nein, hat sie nicht, Laura.« Ihr Vater saß ruhig auf dem Bett, den Kopf in die Hände gestützt.

»Oh, doch! Das ist ganz offensichtlich!«

Ihr Dad seufzte und folgte mit den Augen ihrer Mutter, die jedes einzelne Kleidungsstück, das sie fand, schmutzig oder nicht, aufhob und in den Wäschekorb stopfte. »Wie sollte das denn bitte möglich sein, Laura? Sie ist ...« Er hielt inne und sah zur Tür.

Tillie hielt den Atem an und blinzelte nicht, fotografierte nicht.

Er wandte sich wieder ab. Tillie atmete aus und erfasste sein Profil. »Sie ist eine *Zwölfjährige mit einer Behinderung*«, flüsterte er. »Überleg doch mal selbst. Sie kann unmöglich einen Freund haben.«

Tillie drehte sich der Magen um und sie verspürte einen stechenden Schmerz in der Hüfte, als hätten die Worte ihres Vaters direkt hineingestochen.

Tillies Mutter blieb stehen. »Und wieso nicht, Andy? Was willst du denn damit sagen?«, fragte ihre Mutter. Immer, wenn sie stritten, nannten sie einander beim Vornamen, nicht wie sonst immer »Schatz« oder »Liebes«.

Danke, Mom, dachte Tillie.

»Nichts! *Gar nichts*! Ich wollte nur ...«, stammelte ihr Vater.

»Außerdem ist sie schon fast *dreizehn*. Was dir vielleicht aufgefallen wäre, wenn du sie dir jemals genau ansehen würdest«, stieß ihre Mutter hervor. »Du siehst sie *niemals richtig an*.«

Die Adern im Gesicht und am Hals ihrer Mutter traten jetzt deutlich hervor.

»Ich *sehe* sie mir an, Laura!«, keifte ihr Vater zurück. »Ich versuche es zumindest! Ich ... du weißt, was ich für sie empfinde, okay? Aber«, fuhr er mit erstickter Stimme fort, »du weißt auch, dass ich es hasse, sie irgendwohin zu fahren. Du weißt, dass ich das nicht ...«

»... ertragen kannst. Das weiß ich. Das habe ich schon gehört.«

Sie standen einander gegenüber und starrten sich einen Augenblick an.

»Es ist jetzt fast vier Jahre her«, sagte ihre Mutter. »*Vier Jahre*.« Sie hielt inne. »Andy, ich möchte, dass *du* sie morgen zum Arzt begleitest«, befahl sie. »*Du* wirst sie von der Schule abholen. Und *du* wirst mit ihr über diesen Jungen sprechen.«

Tillie war zurück in ihr Zimmer geschlüpft, bevor ihr Dad sich hatte weigern können, aber sie brauchte nicht erst darauf zu warten, dass er ihr auf die Mailbox sprechen würde, er schaffe es leider nicht, um zu wissen, dass vier Jahre für ihren Vater noch längst nicht genug waren.

7. Blinde Künstlerin

Tillie wartete auf der Bank an der Bushaltestelle vor der Schule. Ihre Knie begannen zu zittern und ein bisschen aneinander zu schlagen. Sie zog sich die Jacke dichter um den Körper und verschränkte die Arme, um die Kälte dieses Märztages abzuwehren. In Illinois brauchte der Frühling immer etwas länger. Manchmal wurde es bis Mai nicht richtig warm.

Charlie Jordan lief an ihr vorbei, das Gesicht wie gewöhnlich in einem Buch vergraben, aber irgendwie gelang es ihm trotzdem, in einer geraden Linie dem Gehweg zu folgen. Wenige Minuten später kamen Cara Dale und Lily James, die sich königlich über Lilys Schilderung einer Episode aus ihrem Schultag amüsierten.

Ein kleines braunes Auto, an dessen Rückspiegel ein Rosenkranz aus vielfarbigen Perlen baumelte, näherte sich der Bushaltestelle. Das Fenster wurde heruntergekurbelt und Tillie erkannte Miss Martinez, die offenbar auch auf dem Heimweg war. Miss Martinez schenkte ihr ein breites Lächeln.

»Hallo! Wie kommst du mit deiner Collage voran?«, fragte Miss Martinez und zwinkerte schelmisch.

»Na ja«, sagte Tillie, »ich habe mich irgendwie bei der Größe der Eckbilder verschätzt. Die sind jetzt viel zu groß und erschlagen das ganze Bild. Aber selbst schuld. Ich habe die Bildaufteilung irgendwie falsch geplant. Also muss ich noch mal ganz von vorn anfangen.« Tillie wurde rot. Das war ganz schön viel Information für eine so einfache Frage.

»Wir machen alle mal Fehler«, rief ihr Miss Martinez vom Fahrersitz ihres Wagens durch das offene Fenster zu. »Aber wir machen nicht nur Fehler«, fuhr Miss Martinez fort, »aus Fehlern können auch richtig gute Sachen entstehen.«

Tillie warf ihr einen Blick zu, als hätte sie den Verstand verloren, und Miss Martinez lachte.

»Ganz im Ernst! Ein Künstler zu sein besteht zu einem großen Teil daraus, Fehler zu machen und dann herauszufinden, wie man sie nutzen kann, um das Kunstwerk zu verbessern.« Ein paar Autos rollten vorbei, Eltern fuhren mit ihren Kindern vom Schulparkplatz, aber Miss Martinez blieb einfach am Randstein stehen und plauderte weiter. »Mein Lehrer für Aquarellmalerei an der Uni nannte das immer ›glückliche Unfälle‹. Also denk nicht darüber nach, mit deiner Collage noch mal von vorn anzufangen. Überleg dir lieber, wie die missglückte Proportion deiner Eckbilder dein Werk bereichern kann. Du könntest zum Beispiel die ganze Collage unter das Motto ›missglückte Proportionen‹ stellen.«

Tillie seufzte. Sie zog die Jacke noch dichter um den Körper. »Aber ich habe alle Größen falsch berechnet«, sagte sie. »Jetzt sieht das Ganze total ... *ätsch* aus. Das erregt ganz bestimmt niemandes Neugier, und Sie meinten doch, das soll es.«

Miss Martinez lächelte. In ihrem Lächeln stand ein Zahn ein Stückchen vor. »Überlass mir, das zu beurteilen.«

Miss Martinez drehte sich weg und sah die Straße entlang. Sie warf auch einen Blick in Richtung Schulparkplatz und wandte sich dann wieder Tillie zu.

»Wirst du abgeholt, Tillie?« Ihr Lächeln verschwand. Ihre Stimme wurde weicher. »Es ist ganz schön kalt da draußen.«

Tillie ahmte Miss Martinez' Blicke die Straße entlang nach, als würde sie auf jemanden warten. Sie spürte, wie ihr Gesicht feuerrot anlief. In ihrem Kopf kreiste die Nachricht, die ihr Vater ihr auf die Mailbox gesprochen hatte: *Hey, Til, tut mir sehr leid, aber ich habe heute furchtbar viel zu tun. Ich weiß, dass ist jetzt doof, aber könntest du heute wohl mit dem Bus fahren? Es ... es tut mir leid. Wir sehen uns nachher. Hast du Lust auf Nachos? Oder irgendwas anderes? Okay. Dann tschüss.*

»Ich warte auf den Bus«, sagte sie und senkte den Blick auf ihrer Schuhe. Normalerweise rief sie in Situationen wie dieser ihre Mutter an, aber sie hatte keine Lust, sich wieder einmal den ganzen Vortrag von Erklärungen und Entschuldigungen für das Verhalten ihres Vaters anzuhören.

»Ah, okay«, sagte Miss Martinez und nickte. »Aber was ist denn mit dem Schulbus?«

Ein weiteres Auto fuhr vorbei. Ein paar von Tillies Klassenkameraden saßen darin und winkten Miss Martinez zu. Die winkte zurück und ein Lächeln huschte über ihr Gesicht. Dann konzentrierte sie sich wieder auf Tillie.

Tillie zögerte und sagte schließlich: »Mein Vater ist bei der Arbeit aufgehalten worden und ich habe einen Arzttermin. Der Schulbus fährt nicht direkt da vorbei, der Linienbus schon. Ich bin aber nicht krank oder so was«, ergänzte sie und kam sich sofort dämlich vor.

Miss Martinez nickte wieder. Ein langsames, nachdenkliches Nicken. »Wieso fährst du nicht einfach bei mir mit?«

Ganz automatisch schüttelte Tillie den Kopf. »Das geht nicht, Miss Martinez«, sagte sie. »Es geht mir gut. Alles okay. Ich mache das immer so.«

Während sie noch sprach, sah sie, dass Miss Martinez die Beifahrertür aufmachte.

»Hüpf schon rein.« Sie lächelte. »Na los.«

Tillie legte die Hände auf ihre zitternden Knie und drückte sich hoch. Ganz aufrecht, die Bauchmuskeln fest angespannt, versuchte sie, so wenig wie möglich zu hinken, als sie die wenigen Schritte auf Miss Martinez' Auto zuging. Sie fuhren gerade an, als der Bus kam.

»Hier drin ist es viel gemütlicher, findest du nicht?«, sagte Miss Martinez.

Tillie lehnte sich im Sitz zurück und sah zu, wie die Straßen draußen an ihr vorbeiliefen. Sie hob die Kamera, um durch die Scheibe ein paar Bilder von der Stadt zu schießen.

Sie spürte, wie ihr Handy in ihrer Hosentasche vibrierte. Es war eine Nachricht von Jake. Beim Mittagessen hatte er ihr erzählt, dass ihn das Auto am Morgen zwar nicht verfolgt, am Vorabend aber wieder dauernd jemand auf dem Festnetz angerufen habe. Der Anrufer habe jedes Mal aufgelegt.

auch nach der schule keine spur von dem blauen chevy... haben ihn bestimmt vertrieben

Okay. Wir hören uns, schrieb Tillie zurück.

»Wohin soll's denn gehen?«, fragte Miss Martinez.

Was wäre, wenn sie jetzt einfach behauptete, die Arztpraxis wäre 100 Kilometer entfernt? Könnte sie dann den Rest des Tages einfach in Miss Martinez' Wagen sitzen bleiben?

»Es ist in der Innenstadt. In einer Seitenstraße der Main Street, nicht weit von der High School.«

»Ah, perfekt. Ich wohne ganz in der Nähe! Stört es dich, wenn ich ein bisschen Musik anmache?«

Tillie schüttelte den Kopf.

Miss Martinez summte zu der Melodie im Radio. Im Text war von Städten und hübschen Mädchen und Gitarren die Rede. Der Sänger schaffte es, gleichzeitig weinerlich und romantisch zu klingen. »Kennst du das Lied?«, fragte Miss Martinez.

»Nein«, antwortete Tillie.

»Es erinnert mich immer an New York«, sagte Miss Martinez, als sie links abbogen.

»Da war ich noch nie.«

»Nein? Ich wette, es würde dir dort gefallen. Da gibt es Millionen von Sachen, die du fotografieren könntest. In jeder Straße.«

»Im Ernst?«

»Oh, ja!«, lächelte Miss Martinez.

»Also waren Sie schon mal da?«

»Ich habe sogar dort gelebt«, sagte sie.

»Wirklich?«, fragte Tillie. »Aber kommen Sie nicht eigentlich von hier? Man kann tatsächlich von *hier* nach New York City ziehen?«

»Ich war hier in der Schule, ja. Aber dann bin ich nach New York auf die Kunsthochschule gegangen.«

Tillie wusste eine ganze Menge über Miss Martinez, weil Miss Martinez ihre Schüler häufig während der Mittagspause im Zeichensaal an ihren Projekten arbeiten ließ, was Tillie einmal die Woche tat. Manchmal erzählte Miss Martinez dann von sich. Tillie hatte erfahren, dass sie nicht verheiratet war und besonders gern mit Kohle zeichnete. Sie hielt George Clooney für den bestaussehenden Filmstar aller Zeiten und schrieb Briefe an Politiker von Illinois, in denen sie mehr Fördergelder für den Kunstunterricht an öffentlichen Schulen forderte. Sie fand, alle Schüler sollten das ebenfalls tun. Kurz: Tillie hatte erfahren, dass Miss Martinez toll war. Aber von New York hatte sie noch nicht gewusst.

»Ich bin dort hingezogen, um zu malen«, erzählte ihr Miss Martinez, den Blick auf die Straße gerichtet. Nur gelegentlich drehte sie Tillie das Gesicht zu. »Oder besser gesagt, ich hatte vor zu malen, aber dann hat zufällig einer meiner Lehrer einem Kurator eine Skulptur von mir gezeigt, und die haben sie in eine Ausstellung aufgenommen. So fingen die Leute an zu glauben, ich sei eine Bildhauerin.«

»Das ist ja Wahnsinn!«

»War schon okay«, sagte Miss Martinez. Sie zuckte mit den Achseln und machte ein Gesicht, als sei sie in Gedanken ganz weit weg. »Ich hatte einen Kunststand an einer kleinen Straße in der Stadt. Dort habe ich Miniskulpturen verkauft. Von tanzenden Frauen. Ich nannte sie meine ›kleinen Frauen‹.«

Tillie hätte in diesem Moment nur zu gern ein Foto von Miss Martinez gemacht. Aber stattdessen hörte sie zu.

»Aber ich war eigentlich gar keine Bildhauerin. Und auch keine New Yorkerin, nehme ich an. Also bin ich zurückgekommen. Ich wollte Lehrerin werden«, sagte sie. Sie hielt inne und ihr Blick kehrte aus der Ferne zurück. Ihr Tonfall wurde fröhlicher. »Und jetzt habe ich so wunderbare Schüler wie dich!« Sie näherte sich Tillie mit der Schulter, als wolle sie sie knuffen, berührte sie aber nicht.

»Wow«, sagte Tillie. »Wenn ich einen Kunststand in New York hätte, würde ich nie und nimmer da weggehen.«

Sie wirbelten die Lake Avenue entlang und Jake, sein verschwundener Vater und der Mann im Großraumbüro fielen ihr wieder ein.

»Ich glaube, du könntest es sicher nach New York schaffen, wenn du wolltest«, sagte Miss Martinez. »Deine Fotos sind großartig.«

Bei diesen Worten löste sich Jakes Dad in ihren Gedanken in Luft auf. Tillie musste ein erschrockenes Gesicht gemacht haben, denn Miss Martinez lachte und sagte: »Ganz im Ernst, Tillie: Kunst sollte die Wahrheit einfangen, weißt du? Deine Fotos tun das.«

Noch nie hatte jemand ihre Fotografie als »Kunst« bezeichnet.

Sie hatten die Main Street erreicht, waren nur noch Augenblicke von Dr. Kreggers Praxis entfernt.

Miss Martinez schwieg, blinzelte und reckte den Kopf in Richtung Windschutzscheibe. »Welche Straße suchen wir?«, fragte sie. Selbst in einer so sonderbaren Haltung wirkte Miss Martinez irgendwie anmutig, stellte Tillie fest. Sie hatte den Hals einer Ballerina, gepaart mit einem runden Gesicht mit Grübchen. Ihr Haar, immer zusammengefasst zu einem glänzenden Pferdeschwanz, war pechschwarz.

»Es ist in der Thompson Street. An der Ecke«, erklärte Tillie mit Bedauern. Sie wollte nicht aussteigen.

»Ah, okay. Tut mir leid, ich habe meine Brille verloren. Die ist seit letzter Woche weg, also sind die Buchstaben ein bisschen unscharf. Ich trage jetzt eine alte, und die ist eigentlich nicht mehr stark genug. Sieht witzig aus, oder? Riesig. Ich nenne sie meine ›Oma-Brille‹.«

Vielleicht konnten auch Lehrer ihre Dienste als Fundbüro in Anspruch nehmen. Wie Jake ja schon festgestellt hatte, konnte sie so ziemlich alles finden. Also nahm sie all ihren Mut zusammen und sagte: »Ich könnte Ihnen vielleicht dabei helfen, sie wiederzufinden. Wenn Sie möchten. Haben Sie sie in der Schule verloren?«

»Vermutlich«, sagte Miss Martinez. »Ich schätze, dort hatte ich sie zuletzt. Aber mach dir keine Gedanken deswegen, Tillie. Mach mir einfach eine große Fotocollage voller Fehler.«

Sie hielt weiter nach Straßenschildern Ausschau und kniff die Augen dabei immer stärker zusammen, bis sie wie ein hübscher Maulwurf aussah.

Tillie merkte, dass sie kichern musste. »Sie sehen nicht besonders gut, was, Miss Martinez?«

»Jep«, sagte die. »Ich bin eine blinde Künstlerin.«

»Ich bin sicher, die Brille ist auf einem der Bilder zu sehen, die ich in Ihren Stunden gemacht habe. Ich kann bestimmt herausfinden, wo Sie sie gelassen haben. Vielleicht haben Sie sie irgendwo abgelegt und ich habe zufällig ein Bild davon gemacht.«

Miss Martinez machte ein missbilligendes Gesicht, konnte sich dabei ein Lächeln aber nicht verkneifen. »Ach, du fotografierst also während meines Unterrichts? Dass ich zu blind bin, um das mitzukriegen, wusste ich gar nicht. Ich dachte, die Bilder wären deine Freizeitbeschäftigung.«

»Tja«, lächelte Tillie zurück. »Tut mir leid ...«

»Ach, guck mal, da drüben wohne ich.« Miss Martinez wies mit dem Kinn auf ein kleines Backsteinhaus mit einer kleinen Veranda in einer Wohnstraße direkt an der Ecke von Main Street und Clareview. Sie fuhren zügig daran vorbei, aber nicht so schnell, dass Tillie nicht noch ihre Kamera heben und das Haus blitzschnell durch das Autofenster fotografieren hätte können.

»Dein Arzt muss hier ganz in der Nähe sein, oder?« Dann sagte Miss Martinez lachend: »Ich brauche wirklich deine Hilfe dabei, diese Straßenschilder zu lesen, Til.«

»Wir sind schon fast da, Miss Martinez«, sagte Tillie und war so glücklich wie schon lange nicht.

Sie warf einen Blick auf das Bild von Miss Martinez' Haus. Sie versuchte sich vorzustellen, wie Miss Martinez auf der Veranda saß, vielleicht mit einem Skizzenbuch auf dem Schoß, ihr Haar nach einem langen Arbeitstag aus dem Pferdeschwanz gelöst, die dicken Haarsträhnen hinter die Ohren gesteckt, und den Kindern zuwinkte, die vorbeigingen. Vielleicht hatte sie ein ganzes Regal voll von ihren alten »kleine Frauen«-Figürchen. Tillie stellte sich das Haus am Abend vor, wenn durch das Fenster Licht nach draußen schien und Miss Martinez drinnen auf dem Sofa saß und sich George-Clooney-Filme ansah.

Dann kam die Thompson Street und Tillie lotste Miss Martinez in die richtige Richtung. Auf dem Schild über dem winzigen Büro in einem alten Haus stand in leuchtend blauen Buchstaben »Rehabilitation und Schmerzbehandlung, Dr. med. Samuel Kregger«, umgeben von blasigen Sternen, die den Ort freundlicher wirken ließen, als er eigentlich war. Nicht gewillt auszusteigen, wünschte sich Tillie, den Termin einfach ausfallen lassen zu können. Dort würde sie ja doch nur wieder das Gleiche zu hören bekommen wie immer – »Sieht alles ganz prima aus, Tillie!«, was in Wirklichkeit bedeutete: »Alles ist genauso wie immer und es wird sich auch nichts daran ändern, aber hier ist ein neues Medikament gegen die Schmerzen in der Wade, und hier ist etwas gegen die Nervenüberreizung und wegen eines dummen Autounfalls wirst du eine ganze Reihe Sachen einfach nie wieder machen können« – und dann durfte sie wieder nach Hause gehen.

Als Miss Martinez an den Randstein fuhr, atmete Tillie den Duft ihres Autos noch einmal ganz tief ein. Es roch wie die zwei kurzen Wochen im Mai, wenn die Veilchen blühten. Das musste ihr Parfum sein.

Tillie fragte mit leicht zittriger Stimme: »Hey, Miss Martinez? Dürfte ich vielleicht noch schnell ein Foto von Ihnen machen?«

»Nur zu, Tillie.« Während sich Miss Martinez zu Tillie umdrehte, sagte sie: »Es heißt, ein Bild sagt mehr als tausend Worte, nicht wahr? Vielleicht können deine Bilder meine Geschichte erzählen, was meinst du?« Miss Martinez lächelte mild und hielt den Kopf ein wenig schräg. »Wie ist das?«

»Perfekt.« Tillie strahlte und drückte auf den Auslöser. »Danke fürs Mitnehmen«, sagte sie und öffnete die Tür.

»Gern geschehen, Tillie. Ich sehe dich dann morgen. Dich und all deine wunderbaren Fehler.«

8. In die Nacht hinaus

Als ihre Mutter sie nach dem Termin abholte, entschuldigte sie sich immer wieder dafür, dass ihr Dad sie hatte sitzen lassen, und stellte ihr eine Million Fragen dazu, was der Arzt gesagt hatte. Das Auto roch nach Sorge und Stress und dem Schweiß eines langen Arbeitstages, keine Spur von Veilchen oder irgendetwas anderem Leichtem und Blumigem.

Wieder zu Hause stellte sich Tillie vor den Ganzkörperspiegel in ihrem Schrank, hielt die Kamera an die Hüfte und machte ein Foto von sich selbst. Miss Martinez hatte recht: Fotos erzählten Geschichten. Genau wie das von Miss Martinez die Geschichte einer Künstlerin erzählte und das von dem Mann im Großraumbüro die eines Geheimnisses, erzählte auch ihr Bild eine Geschichte. Aber welche? Die eines stillen, hinkenden Mädchens? Die eines Detektivs, wie Jake gesagt hatte? Was war *ihre* Geschichte?

Auf ihrem Laptop zoomte Tillie das Gesicht des Mannes im Großraumbüro heran und schnitt das Bild zu einem unscharfen Porträt zurecht. Sie verfluchte sich dafür, die Sucherkamera auf Automatik eingestellt und so Schärfe und Detail der Zweckmäßigkeit geopfert zu haben, und klickte auf Drucken.

Tillies Tante Kerry hatte ihr einmal zu Chanukka einen Fotodrucker geschenkt; und der war zwar nicht besonders gut, veränderte aber ihr Leben. Oft flehte ihre Mutter sie an, sich mit dem Drucken doch etwas zurückzuhalten. Die Kosten für Tinte und Papier läpperten sich. Tillie versuchte immer, genau abzuwägen, was sie ausdruckte, aber manchmal war es schwer zu widerstehen, und im Falle eines Kriminalfalls wie diesem fast unmöglich.

Sie nahm den warmen, noch feuchten Ausdruck des Großraumbüromannes. Die Farbe seiner Augen war nicht zu erkennen, aber dass sie weit hinten in seinem Gesicht lagen. Die Augenbrauen formten eine gerade Linie. Und bildete sie sich das ein oder hatte er eine Narbe? Eine ganz kleine, direkt über dem linken Auge?

Tillie musste das Porträt aus der Hand legen. Wenn sie das Referat über Elizabeth Cady Stanton nicht heute Abend fertig bekam, würde sie im Geschichtsunterricht ganz schön alt aussehen. Eine Zwei reichte ihr völlig, eine Drei oder schlechter wäre ein Problem und würde ihrer Mutter nur weitere Sorgen bereiten.

Aber das Gesicht dieses Mannes ließ sie nicht los. Das Gesicht und Jims nervöses Herumdrucksen, und die Kehrtwende des Autos ... all das gehörte irgendwie zusammen.

Das Gesicht war der einzige Anhaltspunkt. Auf einem ihrer Bilder hatte sie fast das Kennzeichen des Autos erwischt, aber eine der Ziffern war nicht zu erkennen. Wie sollte sie herausfinden, was der von einem Finger bedeckte Mund des Großraumbüromannes sagen wollte? Worüber sollte Jim schweigen?

Aber das musste sie nicht *heute* Abend klären, sagte sie sich. Konnte sie auch gar nicht. Sie hatte anderes zu tun. Nicht nur für Geschichte

Diana Farr hatte ihr einen Auftrag erteilt: Sie sollte herausfinden, ob Joaquin Silva sie so gern hatte, wie sie glaubte.

Normalerweise nahm Tillie keine so »persönlichen« Fälle an, aber Diana war die Ausnahme jeder Regel. Schließlich hatte Diana sie erst erschaffen.

»Der ist total süß, oder? Ich habe immer das Gefühl, dass er mich anstarrt«, hatte Diana zu ihr gesagt. »Ich muss wissen, ob ich recht habe.«

Hatte sie. Nach einem kurzen Scan des »Mensa«-Ordners auf ihrem Laptop fand Tillie allein aus den letzten zwei Wochen vier verschiedene Schnappschüsse, auf denen der zugegebenermaßen süße Joaquin Diana anstarrte. Auf einem Bild hatte er das Kinn auf die Hand gestützt und betrachtete Dianas von perfekten Strähnchen bedeckten Hinterkopf, während sie sich lebhaft mit irgendeinem anderen Jungen unterhielt. Auf einem anderen hatte die Kamera ihn dabei erwischt, wie sein Blick ihr folgte, als sie mit dem Tablett in der Hand vorbeilief. Auf wieder anderen strahlte er zu ihr herüber, während sie sich mit den anderen an ihrem Tisch unterhielt, sein sehnsuchtsvoller Blick schien förmlich zu flehen, sie möge zu ihm herüberschauen.

Morgen würde sie Diana berichten.

Sie nahm die Biografie der amerikanischen Frauenrechtlerin Elizabeth Cady Stanton zur Hand. Aber als sie das Buch vor sich abgelegt hatte, wanderten ihre Finger wie magnetisiert wieder zu dem Foto des Großraumbüromannes am Schreibtischrand zurück.

Welche Rolle spielte Jakes Mutter bei der ganzen Sache?, überlegte Tillie, während sie das Gesicht des Mannes betrachtete. Jake vermutete, dass seine Mutter ihn vor irgendetwas beschützen wollte, aber was wäre, wenn sie sich selbst schützte? Vielleicht gehörten die Kontoauszüge zu einer noch viel übleren Geschichte. Was, wenn sie etwas mit dem Verschwinden ihres Mannes zu tun hatte? Was, wenn sie ihm irgendetwas ... angetan hatte? Vielleicht reichte ihr Opas und Omas Geld nicht. Vielleicht schwebte ihr eine größere Summe vor ...

Tillie verwarf den Gedanken und legte das Bild beiseite. Ja, irgendetwas Sonderbares ging mit Jakes Vater vor. Aber es war kein Actionfilm.

Sie wandte sich einem anderen ihrer Fälle zu.

Hailey Granito hatte eine einzelne Seite ihrer fertigen Hausarbeit verloren und flippte aus, weil sie sie am kommenden Montag abgeben musste. Auf einer Totale des Klassenzimmers, die Tillie im Hinausgehen geknipst hatte, war ein Schnellhefter zu erkennen, der unter Haileys Bank lag. Wahrscheinlich war das Blatt da drin. Höchstwahrscheinlich war er im richtigen Fundbüro im Sekretariat gelandet oder beim Mathelehrer, der ihn nach der Stunde mitgenommen hatte. So einfach war das. Hailey verlor mindestens einmal die Woche etwas.

Zurück zum Großraumbüromann.

Er schien eine Glatze zu haben, aber vielleicht hatte er am Hinterkopf, den die Kamera nicht sehen konnte, auch noch Haare. In seiner Brille spiegelte sich das spärliche Licht eines Computerbildschirms. Er funkelte Jim mit einem so stechenden Blick an, dass man ihn auf diesem Bild glatt für einen Bond-Bösewicht hätte halten können, wenn man nicht gewusst hätte, dass er in einem Großraumbüro stand.

Nein, Jakes Mutter konnte nicht hinter dieser ganzen Dad-ist-verschwunden-Sache stecken. Alles schien auf diesen Mann hinauszulaufen. Auf diesen Mann mit seinem runden, bedrohlichen kleinen Gesicht und dem an die Lippen gepressten Finger, der etwas ganz Wesentliches vor Jake und ihr verborgen hielt. Etwas, das ihr Angst machte.

So verrückt Jake auch manchmal klang, war inzwischen auch ihr klar, dass sie hier irgendeinem gewaltigen Erwachsenengeheimnis auf der Spur waren. Und das ließ sich nicht so leicht knacken, wie herauszufinden, dass ein toller Junge in ein tolles Mädchen verknallt war. »Die große, böse Welt«, hatte Jake gesagt. Es stimmte schon, dass sie noch nicht allzu viel davon gesehen hatte. Aber vielleicht wollte sie das auch gar nicht.

Sie blendete die Fragen, die in ihrem Kopf herumschwirrten, aus und rang sich ein Geschichtsreferat ab.

Tillie hörte, dass ihr Vater nach Hause kam, und lief zum Eingang, wo er Jacke und Schuhe auszog.

»Hey, Dad«, sagte sie und lehnte sich an die Wand.

»Ach, hallo, Til«, sagte er mit einem entschuldigungsvorbereitenden Seufzen. »Tut mir leid, dass ich dich heute nicht abholen konnte. Ich hatte einen Haufen Arbeit und ich ...«

»Schon okay«, sagte Tillie eilig. »Hm, ich würde dich gern etwas fragen. Für die Schule.«

»Oh.« Er lehnte sich an die gegenüberliegende Wand. »Ja, klar, schieß los.«

»Was war die verrückteste Geschichte, an der du je gearbeitet hast?«

Er warf ihr einen fragenden Blick zu. »Ich ...«, zögerte er.

»Ich meine«, sie unterbrach sich, um ihre Gedanken zu sortieren. »Ist dir schon jemals eine Geschichte untergekommen, in der eine ganz normale Person etwas erlebt, das direkt aus einem Film stammen könnte? Ich meine, passieren die Sachen, von denen Filme handeln, jemals wirklich?«

»Für welches Fach brauchst du das denn?«

»Geschichte«, sagte sie zögernd.

»Hm.« Das Gesicht ihres Vater klarte ein bisschen auf. »Da fällt mir am ehesten eine Geschichte ein, an der ich noch während des Studiums gearbeitet habe, über Leute, die plötzlich herausfinden, dass sie jahrelang mit einem Spion verheiratet waren. Verstehst du, du weißt nicht, dass dein Mann oder deine Frau bei der CIA oder so ist. Es gab sogar Leute, die mit ausländischen Spionen verheiratet waren, ohne es zu wissen – besonders damals in den 80ern.«

»*Was?*« Tillies Kiefer klappte herunter. »Und sie *wussten* nichts davon?«

»Nein! So etwas zerstört Leben. Die haben zum Teil jahre-, manchmal jahrzehntelang zusammengelebt, ohne dass es der andere wusste.«

Tillie versuchte, das alles zu verarbeiten. »Okay, und was ist mit Leuten, die abhauen oder entführt oder erpresst werden oder so was?« Das schien doch genauso unglaublich wie eine Ehe mit einem Spion.

»Eines lernt man sehr schnell, wenn man bei der Zeitung arbeitet: Das Leben ist oft viel verrückter, als man sich vorstellen kann.« Er zuckte mit den Achseln, als sei ihm die eigene Leidenschaft für das Thema irgendwie peinlich. »Aber ich persönlich habe noch nie an einem Entführungsfall gearbeitet.«

»Okay«, sagte Tillie und nickte. »Okay, Dad. Super. Danke!«

Sie ließ ihren Vater im Flur stehen und ging in ihr Zimmer, um Jake eine Nachricht zu schicken: *Ich habe das Kenn-*

zeichen, aber es ist zu unscharf, um es ganz zu erkennen. Müssen uns auf den Großraumbüromann konzentrieren.

Jake antwortete: *nächster halt – haus in maple street.*

Tillie zog ihr Laptop heraus und machte eine der Lieblingsserien ihrer Eltern an, die sie noch nicht kannte. Eine englische Krimiserie.

Zwanzig Minuten später mischten sich die Stimmen ihrer Eltern unter die Geschichte.

Sie machte die Serie und die Lichter aus und versteckte den Kopf unter dem Kissen. Sie wusste sowieso schon, wer der Mörder war. Das war immer so offensichtlich.

Zum Klang der Stimme ihrer Mutter schlief Tillie ein.

Ich kann einfach nicht glauben, dass du sie nicht abgeholt hast. Was stimmt eigentlich nicht mit dir?

Sie träumte davon, den Mann mit dem fröhlichen Gesicht und den rötlichen Haaren zu finden, ihn zu Jake zu bringen und beide dabei zu beobachten, wie sie einander in den Armen lagen. Und beide dankten ihr dafür, dass sie ihn vor dem bösen Großraumbüromann gerettet hatte.

Um zwei Uhr morgens klingelte ihr Handy. Tillie schreckte auf.

»*Hallo?*«, fragte sie, nachdem ihr im Bruchteil einer Sekunde klar geworden war, wer dran war. »Wieso rufst du an?«

»Weil ich mit dir sprechen muss«, antwortete die Flüsterstimme.

Tillie seufzte schläfrig.

»Ich dachte, wir könnten vielleicht jetzt in die Maple Street gehen. Früher konntest du ja nicht.«

Tillie setzte sich auf. Sie spürte, wie ihr Bein wie immer beim Aufwachen zuckte, und streckte den Rücken, damit er mit ihr wach wurde. Sie guckte aus dem Fenster ins Licht der Straßenlaternen. Der Mond schien in dieser Nacht nicht.

»Ich schlafe.«

»Das tust du eben nicht mehr!« Sie konnte Jakes selbstgefälliges Grinsen durchs Telefon spüren.

»Du hast sie nicht alle.«

»Ich weiß.«

»Gute Nacht, Jake.«

»Warte!« Jakes Flüstern verwandelte sich in ein kratziges Flehen. »Du weißt, dass wir ihn finden müssen. Du hast gesehen, wie seltsam sich diese Kerle benommen haben. Wer fürchtet sich denn bitte vor Zwölfjährigen? Du hast das Auto gesehen. Du hast gesagt, du kommst mit.«

»Ich habe dir aber auch gesagt, dass ich heute etwas anderes zu tun hatte.«

»Aber jetzt ist doch schon morgen.«

Tillie brummte.

»Entweder er wird von irgendjemandem irgendwo festgehalten oder er ist auf der Flucht und versteckt sich vor irgendjemandem oder irgendetwas. Und ich glaube, wenn er mir eine Nachricht oder einen Hinweis zukommen lassen wollte, würde er ihn in dem Baumhaus im Garten unseres alten Hauses verstecken.«

»Selbst wenn ich mitkommen wollte, Jake ...«, sagte Tillie, die langsam wacher wurde, »es ist mitten in der Nacht. Das ist ... gefährlich.« Sie klang mehr nach ihrer Mutter, als ihr passte.

Jake lachte leise. »Ja, klar, wegen der vielen Verbrechen in Templeton. Mord und Totschlag.«

Er hatte recht. Die einzigen Verbrechen, die je in ihrer Stadt verübt wurden, waren wahrscheinlich Lärmbelästigungen durch die einzige Studentenverbindung der Hochschule.

»Außerdem«, fuhr er fort, »habe ich mich schon öfter rausgeschlichen. Einmal hat mein Dad mich erwischt, aber er war gar nicht richtig sauer. Er hat nur geseufzt und so etwas gesagt wie: ›Ganz schön aufmüpfig, Kleiner!‹. Komm schon, Tillie. Gönn dir ein kleines Abenteuer! Lebe ein bisschen! Sei mit mir aufmüpfig!«

»Wie sollen wir überhaupt in die Maple Street *kommen*? Nach Mitternacht fahren keine Busse mehr und zum Laufen ist es ganz schön weit.«

»Von dir aus ist es nicht mehr als eine Viertelstunde«, sagte Jake. »Ich hol dich ab.«

»Mit dem Auto? Wow, für einen 16-Jährigen bist du aber ganz schön klein«, antwortete Tillie. Jake machte sie zu einer ironischen, sich über andere lustig machenden Person, die sie nicht kannte.

»Ha, ha«, stieß Jake ein künstliches Lachen aus. »Ich meine – wie sagt man noch gleich? –, ich werde dich *eskortieren*.«

»*Ich* brauche aber keine Viertelstunde dahin«, sagte sie so zornig, dass sie selbst überrascht war. »Ich brauche doppelt so lang. Vielleicht sogar noch länger. Falls es dir aufgefallen ist: Ich gehe irgendwie eher langsam.«

»Du hast recht.« Jake verstummte. »Ich lass mir etwas einfallen.«

»Dann hättest du einigen Leuten mit einem abgeschlossenen Medizinstudium einiges voraus«, spottete Tillie.

»Du solltest mich nie unterschätzen, Tillie. Mein Urgroßvater war Arzt.«

Tillie stieg aus dem Bett und legte das Ohr an die Tür. Nichts. Das ganze Haus schlief.

Inzwischen hatte Jake angefangen, von einem alten Film namens *Der unsichtbare Dritte* zu erzählen, den er mit seinem Vater gesehen hatte. Darin musste irgendein ganz normaler Kerl plötzlich fliehen, weil die falschen Leute ihn für einen Spion hielten.

»Für einen Spion?«, hörte Tillie sich fragen.

»Entscheidend ist, dass der Kerl weglaufen muss«, erklärte Jake. Er fuhr fort, ihr die gesamte Handlung des Films zu erzählen.

Tillie ging zu ihren Bildern und schüttete sie aus der Mappe wieder auf den Schreibtisch. Sie nahm das Bild von dem Großraumbüromann und hielt es am Fenster ins Licht. Sie zuckte zusammen.

»Jake, ich kann nicht rausgehen«, sagte sie, als er seine Geschichte zu Ende erzählt hatte.

»Ich habe schon einen Plan. Ich bin in zwanzig Minuten da. Du wirst super laufen können.«

»Jake!«, protestierte Tillie. »Und wenn ich erwischt werde? Was, wenn irgendetwas passiert und ich nicht mehr zurückkomme? Ich mache so etwas nicht. Ich telefoniere nicht um zwei Uhr morgens. Und ich schleiche mich nicht raus!«

»Na, vielleicht solltest du langsam mal damit anfangen, solche Sachen zu machen! Du kannst das«, versicherte ihr Jake. »Lass dich einfach nicht erwischen. Wir sehen uns in zwanzig Minuten vor deinem Haus.«

»Ich weiß doch noch nicht mal, *wie* man sich rausschleicht«, sagte sie.

»Wie verlässt du denn normalerweise das Haus?«

»Ich ... gehe durch die Tür? Offensichtlich.«

»Dann versuch es mal damit.« Er legte auf.

Tillie marschierte zum Fenster. Fünf Minuten vergingen. Sie schrieb Jake eine Nachricht.

Komm lieber nicht her.

Keine Antwort.

Halloooo. So war das nicht vereinbart.

Ich arbeite ALLEIN. Ich habs dir gesagt.

Nichts.

Tillie hatte Herzklopfen. Manchmal, wenn ein besonders anstrengender Tag vor ihr lag, konnte sie ihren Pulsschlag bis zu den Füßen spüren. Manchmal spürte sie ihn auch, wenn sie etwas entdeckte, das sie für ein perfektes Fotomotiv hielt. Sie versuchte, mit den Zehen zu wackeln, um dieses pochende, aufregende, schmerzhafte Gefühl aus den Gliedern zu vertreiben.

Sie zog den Kapuzenpulli über und griff nach der Spiegelreflexkamera. »Lebe ein bisschen«, flüsterte sie. Sie behielt die Schlafanzughose an. Wenn ihre Eltern sie erwischten, konnte sie sich so leichter herausreden, als wenn sie eine Jeans trüge. Der Schlafanzug war mit Halbmonden und Herzchen bedruckt und Jake würde ihn sehen. Ihr elfjähriges Ich hatte ihn ausgesucht und bescherte ihrem zwölfjährigen Ich nun eine ungeheuer peinliche Situation. Im Flur blieb sie einen Augenblick stehen und überlegte, zurückzugehen und sich umzuziehen, aber dann beschloss sie, dass es ihr egal war.

Die Schleichtechnik, die sie sich antrainiert hatte, um heimlich ihre Eltern zu fotografieren, brachte sie lautlos durch den Flur.

Vor der Haustür setzte sie sich auf die Treppe und wartete auf Jake. Die Zeit verging so langsam, dass ihr einer der Filme in den Sinn kam, in denen ein Mädchen zum Abschlussball abgeholt werden soll und versetzt wird. Manchmal kamen sie nie darüber hinweg. Manchmal hatten die Figuren das auch Jahre später noch nicht verdaut und waren noch nie geküsst worden. Bäh, sie wollte beim besten Willen nicht von Jake geküsst werden.

Als Tillies Lider langsam schwer wurden, tauchte Jake auf.

»Hey!«

»Pssst!«, antwortete Tillie. Das Schlafzimmerfenster ihrer Eltern war buchstäblich nur einen Steinwurf entfernt. Sie zog ihn hinüber zu den Rasenflecken, die ihren Vorgarten darstellen sollten.

Jake verdrehte die Augen.

Er hatte eine Taschenlampe an einer dicken Kordel um den Hals und eine große, schwarze Tasche in der Hand. Tillie stellte fest, dass auch die mit Monden bedruckt war. Sie nestelte an den Seitennähten ihrer Schlafanzughose herum.

»Was ist das?«, fragte sie.

»Ach, nur die Ausrüstung. Hast du deine Kamera dabei? Klar hast du! Okay.« Jake kratzte sich kräftig am Kopf.

Tillies Fuß pochte noch etwas heftiger. »Und wie stellst du dir das jetzt vor?«, flüsterte sie. »Ich brauche ewig, um dahin zu laufen.«

»Keine Angst«, erklärte Jake.

Er griff in die Tasche, die bis zu seinen Füßen hinunterhing, und zog einen langen, geraden, mit irgendwelchen Schnitzereien verzierten Stock heraus.

»Und was ... soll das sein?«

»Das ist Gandalfs Stock!«, rief Jake aus.

»Bitte was?«

»Ein Spazierstock.«

»Das habe ich schon verstanden.«

»Ich war zu Halloween als Gandalf verkleidet«, erklärte Jake. »Das ist sein Stock, also sein Spazierstock-Schrägstrich-Zauberstab, könnte man sagen. Ist das das richtige Wort? Er hat auch noch ein Schwert, aber das war bei dem Kostüm nicht dabei, tut mir leid.«

»Ich werde ganz bestimmt keinen Stab benutzen.«

»Seinen *Stab*! *Das* ist das richtige Wort. Tillie, welche geheimen Kenntnisse der wunderbaren Fantasywelt hast du mir verschwiegen? Und, *bitte*«, sagte er und betonte dabei das »Bitte« wie ein kleines Kind, »der ist ja wohl ideal!«

»Nein, ich werde ihn nicht benutzen«, sagte Tillie und stand auf. Mit dem Stab eines Halloween-Zaubererkostüms würde sie total lächerlich aussehen.

Ein paar Katzen jagten einander durch ihren Garten. Sie zuckte zusammen und geriet dabei ein bisschen aus dem Gleichgewicht. Jake fasste sie am Arm, als sie sich wieder gefangen hatte und auf die Tür zuging.

»Warte. Ich wusste, dass dir das peinlich sein würde.«

»Es ist mir nicht peinlich, es wird nur nichts bringen.« Sie fand eigentlich nur peinlich, dass ihr jemand sagte, ihr sei etwas peinlich.

»Guck doch mal.« Jake griff erneut in seine Tasche. »Guck, was ich noch mitgebracht habe«, sagte er, während er in dem Ding herumwühlte, das Tillie nun als eine Art Zauberbeutel erkannte. Mit triumphierendem Gesichtsausdruck zog Jake ein großes Bündel hervor, das aussah wie graues Fell.

»Und was soll *das* bitte sein?« Tillie drehte sich vom Türgriff weg. »Ein Welpe?«

»Das ist Gandalfs Bart. Wenn ich *den* anziehe, sehen wir beide aus wie Zauberer!«

Jake zog das Gummiband am Bart in die Länge, streifte es über den Kopf und zupfte den langen, grauen Bart zurecht.

Er sah aus wie ein Junge mit einer vorzeitigen Alterungskrankheit.

Tillie musste lachen. Bei ihrem ersten Prusten versuchte Jake noch, sie zum Schweigen zu bringen, musste aber selbst bereits kichern. Tillie presste sich die Hand auf den Mund, während ihre Schultern immer noch vor Lachen bebten. Aber dann brach es wieder aus ihr heraus. Ein lautes Lachen, eines, das sie von den Stufen vor der Haustür in Richtung Gehweg stolpern ließ. Sie lachte so, dass der Stab in ihren Händen zitterte, aber er gab ihr Halt.

»Schön, dass dir meine Idee so gut gefällt«, sagte Jake strahlend.

Und dann, jung und doch alt, hinkend und doch einigermaßen aufrecht gehend, zogen die beiden Detektivzauberer gemeinsam in die Nacht hinaus.

9. Ein alter Mann am Fenster

Mit Gandalfs Stab konnte sie tatsächlich besser laufen. Vielleicht war es an der Zeit, noch einmal über die Benutzung des Gehstocks nachzudenken, den sie ganz hinten in den Kleiderschrank ihrer Mutter verbannt hatte. Wenn sie ihn benutzt hatte, hatten die Menschen sie noch häufiger angestarrt.

In dieser Nacht war niemand auf den leeren Straßen, der sie hätte anstarren können.

»Hallo, alter Freund«, sagte Jake leise, als sie das Haus Nummer 308 in der Maple Street erreichten.

»Wow«, staunte Tillie. Sie hatte das Haus zwar schon auf Fotos in dem Album gesehen, das Jake ihr gezeigt hatte, aber in Wirklichkeit türmte es sich regelrecht vor ihnen auf. Vielleicht war der frühere Job von Jakes Dad besser bezahlt gewesen. In ihrer Stadt schien es einige Eltern zu geben, die vor wenigen Jahren noch bessere Jobs gehabt hatten. Die Nacht umhüllte das weiße Haus mit einem gräulichen Blau. Das Haus hatte eine richtige Veranda, nicht nur so ein kleines Podest mit einem winzigen Metallstühlchen wie Tillies.

Jemand hatte das Bild eines Strichmännchens von innen an die Scheibe in der Haustür geklebt.

»Hast du keine Angst, dass jemand aufwachen könnte?«, fragte Tillie.

Jake antwortete nicht. Tillie drehte sich zu ihm um und sah, wie er das Haus mit verträumtem Blick betrachtete. Nach ein paar Sekunden antwortete er schließlich.

»Deshalb sind wir ja nachts hier. Wir schleichen uns hinten in den Garten, wo das Baumhaus steht, und sind ganz leise.«

»Okay …«

»Hey, ich weiß schon, dass du viel schlauer bist als ich, aber vertrau mir jetzt bitte einfach mal, Hermine.«

»Du immer mit deinen Zaubereranspielungen«, brummte Tillie.

»Hermine ist genau genommen eine Hexe …«

»Pssst«, machte Tillie.

»Für Einzelkinder ohne Geschwister sind wir beide ganz schön gut im Sticheln«, sagte er und wandte sich ihr zum ersten Mal, seit sie angekommen waren, direkt zu. »Ich bin stolz auf uns.«

»Kein Mensch sagt mehr ›sticheln‹. Dieser Bart lässt dich wirklich altern«, sagte Tillie im Flüsterton und konnte sich ein Grinsen nicht verkneifen. »Jetzt klingst du noch mehr wie mein Opa als sonst schon.«

»Siehst du, du stichelst schon wieder.« Jake lief zum Zaun und winkte ihr zu. »Der Zaun ist neu. Geben sich alle Mühe, den Pöbel fernzuhalten, was? Tja, ich fürchte, wir müssen drüberklettern«, sagte er. »Lass mich nachdenken … Okay, du stützt dich mit Gandalfs Stab ab und ich klettere auf deine Schultern. Warte. Keine gute Idee. Okay, okay, jetzt. Ich grabe ein Loch und krieche unter dem Zaun durch, und du lässt ganz locker und ich ziehe dich durch.«

Tillie drückte sanft gegen das Törchen. Es ging auf.

»Oder wir machen es so«, sagte Jake und folgte ihr in den Garten.

Für ein so teuer wirkendes Haus war der Garten ziemlich kahl.

Tillie entdeckte eine Schaukel an einem Baum mit dickem Stamm und großen, geschwungenen Ästen und ein verwittertes Baumhaus auf dem dünneren Baum daneben. Dünne Holzstreifen lösten sich davon ab. In die Vorderseite war ein winziges Loch gesägt, wahrscheinlich, damit der kleine Jake hinausschauen und sehen konnte, wann seine Eltern kamen, und mit dem Unsinn aufhören konnte, den er gerade anstellte, dachte Tillie. Zu der Kiste in schwindelerregender Höhe führte eine Leiter hinauf, die nicht gerade vertrauenswürdig aussah.

Tillie zuckte zusammen und machte ein Foto. Sie schaltete den Blitz aus, damit sie in der Dunkelheit niemand entdeckte. Sie stellte die größte Blende ein, aber auch damit würden die meisten Bilder wohl nichts werden.

»Okay, wir müssen da rauf«, sagte Jake. »Komm schon.«

Nun war Tillie an der Reihe, schärfer als gewöhnlich zu reagieren. »Ich kann da nicht raufklettern!« Sie bewegte sich ein Stück von ihm weg und benutzte dabei den Gehstock, um sich in dem kalten Matsch des Gartenbodens abzustützen.

»Ich weiß ganz genau: Wenn er nicht mit mir sprechen kann, mir aber irgendwie eine Nachricht zukommen lassen möchte, haben wir gute Chancen, dass er sie hier oben versteckt hat. Irgendein Zeichen, dass es ihm gut geht.«

»Jake, das ist doch total ... unrealistisch«, sagte Tillie.

»Oder vielleicht war er ja auch einfach hier und ich finde irgendeinen Beweis dafür. Irgendeinen Beweis, dass er sich vor irgendetwas versteckt. Vertrau mir, wenn er auf der Flucht ist oder sich vor ... *was auch immer* versteckt, dann war er hier.«

Das Gesicht des Großraumbüromannes tauchte wieder in Tillies Kopf auf und schwebte dort herum wie ein Gespenst. Wenn der hinter ihr her wäre, würde sie sich auf jeden Fall auch verstecken.

»Er war so glücklich in diesem Haus.« Jake guckte wieder ganz verträumt. Und ein bisschen traurig. »Wir haben immer ...« Jake unterbrach sich, atmete tief ein, hielt ein bisschen zu lange die Luft an und atmete dann in einem Erzählschwall wieder aus. »Das da haben wir zusammen gebaut«, sagte er und wies mit dem Kinn auf das Baumhaus. »Wir waren ständig da drin. Da drin haben wir an Wochenendnachmittagen den gesamten Tolkien gelesen. Er ist besessen von Tolkien. Er hat ein tolles Bild von Aragorn gemalt, das jetzt in meinem Zimmer hängt! Und er hat mir Vogelrufe beigebracht. Wir haben zusammen Superhelden gespielt. Deshalb habe ich diesen roten – na ja, oder pinken – Umhang getragen. Er war Superfalke und ich war ... ich war Supermarienkäfer.« Jake kicherte leise, genau wie Tillie. Sie konnte sich Viertklässler-Jake ganz genau als Super-Marienkäfer-Kind vorstellen. »Ich weiß nicht mehr genau, warum, aber Marienkäfer sind irgendwie toll und total unterschätzte Tiere ... Aber egal«, sagte er in wehmütigem Ton, während der Nachtwind an seinem Gandalfbart zupfte, »als ich den Umhang in der Schule anhatte und die Leute sich über mich lustig gemacht haben, hat mein Dad so was gesagt wie: ›Hör zu, Supermarienkäfer, es wird immer Idioten geben. Furchtbare Idioten. Sei ein netter Kerl und hab Spaß und genieße es, der Junge zu sein, der du bist, dann sind die Idioten nicht mehr als ein unbedeutendes Blablabla in deinem Ohr.‹ Daran habe ich mich gehalten. Ich habe diesen Umhang ein Jahr lang jeden Tag in der Schule getragen, und ich habe es geliebt, das war so ziemlich das beste Jahr überhaupt. Also danke, Dad. Das ist der Zauber des Baumhauses, verstehst du? Jeder, der sich verstecken muss, möchte sich dort verstecken. Und er würde mir dort ein Zeichen hinterlassen.«

Tillie versuchte, sich vorzustellen, wie ihr Vater so mit ihr sprach, aber es gelang ihr nicht. Sie dachte daran, wie der jüngere Jake sich über *sie* lustig gemacht hatte, und wie *er* das Blablabla in *ihren* Ohren gewesen war.

Sein Dad klang toll.

»Tja, aber du wirst wohl allein nach Beweisen suchen müssen.« Sie dachte kurz daran, ihm die Kamera zu überlassen, spürte dann aber, wie ihr ganzer Körper sich dagegen sträubte, indem sie die Kamera fester umklammerte und sich gegen die Brust drückte.

»Tillie, hör doch mal auf. Ich brauche dich!« Er blickte sie mit seinen großen von fusseligem Bartgrau umgebenen Augen an.

Sie sah zu dem Baumhaus hinauf. Sich rauszuschleichen reichte doch wohl. Eigentlich war es schon zu viel. All das. Und jetzt noch eine Leiter hinaufzuklettern? Sie würde sich wieder die Knochen brechen. Dann würde ihr anderes Bein auch nicht mehr funktionieren.

»Ich kann das nicht«, sagte sie. »Ich falle bestimmt runter.«

Und das war es.

»Okay«, sagte Jake. Seine Augen verwandelten sich von schwermütig zu entschlossen. »Ich gehe jedenfalls.«

Während Jake die Leiter hinaufkletterte, ging Tillie um das Haus herum dorthin, wo der Zaun anfing. An den Wänden rankte sich Efeu empor und kringelte sich um ein Fenster im ersten Stock wie Haar um ein Gesicht. Sie hätte das Bild gern festgehalten, aber es war zu dunkel. Sie wollte die Wirkung der nächtlichen Schatten nicht zerstören oder die kühlen Farben der diffusen Verandabeleuchtung im Nachbargarten nicht verfälschen, deshalb zerstreute sie das Licht des Blitzes, indem sie ihn mit einer Hand abdeckte. Das Licht schoss ihr in die Augen und blendete sie für einen Moment, dann war sie wieder von Dunkelheit umgeben.

Aus dieser Dunkelheit und dem leicht geöffneten Gartentor kam Jake mit hängenden Schultern. Sein Bart stand ein bisschen von seinem Kinn ab und aus dem Grau ragte ein Zweig hervor.

Tillies Hüfte und Bein zitterten ein wenig und sie setzte sich nahe dem Fenster hin.

»Da war nichts«, brummte Jake und trat mit dem Fuß nach einem Dreckklumpen. »Das war dämlich von mir.« Er kam zu Tillie herüber und lehnte sich an die Hauswand.

Dann war plötzlich ein Geräusch zu hören. Ein Schlurfen.

Tillie signalisierte Jake, still zu sein. Sie zwang sich auf die Füße. »Was war das?«, flüsterte sie. Ganz in der Nähe bewegte sich etwas. Hier draußen. Tillie fing an zu zittern, als sie sich vorstellte, wie der Großraumbüromann sich ihr gerade im Dunkeln näherte, nachdem er ihnen bereits den ganzen Weg gefolgt war, um zu verhindern, dass sie irgendein Geheimnis ausplauderten, von dem sie nichts wissen sollte, und sie von ihrer Suche nach Antworten abzuhalten.

»Jake«, flüsterte sie und griff nach seinem Arm.

Dann hörten sie ein scharrendes Geräusch, wie von langen Fingernägeln an einer Tür.

»Was war das?«, fragte Jake.

Tillie hielt den Atem an.

»Das ist er«, flüsterte Jake. Er hopste auf und ab. »Er ist es! Er ist hier irgendwo. Wir haben ihn gefunden.«

»Oder jemand anderen ...«, flüsterte Tillie. »Ich kann nicht wegrennen!« Panik kroch ihr den Rücken hinauf.

Das Scharren und Schlurfen schien lauter zu werden, aber Tillie war sich nicht sicher.

»Warte«, sagte Tillie so leise, dass sie eigentlich nur die Lippen bewegte. »Das Geräusch ist direkt neben uns.«

Jake machte kehrt, um in den Garten zurückzugehen, aber Tillie hielt ihn auf.

»Das ist nicht dein Vater«, sagte sie und hielt ihn am Arm fest. »Das weißt du.«

Beide standen wie angewurzelt und lauschten still.

Tillie flimmerten von dem Blitzlicht immer noch ein bisschen die Augen. Sie blinzelte in alle Richtungen und versuchte zu erkennen, welche Monster hier herumschlichen. Als sie endlich die Plane rund ums Haus entdeckte und bemerkte, wie stark der Wind wehte, spürte sie, wie sich ihr gesamter Körper plötzlich entspannte. Da, direkt neben dem Fenster, erblickte sie einen kahlen, blattlosen Busch, der mit den Ästen wild an der Hauswand schabte.

Aber Jake hatte sein bärtiges Gesicht bereits dem efeuumrankten Fenster im ersten Stock zugewandt.

»Das kommt von drinnen«, sagte er. »Hey, vielleicht sind die Leute in Wirklichkeit längst ausgezogen und mein Dad versteckt sich im Haus.«

»Nein, Jake, es kommt von da drüben. Guck…«, sagte Tillie und zeigte auf den Busch, aber Jake blieb in seiner eigenen Welt.

Er drückte die Nase an die Scheibe und sagte in voller Lautstärke: »Dad? Dad?« Tillie versuchte noch, ihn daran zu hindern, aber schon klopfte er an die Scheibe. »Dad!«, sagte er viel zu laut.

Und in diesem Moment ging drinnen das Licht an, die Vorhänge wurden aufgezogen und ein Gesicht erschien.

»Aaaaaah!«, kreischte ein kleines Mädchen, dessen Kopf gerade eben über das Fensterbrett ragte und dem jungen Gandalf jetzt direkt in die Augen sah. »Aaaaah!«

»Aaaaaah!«, kreischte Jake zurück, fast in der gleichen schrillen Tonlage.

Während Jake und das Mädchen gemeinsam kreischten, packte Tillie Jake am Arm, zog ihn fort und ließ das kleine Mädchen nach seinen Eltern schreien.

»Dad, da ist ein alter Mann am Fenster!«, hörten sie noch, als sie die menschenleere Straße entlanghasteten, und lachten sogar noch heftiger als zwei Stunden zuvor, so sehr, dass Tillie Tränen in Jakes Bart glitzern sah.

10. Verwandlungen

Der Morgen kam und Jake behielt recht. Keiner hatte etwas gemerkt. Also gehörte Tillie jetzt zu den Mädchen, die sich nachts aus dem Haus schlichen, um Kriminalfälle zu lösen. Als sie nach zwei Stunden Schlaf aufwachte, machte sie erst einmal ein Foto von ihrem Gesicht.

Vielleicht konnte sie eines Tages wirklich Detektivin werden. Vielleicht konnte sie sogar für den Geheimdienst arbeiten. Oder vielleicht konnte sie Fotojournalistin werden, um die Welt reisen und Kriege dokumentieren. Vielleicht konnte sie irgendwelchen Bands durchs ganze Land hinterherfahren und ihre Fotos an den *Rolling Stone* verkaufen. Die Welt sah auf einmal ganz anders aus. Auf einmal war alles möglich – einfach alles.

Als sich Tillie an diesem Morgen vor dem Spiegel das Haar bürstete, schwelgte sie in dessen Länge wie ein Filmstar. Dann setzte sie die Brille auf, warf einen letzten Blick auf ihre unperfekte Fotocollage, hängte sich die Kamera um den Hals und verwandelte sich wieder in jemanden, der etwas mehr an Tillie erinnerte. Sie war auf dem Weg in die Küche, bevor ihre Mutter auch nur ein einziges Mal nach ihr gerufen hatte.

Unterwegs stellte sie fest, dass Jake ihr geschrieben hatte: *wie viele zauberer braucht man, um eine glühbirne zu wechseln? keinen. zauberer brauchen keine glühbirnen! ha! ein lieblingswitz von meinem dad. bis in ein paar stunden!*

Sie lächelte und antwortete: *Sehr witzig! Bis nachher, Supermarienkäfer!*

Ihre Mutter saß am Frühstückstisch und tippte zwischen Löffeln voll Müsli auf ihrem Laptop vor sich hin. Ihr Dad stand an der Spüle vor dem Fenster, beobachtete das Vogelhäuschen und trank seinen Kaffee.

Tillie war in ihrem Schlafmangel ganz aufgekratzt und freute sich auf den Tag.

»Hey, Leute«, sagte Tillie in einer Tonlage, die fast so schrill war wie Jakes. Ihre Mutter sah sie an. Es war erst sieben Uhr morgens und ihr Gesicht zeigte schon die typischen Was-ist-wieder-mit-Tillie-los-Falten.

»Sag ›Cheese‹!« Tillie machte ein Foto mit Blitz und der Raum wurde hell. Sie kicherte. »Und, wie geht's den Vögeln, Dad?«

Tillies Vater blinzelte und sagte: »Ich wünschte, du könntest mal einen Augenblick aufhören mit dem Ding. Es ist noch so früh.« Er hustete und murmelte etwas in seinen Bart, dann setzte er sich an den Küchentisch. »Früher hast du die Vögel gern gefüttert, weißt du noch?«, sagte er mit gesenktem Kopf, als würde er in Wirklichkeit mit sich selbst sprechen. »Wenn wir Vogelfutter ins Häuschen gefüllt haben, haben sie sich immer auf unsere Hände gesetzt.« Er nahm die Zeitung und begann zu lesen.

Tillie starrte ihn an. Aufhören? Zu fotografieren?

Miss Martinez' Worte vom Vortag klangen Tillie noch im Ohr. *Deine Bilder sind großartig.*

Also sagte sie: »Und jetzt noch mal: Cheese!«

Ihr Vater bedeckte die Augen mit den Händen.

»Ich frage mich oft, warum Dad ihr diesen Vivian-Maier-Kram überhaupt erst eingeredet hat«, sagte er zu Tillies Mom, als sei Tillie gar nicht da. Er rieb sich das stoppelige Kinn und gähnte.

Aber Tillie war da. Und sie mochte diesen Kram.

»Wer ist Vivian Maier?«, fragte sie.

Ihre Mom warf ihr einen Keine-Ahnung-Blick zu.

Tillie hielt inne. Sie hörte auf zu blitzen, hielt sich die Kamera aber weiter vors Gesicht wie eine Maske und spähte durch den Sucher, zuerst auf den Fast-wahnsinnig-vor-Sorge-Gesichtsausdruck ihrer Mom und dann auf den genervten ihres Vaters. Dann richtete sie das Objektiv auf ihn. *Du hast völlig recht, Dad,* dachte sie. *Opa hätte mich stattdessen lieber fürs Kunstturnen begeistern sollen. Wenn das nur anders gelaufen wäre, was?*

Hinter dem Objektiv, das ihr rot angelaufenes Gesicht verdeckte, sagte Tillie: »Keine Sorge, Dad. Du siehst dir meine Fotos doch sowieso nie an, also kann es dir doch egal sein.« Sie machte noch schnell ein Bild vom verdatterten Gesicht ihres Vaters, ließ die Kamera auf die Brust sinken, schnappte sich eine Scheibe Toast von der Anrichte und fügte hinzu: »Ich bin dann mal weg.«

Ihre Mutter holte noch Luft, um irgendetwas zu antworten, aber Tillie hatte sich schon umgedreht und war durch die Tür verschwunden.

In der Schule überbrachte Tillie einer begeisterten Diana Farr die guten Nachrichten über Joaquin. Die wollte Einzelheiten zu jedem dokumentierten Blick wissen. Dann holte Tillie den Schnellhefter mit dem Matheblatt für Hailey Granito zurück und war zur Mittagszeit ziemlich erschöpft. Sie saß am gleichen Tisch wie immer, als sie ein »Hey, Fundbüro!« hörte.

Zum ersten Mal ging ihr dieser Name irgendwie auf die Nerven. Sie war die ganze Woche, seit sie mit Jake unterwegs war, nicht so genannt worden. Wie sie festgestellt hatte, nannte Jake sie nicht mehr so.

Aber als sie aufblickte, um zu sehen, wer da nach ihr rief, merkte sie, dass es eines der Kinder war, die sonst immer mit Jake am Tisch saßen. Der ganze Tisch mit seinen Freunden guckte zu ihr herüber, lächelte und winkte einladend.

Sie sah sich suchend nach Jake um und entdeckte ihn in der Pizzaschlange. Er fuchtelte mit den Händen herum, wobei ihm etwas Kleingeld herunterfiel, und gab ihr zu verstehen, sie solle sich doch zu seinen Freunden setzen.

Einen kurzen Augenblick lang überlegte Tillie, ob sich hier jemand einen Spaß mit ihr erlaubte. Trotzdem stand sie auf, richtete sich gerade auf, so gut es ging, und machte sich auf den Weg durch den Raum, um sich drüben zu einem Dutzend fröhlicher Gesichter zu setzen, von denen sie einige noch nie aus der Nähe und von Angesicht zu Angesicht gesehen hatte. Sie überlegte kurz, ob wohl einer von ihnen dabei gewesen war, als Jake sie in der 6. Klasse nachgeäfft hatte ... verbannte die Frage dann aber so gut wie möglich aus ihrem Hirn.

»Du sitzt immer da drüben«, sagte das Mädchen am Ende des Tisches, das sie herübergerufen hatte. Tillie kannte sie aus dem Mathe- und Natur-und-Technik-Unterricht aus der Sechsten. Abby Whatley. Mit feuerrotem Gesicht schob sich Tillie mit ihrem Tablett neben sie.

»Ja«, lachte sie nervös.

»Dabei ist der Platz hier viel besser«, fuhr Abby Whatley fort, als sei überhaupt nichts Außergewöhnliches passiert, als würden die Leute ständig die Tische wechseln.

Seit Sydney und Zahreen hatte Tillie beim Mittagessen nicht mehr mit anderen Kindern zusammengesessen.

»Hier sind wir nur ungefähr einen Meter vom Smoothie-Stand entfernt. Und wenn die Schlange irgendwann mal kürzer wird, zischen wir rüber und kommen sofort dran.«

»Cool«, war alles, was Tillie im Augenblick dazu einfiel.

Abby Whatley hob den Arm und holte aus. Erschrocken zuckte Tillie auf ihrem Stuhl zusammen, aber es war nur Jake, der hinter ihnen stand und zur Begrüßung mit Abby abklatschte. Er wirkte hellwach, energiegeladen, aber seine Augen waren blutunterlaufen und Tillie entdeckte ein graues Haar in einer seiner Augenbrauen.

»Wie ich sehe, hast du Abby schon kennengelernt«, sagte Jake. »Abby quetscht mich immer über deine Bilder und so aus.«

»Was?«

»Oooh ja, darf ich mir mal ein paar ansehen?«, sagte Abby und streckte die Hand nach der Kamera aus. »Die verlorenen Dinge in den Gefängnismauern der Hansberry Middle School!«

Abby streckte die Zunge heraus, wenn sie lächelte, sodass sie aussah wie die stumm gestellte Version ihres T-Shirts mit dem Rolling-Stones-Logo, einer grellroten Zunge in einem schreienden Mund.

Widerwillig ließ Tillie Abby die Kamera halten, behielt zur Sicherheit aber das Kameraband um den Hals, sodass Abby immer wieder mit den Fingern an die Knöpfe von Tillies brauner Strickjacke stieß, während sie das Objektiv inspizierte.

»Oh, nein, bitte nicht auf die Linse, ja?«

»Huch, entschuldige!«, sagte Abby.

Nun wollten sich noch vier weitere Kinder die Kamera ansehen.

»Och, Mensch, ich darf sie nie anfassen, und dabei liebe ich so alte Sachen!«, sagte Jake. Während er von seiner Pizza abbiss, rief er über den Tisch: »Luke, sieh dir mal diese altmodische Kamera an!«

»Okay, okay«, sagte Tillie und nahm, plötzlich von einer Traube von Kindern umringt, den Gurt ab. »Aber ... aber bitte keine Fotos machen, ja? Und«, fügte sie ganz leise hinzu, »sie ist kein bisschen altmodisch. Das ist eine digitale Spiegelreflexkamera mit einem 17–50 Teleobjektiv, nicht so eine Spaßkamera für Schnappschüsse oder so was.« Niemand hörte ihr zu außer Abby, die nickte, als wisse sie, wovon Tillie redete.

Jake stellte sie allen vor. Aber natürlich kannte sie ihre Namen längst – Luke, Emma, Lily, Sean, Sarah, Ian – und ihre Gesichter waren alle in den vielen Ordnern auf ihrem Laptop verewigt, wie sie in den letzten eineinhalb Jahren von Clique zu Clique gewandert waren. Aber sie begrüßten einander, als hätten die anderen nie von ihr gehört oder sie keinen der anderen je gesehen.

Die Menge reichte die Kamera herum und machte *Uuuh* und *Aaah* beim Anblick des verstellbaren Objektivs und des »altmodischen« Aussehens. Sie kam ihnen nur altmodisch vor, weil es kein Handy war. Abgesehen davon hatte sie die Kamera bei einem Hofflohmarkt gefunden, wollte Tillie noch erklären, aber sie war sich nicht sicher, ob das irgendwie beeindruckend klang oder eher schrottig.

Jake drängte sich zwischen Abby und Tillie, während die anderen Kinder sich gegenseitig überschrien, um gehört zu werden. Er lehnte sich zu Tillie, fasste sie am Arm und flüsterte: »Was hast du denn als Nächstes? Ich bring dich hin, dann können wir reden.«

Als sie sich ihm zuwandte, bemerkte sie, dass seine Augen nicht nur blutunterlaufen, sondern auch geschwollen waren, als hätte er geweint.

Tillie versuchte, ihn nicht anzustarren, als sie ihm mitteilte, sie müsse zum Kunstunterricht bei Miss Martinez.

»Meine große Liebe!«, sagte Jake mit einem spöttisch schnulzigen Seufzen, plötzlich das Gegenteil der verzweifelten Person, die ihr eben noch zugeflüstert hatte. Dann widmete er sich wieder seinem Pizzarand und, so schien es, seinem Publikum.

»Deine große Liebe? Wow! Du bist ja besessen«, bemerkte Abby knapp zu Jake, bevor sie sich wieder ihrem eigenen Gespräch zuwandte.

Zu ihrer eigenen Überraschung mischte sich Tillie ins Gespräch: »Sie *ist* aber auch toll.«

»Und wie«, sagte Jake. »Nach dem Elternabend meinte mein Vater, sie sollte besser Schauspielerin oder so was sein als Lehrerin.«

»Ach, weil nur hässliche, alte Hexen mit fiesen Warzen Lehrerinnen werden sollten?«, sagte Abby und knuffte Jake in den Arm.

»Ja, und nur weil man wirklich hübsch ist, muss man ja nicht gleich nach Hollywood ziehen«, räumte Tillie ein.

»Moment mal. Auf wessen Seite stehst du eigentlich?«, protestierte Jake.

»Sie steht auf der Seite der *Vernunft*«, fuhr Abby fort. »Also alte Frauen dürfen Lehrerinnen sein und die jungen, hübschen sollen Schauspielerin oder Model werden? Auf jeden Fall sollten alle schön ordentlich in kleine Schubladen passen, nach Aussehen sortiert? Du bist ein Sexist!«

»Und was für einer!«, stimmte Tillie zu.

»Okay, okay, hört auf, euch gegen mich zu verschwören!«, lachte Jake und stand auf.

Aber sein Lachen klang nicht wie in der vorigen Nacht. Es klang angestrengt. Leer.

Er nahm sein Tablett und sagte leise zu Tillie: »Also, komm. Lass uns jetzt gehen, dann sind die Gänge noch schön leer und wir können reden.«

Er winkte seinen Freunden zum Abschied zu und zupfte an Tillies Shirt, als wolle er sie hochziehen.

Sie schob seine Hand weg.

Er zog ständig eine Show ab, stellte sie fest. Offensichtlich hatte er seinen Freunden nichts von seinem Dad erzählt. Vielleicht war er zu ihr gekommen, weil er den Leuten, die ihn kannten, etwas vorspielte. Wenn sie so sah, wie er auf der einen Seite seine Freunde angrinste und ihr dann hinter deren Rücken verzweifelte Blicke zuwarf, fragte sie sich, ob er in den letzten paar Tagen nicht auch *ihr* irgendwann einmal etwas vorgespielt hatte. Zu Hause, seiner Mutter gegenüber, verstellte er sich ja wohl auch. Es war eine überzeugende Darbietung, auch wenn sie Tillie nicht gefiel.

Das war einer der vielen Gründe, warum es einfacher war, allein zu sein – man musste sich nicht ständig Gedanken darüber machen, was mit den Leuten nicht stimmte. Ein un-soziales Leben hatte seine Vorzüge.

Tillie nahm ihre Kamera wieder an sich und einige der Kinder bettelten: »Bitte, bitte, darf ich morgen mal ein paar

Fotos damit machen?« Tillie nickte, wusste aber, dass sie das auf keinen Fall erlauben würde. *Niemand* außer ihr machte Bilder mit ihrer Kamera. Das wäre ja, als würde jemand ... mit *ihrer* Stimme sprechen. Aber sie würde ihnen wieder erlauben, sie sich anzusehen, wenn sie wollten. Sie stand auf, ließ ihr Tablett stehen und zog das schlimme Bein in einem komischen Winkel hoch. Ohne es zu bemerken, musste sie dabei das Gesicht verzogen haben, denn Abby fragte: »Hey, geht's dir gut?«

»Oh, ja, klar, alles gut«, versicherte Tillie, während Jake hinter ihr schon mit der Fußspitze klopfte, wild gestikulierte und ihr mit Kopfbewegungen signalisierte, dass sie endlich kommen solle. Dann verließen sie die Mensa.

Im Gang führte Jake Tillie bis an die Ecke. Sie stellten ihre Rucksäcke auf dem Boden ab und lehnten sich an einen Spind. Ein paar Meter weiter hielten zwei Achtklässler Händchen und tuschelten. Am anderen Ende des Gangs schminkte sich Cara Dale vor dem Spiegel in ihrem Spind und warf einer übellaunigen Aufsicht einen herausfordernden Blick zu. Ansonsten war der Gang leer.

Jake lachte wieder, aber ohne Grund. Das gleiche leere Lachen wie zuvor.

Tillie zwang sich, ihm in die Augen zu sehen, und bemerkte, dass sie feucht waren.

»Ich war die ganze Nacht wach«, sagte Jake kurzatmig. »Ich ... jetzt ist es schon eine Woche. Und ich weiß immer noch nicht, wo er ist, verstehst du? Und letzte Nacht, na ja, das war schon abgefahren, aber es hat gar nichts gebracht. Und es war dumm. Das weiß ich. Es war dumm. Reine Zeitverschwendung.« Jake schlug sich mit der Handfläche vor den Kopf.

»Hey«, sagte Tillie, legte ihm beruhigend die Hand auf die Schulter und ließ sie dann sanft wieder sinken. »Ich habe eine Idee«, sagte sie so ruhig wie möglich. »Lass uns die Bilder durchsehen, die wir schon haben, ja?«

»Ja, ja, okay, okay.« Jake nickte heftig.

»Können wir uns dazu hinsetzen?«

»Natürlich.«

Sie ließen sich an den Spinden auf den Boden sinken und klickten sich durch die Fotos.

Schule. Eichhörnchen. Jim. Der Großraumbüromann. Auto. Schule.

Neben ihr wackelten Jakes schlaksige Beine hin und her. Er kaute an seinen Nägeln herum. Tillie war überrascht, wie sehr sie sein Verhalten beunruhigte. Sie machte sich Sorgen. Um ihn. Sie wollte, dass es ihm besser ging.

»Warte«, sagte Jake. »Geh noch mal zurück zu dem Auto.«

»Es ist zu unscharf. Wenn man ranzoomt, kann man den größten Teil des Nummerschilds erkennen. Außer der letzten Ziffer.«

»Ich weiß, ich weiß. Das hast du schon gesagt. Aber sieh doch mal.« Jake zerrte an ihrer Kamera.

»Vorsicht«, warnte ihn Tillie, während Jake aufgeregt die Fotos von dem blauen Chevrolet durchsah. Und dann bemerkte Tillie, wie sich sein ganzer Körper plötzlich entspannte. Seine Gliedmaßen hörten auf zu zappeln. Er atmete hörbar aus und sagte dann: »Ich hab was!«

Tillie nahm ihm die Kamera ab und sie starrten gemeinsam aufs Display. Darauf war nicht mehr zu sehen als die verschwommene Aufnahme des Autos von der Seite. »Was denn?«, fragte Tillie frustriert. Sie sah gar nichts.

»Zoom mal das Fenster ran.«

Das tat sie. Der Innenraum des Autos war nicht zu erkennen. Das Bild zeigte nur eine Lichtspiegelung und einen kleinen weißen Aufkleber in der unteren Ecke. Einen Aufkleber ... mit einem Barcode. »Der Barcode?«, wandte sich Tillie Jake zu.

Jake lächelte. Diesmal war es ein richtiges Lächeln, auch wenn in seinen Augen immer noch ein bisschen Wahnsinn lag, wie bei einer Zeichentrickfigur, bei der sich anstelle der Pupillen Spiralen drehen. »Es ist ein *Mietwagen*«, sagte er. »Der Barcodeaufkleber zeigt, dass es ein Mietwagen ist.«

Tillie starrte auf den Aufkleber. Das hatte sie nicht gewusst (sie wusste sowieso nichts über Autos und es interessierte sie auch nicht sonderlich). Aber Jake hatte recht, das war ein Hinweis.

»Höchste Zeit, sich mal bei den Autovermietungen von Templeton umzusehen«, sagte Jake, als die Schulglocke läutete, die Mensatüren aufflogen und eine Flut von Kindern in den Gang strömte. »Das führt uns bestimmt zu dem Großraumbüromann. Jede Wette.«

Sie standen auf.

»Wir haben eine Spur«, sagte er mehr zu sich selbst als zu Tillie. »Wir haben eine Spur.« Er drehte sich um und hüpfte zu seiner nächsten Stunde.

Tillie bewegte sich langsam, aber stetig mit der Flutwelle der Schüler. Sie bog zur Treppe ab und fasste das Treppengeländer, um zum Zeichensaal hinaufzugehen. Aus Stolz hatte sie sich lange geweigert, den Aufzug zu benutzen. Manche Leute brauchten ihn wirklich. Sie nicht. Einen Fuß hoch. Den anderen daneben. Und noch einmal. Auf jeder Stufe ein Foto machen. Und noch einmal. Jakes Augen vergessen. Und noch einmal. Seine abgekauten Nägel vergessen. Und noch einmal.

Als Tillie Miss Martinez ihre Collage abgab, lächelte diese und sagte: »Siehst du? Die ist doch einfach wunderbar.«

Die Fehler hatten sie besser gemacht.

Als der Unterricht mit einem Referat über Matisse anfing, zog Tillie die kleine Kamera heraus, die sie in der Hosentasche mitgebracht hatte, versteckte sich hinter einem aufgeschlagenen und aufgestellten Buch und klickte sich durch die Bilder der letzten zwei Wochen, die ihr vielleicht dabei helfen konnten, Miss Martinez' Brille zu finden. Diese Suche war wahrscheinlich nicht so aufregend wie eine Verschwörung oder eine Nacht draußen in der Dunkelheit, dachte Tillie, aber sie würde ihr auch nicht so viele verwirrende, erhebende, anstrengende Gefühle bescheren.

Es ging einfach um ein verlorenes Ding. Niemand würde eine Träne vergießen, wenn es nicht wieder auftauchte.

11. Einzelgängerin

Tillie und Jake schickten das ganze Wochenende Nachrichten zum Thema Mietwagen hin und her.

hab ein paar autovermietungen angerufen und gefragt, ob sie in letzter zeit einen blauen chevy malibu vermietet haben. keine hilfe, schrieb er ihr am Samstag

Klar, antwortete Tillie. *Die können die Info nicht einfach so rausgeben …*

habs sogar mit meiner opa-hausmann-stimme versucht. total furchteinflößend! trotzdem kein glück.

Er schickte ihr Screenshots von Agenten- und Actionfilmen. *angeblich lernt man am besten außerhalb der schule*, schrieb er, gefolgt von einem Smiley. *kein scherz, ich lerne jede menge verrücktes zeug.*

Samstagabend versuchte er, sich in das E-Mail-Konto seiner Mutter zu hacken und herauszufinden, ob sie Kontakt zu seinem Dad gehabt hatte.

ich komm nicht rein!, schrieb er. *ich dachte, alle eltern nehmen namen oder geburtsdatum ihres kindes als passwort. egal. suche mal nach den kontoauszügen. vielleicht finde ich was.* Eine Stunde später fügte er hinzu: *nix gefunden.*

Sonntag schließlich war er völlig durch den Wind.

schon über eine woche. über eine woche weg. 10 tage!!!!, schrieb er vormittags um zehn Uhr.

Nur zehn Minuten später fügte er hinzu: *mein dad hat bestimmt beobachtet, wie großraumbüromann ein verbrechen begeht. oder großraumbüromann ist geldgierig. aber was weiß jim? wie steckt der da drin?*

Um die Mittagszeit schrieb er: *radle zu dads büro. da ist keiner, aber egal. kann nicht zu hause bleiben. kann nicht herumsitzen.*

Später am Nachmittag schickte er eine Reihe von unsinnigen Emojis – einen Golfspieler, eine Spritze, ein Herz mit einer Schleife, die israelische Flagge, ein Einhorn – gefolgt von: *ich werde verrückt, ich werde verrückt, ich werde verrückt.*

An ihrem Ende der Leitung druckte Tillie alle wichtigen Fotos des Falles aus und ordnete sie chronologisch. Sie erstellte eine Zeitleiste aller Ereignisse, so gut es ging. Sie machte eine Liste aller Autovermietungen der Stadt und schrieb auf, welche sich in der Nähe des Büros von Jakes Dad befanden, damit sie dort zuerst nachforschen konnten. Aber er war nun schon seit zehn Tagen verschwunden, und sie waren einer Antwort kein Stück näher gekommen. Ein großer Teil von ihr betete, dass Jakes Dad am Ende des Wochenendes einfach durch die Tür hereingeschlendert käme und sagen würde: »Ich bin von meiner Reise zurück, Sohn! Warum hast du dir denn Sorgen gemacht?«

Gegen Abend fing Jake an, ständig bei ihr anzurufen, und sie steckte ihr Handy zum Aufladen in der Küche an und ging in ihr Zimmer, um es zu ignorieren. Nur ein bisschen. Sie brauchte eine Pause. Das Leben musste für ein paar Stunden wieder normal werden.

Als Tillie an diesem Abend ihre Bilder durchging, kam sie der Brille ein Stück näher. Am 8. März hatte Miss Martinez das vermisste Exemplar, hellbraun mit weißen Punkten, noch getragen, wie man dem Datum auf dem Foto entnehmen konnte.

Tillie hatte ein Bild, dass Miss Martinez dabei zeigte, wie sie, den Mund mitten im Satz versteinert, der Klasse Deshauns Skulptur als Beispiel dafür zeigte, wie man Bewegung festhalten konnte. Die Brille verdeckte ihre fast schwarzen Augen.

Auf einem Bild vom Tag darauf, das Tillie gemacht hatte, während sie auf den Schulbus wartete, trug Miss Martinez die Brille wie einen Haarreif auf dem Kopf, als sie zum Lehrerparkplatz ging. In der darauffolgenden Kunststunde am 10. März, dem Tag, an dem sie angefangen hatten, über Collagen zu sprechen, trug sie anstelle der braunen Brille schon die andere. Tillie brauchte Miss Martinez also nur zu fragen, wo sie an dem Tag mit den Tonskulpturen sonst noch gewesen war, und dann dorthin zu gehen und zu fragen, ob irgendjemand gesehen hätte, wie eine hübsche, dunkelhaarige Frau ihre Brille liegen ließ. Vielleicht hatte sie Glück.

Die Fotos von Miss Martinez nahmen so viel Platz auf Tillies Schreibtisch ein, dass ein paar auf den Boden gefallen waren.

Tillie hörte ein zaghaftes Klopfen an der Tür.

»Ich bin beschäftigt!«, rief sie.

Die Tür ging auf. Ausnahmsweise war es nicht ihre Mom.

»Wie geht's?«, fragte ihr Dad.

Tillie fiel auf, dass er wie immer auf seine Füße starrte.

»Ganz gut«, antwortete sie.

»Super«, sagte ihr Dad.

Tillie versuchte, den Wust an Fotos von Miss Martinez auf ihrem Schreibtisch mit den Händen zu verdecken.

»Hör mal, ich weiß, ich hab es schon gesagt, aber … aber es tut mir wirklich leid, dass ich dich nicht zum Arzt begleiten konnte.«

»Häh?«, machte Tillie.

»Neulich. Es tut mir leid«, antwortete er. Sein großer Zeh bewegte sich in seinem Socken auf und ab.

»Schon okay.« Sie hatte längst nicht mehr daran gedacht.

»So was kommt nie wieder vor.«

»Okay«, sagte Tillie. Diesmal musste ihre Mom ihm wirklich die Hölle heiß gemacht haben.

»Ehrlich, Til, ich wollte nur ...«

Tillie wartete auf das Ende des Satzes, aber es kam nicht.

Er hielt inne und stand verlegen an der Tür. »Ach, hey, diese Woche waren alle ganz aus dem Häuschen wegen der Weltmeisterschaft.«

»Ach ja?«

»Ja. Sieht fast so aus, als müsste sie wegen der Hitze woanders stattfinden. Dann wollen wir mal die Daumen drücken, dass sie nach Illinois kommt, was?«, kicherte ihr Dad.

»Davon hab ich gar nichts mitbekommen«, antwortete sie. Sie konnte sich kaum mehr daran erinnern, sich je für Fußball interessiert zu haben.

»Ach, natürlich. Klar.«

»Nein, einfach so«, fügte sie hinzu. Sie meinte, es hatte nichts mit ihrem Bein zu tun, dass sie nichts davon mitbekommen hatte. Wahrscheinlich hätte sie eines Tages so oder so das Interesse an Fußball verloren. Und wenn man darüber nachdachte, hätte ihr Opa ihr irgendwann vielleicht auch ohne den Unfall eine Kamera geschenkt. Vielleicht hatte er einfach nur gedacht, dass sie Spaß daran haben würde. Und wenn nicht, hätte sie die Fotografie früher oder später sicher selbst für sich entdeckt. »Das ist nur nicht so mein Ding.«

»Ja, natürlich. Okay, gut. Jedenfalls gehe ich nächstes Mal mit zum Arzt, Til.«

»Okay, Dad«, sagte Tillie und hätte ihm gern geglaubt.

Er trat den Rückzug an, hielt dann aber inne, drehte sich wieder um und sagte: »Oh, und Vivian Maier war eine Fotografin.« Er machte eine Pause. »Sie hat tolle Sachen gemacht.«

»Wirklich?« Tillie richtete sich ein bisschen auf.

»Ja.« Er lächelte.

»Was hat sie denn so fotografiert?«, fragte Tillie.

»Menschen. Menschen in jeder Lebenslage. Beim Einkaufen, beim Spielen mit den Kindern, bei der Arbeit. Und alle Arten von Menschen – reich, arm. Sie fotografierte ... ich meine, sie muss Hunderttausende von Bildern gemacht haben. Und zwar auf Film, nicht digital oder so.«

»Wow«, flüsterte Tillie.

»Ja. Aber sie hat sie zu Lebzeiten nie irgendjemandem gezeigt.«

»Warum?«

Ihr Vater zuckte mit den Achseln. »Keine Ahnung.« Dann fügte er hinzu: »Sie war eine Einzelgängerin. Eine Außenseiterin, denke ich. Sie wollte keine Aufmerksamkeit.«

Eine Einzelgängerin, wiederholte Tillie in ihrem Kopf.

Er nickte vor sich hin, wie er das immer tat, wenn er nichts mehr zu sagen wusste. »Okay, Til, ich geh dann mal ins Bett. Nacht!« Er schloss die Tür hinter sich und ließ sie allein, sodass sie ausatmen und die Bilder wieder loslassen konnte.

Sie musste unbedingt die Bilder ausdrucken, die sie an diesem Morgen von ihrem Dad gemacht hatte, und sein Gesicht untersuchen. Irgendetwas ging in ihm vor. Irgendetwas Neues.

Sie musste schlafen.

Sie musste mehr über Vivian Maier und ihre Tausenden Fotos erfahren.

Sie musste herausfinden, wie man von einem Barcode auf der Scheibe eines Autos zu einer Antwort kommt.

Sie musste ...

Ihre Mutter klopfte an die Tür und öffnete sie. Sie reichte ihr das Handy.

»Ich bin nicht drangegangen«, sagte sie schnell, als wolle sie Tillies Vorwürfen zuvorkommen. »Aber dieser Jake versucht offenbar verzweifelt, dich zu erreichen. Ich habe nicht geschnüffelt, ehrlich! Ich habe nur den Namen gesehen, als es anging!«

Tillie musste ein bisschen über ihre Mutter lachen. »Dieser Jake ...«

»Was denn? Ich habe doch nur ...«

»Ich weiß, Mom. Er ist einfach nur ein Kumpel aus der Schule, okay?«

Ihre Mutter nickte. »Okay, Süße.« Sie machte eine Pause. »Aber ihr zwei habt offenbar viel zu bereden. Vielleicht möchtest du ihn mal hierher einladen? Und wir könnten ihn kennenlernen?«

»Klar, Mama«, beruhigte sie Tillie. »Es ist aber nicht, was du denkst.«

»Schon okay.« Die Versuche ihrer Mutter, sich mit dem »Freund« abzufinden, den sie in ihrem Kopf für Tillie erfunden hatte, waren so offensichtlich, dass es schon lustig war. Sie warf Tillie einen Kuss zu und schloss die Tür.

Tillies Handy vibrierte in ihrer Hand. Und dann vibrierte es wieder und wieder.

»Was ist denn?«, fragte Tillie.

»Wo warst du denn?«

»Ich war ...«

Aber Jake ließ sie nicht ausreden.

»Vergiss alle Spuren. Vergiss einfach alles. Es ist passiert. Er hat sich gemeldet.« Jake bekam kaum noch Luft. »Er hat angerufen und ich bin drangegangen. Und ich weiß, von wo er angerufen hat.«

12. Hört auf, Fragen zu stellen

»Er hat von einer Nummer aus angerufen, die ich nicht kannte«, erklärte ihr Jake. »Zuerst dachte ich: ›Wer kann das denn sein?‹, aber dann höre ich jemanden atmen und weiß, dass er es ist. Er hat gesagt: ›Tut mir leid, Kumpel, ich muss dir so viel erklären.‹ Und ich hab ihn gefragt, wo er ist, und er hat nur gesagt: ›Ich melde mich bald. Sehr bald. Versprochen.‹«

»Und dann?«, fragte Tillie.

»Dann hat er aufgelegt. Er klang total hektisch. Als hätte er nicht viel Zeit.«

»Du hast gesagt, du weißt, wo er ist?«

»Pins und Hits. Ganz sicher.«

Tillies Schweigen machte deutlich, dass ihr dieser Name überhaupt nichts sagte.

»Die Bowlingbahn natürlich!« Er hatte ein bisschen schneller geatmet, kam jetzt aber langsam zur Ruhe.

Wie immer hörte Tillie im Hintergrund den Fernseher laufen. Ihre Eltern sahen am anderen Ende des Flurs auch fern, ihr Sonntagabendritual.

»Okay, und woher weißt du, dass er dort war? Wenn du die Nummer nicht kanntest?«

»Das war sonnenklar«, sagte er, und sie sah seinen Ich-weiß-alles-Gesichtsausdruck vor sich. »Da waren alle Geräusche einer Bowling-und-Karaoke-Kneipe. Und davon kenne ich nur eine. Du nicht?«

»Ich kenne überhaupt keine, wenn ich ehrlich bin. Aber gut.« Tillie öffnete ihr Laptop und suchte nach »Pins und Hits«, während sie weiterredeten.

»Nun komm aber, du warst noch nie zu einem Kindergeburtstag oder so dort?«

»Nein.« Als die Kinder in der Grundschule aufgehört hatten, sie zu irgendetwas einzuladen, hatten sie das nicht böse gemeint. Sie hatte einfach so lange nicht laufen können, dass sie sich abgewöhnt hatten, sie zu fragen.

»Es gab drei untrügliche Hinweise«, fing Jake an. »Erstens: entsetzlich schlechte Sänger, die versuchen, ›Piano Man‹ zu singen. Zweitens: Poltern und Krachen.« Tillie hörte, wie Jake in die Hände klatschte, um das Geräusch nachzuahmen. »Okay, ich habe niemanden ›Strike!‹ schreien hören, aber das war auch schon alles. Außerdem«, fuhr er fort, als sei ihm noch etwas eingefallen, »habe ich die Nummer gegoogelt. Und es war die vom Pins und Hits.«

Tillie brach in Gelächter aus. »Google war der stichhaltigste Beweis.«

»Morgen gehen wir da hin, ja?«, fragte er todernst.

Tillie klickte auf den Anfahrtbutton und sah, dass der Weg an den Stadtrand zum Pins und Hits fast eine halbe Stunde dauern würde. Trotzdem sagte sie ja, und sie verabredeten sich.

Aber zuerst ... war Schule.

Der Tag verging unerträglich langsam. Beim Mittagessen erzählte Jake ihr noch nicht einmal von einer seiner Theorien. Beide lauschten einfach den Gesprächen seiner Freunde und guckten immer wieder auf die Uhr. Wenn diese Bowlingbahn ein Ort war, an dem sich Jakes Vater häufiger aufhielt, waren sie vielleicht unglaublich kurz davor, ihn zu finden. Dann gab es nichts mehr zu bereden. Sie wollten sich nach der Schule am Fahnenmast treffen.

Beim Kunstunterricht berichtete Tillie Miss Martinez von ihren Schlussfolgerungen im Fall Brille.

»Der Tag, an dem wir die Tonskulpturen fertig gemacht haben?«, fragte Miss Martinez. »Das ist schon ziemlich genau. Also gut, warte mal, hmm ...« Sie verdrehte die Augen nach links und spitzte die Lippen. Sie trug einen pinken, leicht ins Violette spielenden Lippenstift und ihre Lippen bildeten ein perfektes Oval.

»Ich glaube, bevor ich nach Hause gefahren bin, habe ich noch bei dem kleinen Lebensmittelladen zwei Blocks von meinem Haus Halt gemacht. Das nehme ich jedenfalls an, weil ich fast jeden Tag dort vorbeigehe, um Milch und Brot und so was einzukaufen. An etwas anderes kann ich mich wirklich nicht erinnern. Ich war wahrscheinlich zu Hause.«

»Und Sie sind sich sicher, dass Sie überall in der Schule und zu Hause gesucht haben?«, fragte Tillie.

»Jep«, sagte Miss Martinez. »Keine Spur von ihr.«

»Dann können Sie sie eigentlich nur in dem Lebensmittelladen verloren haben!«, rief Tillie. »Oder auf der Straße, aber das wollen wir nicht hoffen. Der Laden ist unsere beste Chance, sie wiederzufinden.«

»Mein kleiner Sherlock!«, lächelte Miss Martinez. Die beiden winzigen Fältchen neben ihren Augen zogen sich gemeinsam mit ihren Wangen nach oben.

Tillie wurde rot.

»Okay«, fuhr Miss Martinez fort. »Ich werde den Inhaber fragen, ob er sie gefunden hat. Vielen Dank.«

»Nein!« Tillie sprang auf. »Nein, ich hole sie. Das ist irgendwie meine Aufgabe«, sagte sie und schämte sich sofort für ihre Albernheit.

»Das ist schon in Ordnung«, sagte Miss Martinez, als die Glocke klingelte und der Unterricht anfangen sollte. »Ich hole sie im Laufe der Woche ab. Bis dahin tut es die Omabrille. Genieß du einfach deine Woche, ja?« Sie zwinkerte, tätschelte Tillie den Arm und ging zum Pult.

Direkt nach Schulschluss trafen Tillie und Jake sich am Fahnenmast und machten sich auf den Weg zur Bushaltestelle.

»Unter der Woche macht die Bowlingbahn um zwei Uhr auf«, sagte Jake, nachdem er auf seinem Handy nachgesehen hatte, wie spät es war, »und es ist schon fast halb vier.« Sie hatten einen weiten Weg vor sich und der Bus hatte Verspätung. »Ich hoffe nur, er war heute nicht schon da und wir haben ihn verpasst.«

»Bowlingbahnen machen schon um zwei Uhr auf?«, fragte Tillie. »Warum denn so früh? Müssen die Leute denn nicht arbeiten?«

Jake zuckte mit den Achseln. »Viele Leute sind arbeitslos, schätze ich? Oder Rentner. Mein Dad und seine Kumpels müssen manchmal auch beruflich da hin, aber ich schätze, manchmal behaupten sie das auch nur und gehen in Wirklichkeit zum Spaß.«

Er klopfte mit dem Fuß auf den Boden und starrte die Straße hinunter in die Richtung, aus der der Bus kommen musste.

Ein dröhnendes Wruuum war in der Ferne zu hören und Jake beugte seinen Oberkörper so weit nach vorn, dass er fast von der Bank gekippt wäre. Aber es war nur ein Lieferwagen, der jetzt an ihnen vorbeifuhr.

»Hast du deiner Mutter erzählt, dass dein Dad angerufen hat?«, fragte Tillie.

»Nö. Natürlich nicht. Sie glaubt, ich kaufe ihr die kleine Geschäftsreisengeschichte ab. Der unbeschwerte Jake. Dem geht es immer gut«, sagte Jake bitter. »Da kommt der Bus!« Er sprang auf.

Tillie setzte sich auf einen Fensterplatz und Jake schob sich neben sie.

»Ich habe nur gedacht«, begann Tillie vorsichtig. »Vielleicht ist es an der Zeit, deine Mutter mal mit alledem zu konfrontieren. Bring sie dazu, dir die Wahrheit zu sagen, falls sie sie kennt, oder sag ihr die Wahrheit, wenn nicht.«

»Sie würde mir doch nur neue Lügen auftischen, oder sich selbst.« Jake schüttelte den Kopf

Die Agentengeschichte ihres Vaters schoss Tillie durch den Kopf. Vielleicht war Jakes Mutter völlig unschuldig. Vielleicht war sie mit einem Menschen verheiratet, über den sie überhaupt nichts wusste.

»Nein, nein. Heute finden wir ihn«, sagte er. »Und wir finden heraus, wie wir ihm helfen können.«

Jake sagte nichts weiter. Tillie wusste, dass die Unterhaltung für ihn beendet war.

Eine Welle der Erschöpfung brach über Tillie herein, als sie aus dem Fenster sah und feststellte, wie weit sie sich vom Stadtzentrum entfernten, von ihrer Schule und ihren Wohnvierteln. Sie waren auf dem Weg in das Gebiet mit den Einkaufszentren und Fastfoodketten am Straßenrand und weg von den Cafés und Wohnhäusern, gesprenkelt mit baumreichen Parks und Müttern, die mit ihren Kleinkindern um den Block spazierten. Tillie hasste es, das zugeben zu müssen, aber es beunruhigte sie, ihren gewohnten Stadt-Kokon zu verlassen.

Jake begann, leise »Piano Man« vor sich hin zu singen.

Peinlich berührt sah Tillie sich um, um festzustellen, ob einer der anderen Fahrgäste das bemerkt hatte, aber niemand hatte auch nur von seinem Handy aufgeblickt.

Jetzt fing Jake an, Luftklavier zu spielen. Tillie schnaubte, worauf Jakes sorgenvoller Ausdruck zu seinem üblichen schelmischen Grinsen zerfloss und sein Singen lauter wurde. Er trommelte erst auf seinen eigenen und dann auf Tillies Knien herum und hörte nicht mit dem Theater auf, bis der Bus am Pins und Hits anhielt.

»Tut mir leid, hier kannst du nicht sitzen«, sagte der Barmann.

»Ich will doch kein Bier kaufen! Um Himmels willen! Ich möchte nur eine Cola!«

Sie saßen auf Barhockern an der Theke etwas oberhalb der Bowlingbahnen. Rechts der Bar gab es eine winzige hölzerne Bühne mit einem Karaokebildschirm davor. Auf dem Holzboden lag ein mit Klebeband repariertes Mikrofon. Jake war durch die Tür gestürmt und hatte hektisch nach seinem Dad Ausschau gehalten. Aber da waren nur drei Leute, die bowlten und finster in Jakes und Tillies Richtung blickten. Daraufhin war Jake zur Bar hinübergegangen und Tillie war ihm gefolgt.

»Kinder dürfen nicht an der Bar sitzen. Das sind die Regeln. Eigentlich lernt man Regeln in der Schule, oder?«, sagte der Barmann.

»Okay, okay«, sagte Jake. Er beugte sich zu Tillie hinüber und brummte: »Da ist heute Morgen wohl jemand mit dem falschen Fuß vom Tresen geklettert, was?« Dann sah er den Barmann wieder an, der jedes Wort gehört hatte und nicht erfreut war. »Okay, dann hätten wir gern eine Bahn und ein paar Schuhe. Wo bekommen wir so was?«

»Ich –« *kann doch gar nicht bowlen!*, hätte Tillie fast gesagt, bevor sie Jakes sanften Tritt spürte. Er hatte ihr schlimmes Bein getroffen. Sie trat zurück, und zwar mit dem guten.

»Habt ihr eine Aufsichtsperson dabei?«, seufzte der Barmann.

»Nein«, sagte Jake.

Der Barmann runzelte die Stirn.

»Aber mein Dad kommt gleich«, fügte Jake schnell hinzu. »Er muss jede Minute hier sein. Er kommt oft her, vielleicht haben Sie ihn ja gesehen. Hellblonde Haare? Vielleicht auch ein bisschen rötlich, in einem bestimmten Licht, sagt meine Mutter. Und er hat ein Bäuchlein.« Jake klopfte sich auf den Bauch.

Der Barmann ließ den Blick zu dem Telefon hinter der Bar wandern. Für einen Augenblick fragte sich Tillie, ob er wusste, wer sie waren, und ob er sich daran erinnerte, dass Jakes Vater das Telefon am Abend zuvor benutzt hatte. Wahrscheinlicher war allerdings, dass er daran dachte, den Sicherheitsdienst zu rufen oder nach den Telefonnummern ihrer Eltern zu fragen – oder sie auch einfach rauszuschmeißen.

Jake machte alles kaputt. Und wenn sie hier nicht weiterkamen, wäre er am Boden zerstört und sie hätten den ganzen Weg umsonst gemacht.

Tillie atmete tapfer und ganz tief ein. In ihrer besten Darbietung einer selbstsicheren, höflichen jungen Dame sagte sie: »Sir, dürften wir vielleicht schon einmal anfangen? Oder sollen wir warten, bis unsere Aufsichtsperson hier ist?«

Der Barmann wurde sanfter, als er sich Tillie zuwandte. »Tut mir leid, Süße. Ich kann euch leider nicht spielen lassen.«

Tillie wusste, dass Erwachsene ganz schnell ihre Jobs verlieren konnten, aus allen möglichen Gründen, und dass sie an ihrem Arbeitsplatz nicht einfach ihre eigenen Regeln aufstellen konnten. Auch ihr Vater war schon einmal entlassen worden, weil er eine Betriebsregel gebrochen hatte, damals, als Tillie noch ein Baby gewesen war und sie in einer anderen Stadt gelebt hatten. Er hatte in der Lokalzeitung eine Geschichte veröffentlicht, die seinem Chef nicht gepasst hatte, also musste er gehen. Jake konnte nicht von diesem Mann erwarten, dass er die Regeln für ihn brach.

»Okay«, sagte sie. Jake richtete sich aus seiner lümmeligen Position auf, bereit, weiterzustreiten. »Vielen Dank für Ihre Zeit.« Sie sprach in dem Tonfall, den ihre Mutter verwendete, wenn sie mit Krankenkassenleuten telefonierte, bevor sie auflegte und fluchte.

»Na«, sagte der Barmann und ließ den Blick durch die karge Bowlinghalle schweifen, als würden sie beobachtet, »die Karaokemaschine könntet ihr auf jeden Fall ohne Aufsicht benutzen. Aber das kostet acht Dollar pro halbe Stunde, also ...«

Tillie drehte sich zu Jake um und ihre Blicke trafen sich. Hatte er Geld dabei? Sie nämlich nicht.

»Ja, klar. Wir zahlen dann, sobald mein Dad kommt. Danke!«, sagte Jake. Er packte Tillie bei der Hand, zog sie fast vom Hocker und hopste hinüber zu der Bühne.

»Was hast du vor?«, flüsterte Tillie.

»Na, wir müssen uns doch eigentlich nur ein bisschen Zeit verschaffen«, flüsterte er zurück und beobachtete den Barmann aus dem Augenwinkel. Der behielt seinerseits Jake die ganze Zeit im Auge. Tillie blickte immer vom einen zum anderen, bis sie die Karaokebühne erreichten.

»Gestern war er hier, das wissen wir«, fuhr Jake fort. »Aber wieso? Wer weiß? Vielleicht ist er hergekommen, um jemanden zu treffen, der ihm helfen kann. Vielleicht hat ihn auch jemand hergebracht. Vielleicht wollte er, dass ich erkenne, wo er ist. Ich weiß es nicht. Wir müssen auf jeden Fall bis zum Abend warten, dann werden wir sehen.«

»Dir ist klar, dass ich irgendwann nach Hause muss, oder? Ich muss allerspätestens um fünf, Viertel nach fünf zu Hause sein. Die glauben doch, ich bin montags bei der Kunst-AG.«

»Darüber zerbrechen wir uns später den Kopf«, sagte Jake. »Jetzt müssen wir erst einmal Zeit schinden.«

Jake ging zur Karaokemaschine hinüber und schnappte sich das dicke, schwarze Buch, das darauf lag. Er setzte sich im Schneidersitz auf den staubigen Teppichboden neben der Bühne und blätterte die Liederliste durch.

»Was machst du denn?«, fragte Tillie und schraubte sich neben ihn auf den Boden. Sie warf dem Barmann einen Blick zu und winkte.

»Ich lasse mir so viel Zeit wie möglich damit, mir ein Lied auszusuchen«, sagte er. »Um uns Zeit zu verschaffen, bis mein Dad auftaucht. Und dann ... und dann werden wir sehen, wie viele halbe Stunden wir singen können, ohne zu zahlen.«

»Wie hast du dir denn vorgestellt, hier ohne Geld rumzuhängen?« Tillie hatte nur ungefähr drei Dollar und ein paar zerquetschte.

Jake antwortete nicht. Er blätterte die Liederliste durch und murmelte vor sich hin: »Nein. Na ja, vielleicht. Total nervig. Zu schwierig. Nein. Vielleicht.«

Tillie wusste, dass Jake ziemlich bald würde singen müssen, wenn der Barmann nicht sauer werden und noch mehr Fragen stellen sollte. Sie behielt die Tür im Auge, für den Fall, dass Jakes Dad hereinkäme, und den Barmann, für den Fall, dass der zu ihnen herüberkäme, um herauszufinden, warum sie nur herumsaßen.

Die drei Bowler warfen ihnen immer wieder Blicke zu und lachten. Sie überlegte, ob sie vielleicht gesehen hatten, wie sie humpelte. Vielleicht dachten sie auch, Jake und sie seien ein Pärchen, und fanden das süß. Für einen winzigen Augenblick kam ihr auch der Gedanke, sie könnten die Entführer sein, die Jakes Dad irgendwo versteckt hielten.

»Na los, Jake, du musst ein Lied kaufen und irgendwas singen, sonst müssen wir gehen. Vielleicht sollten wir sowieso lieber gehen. Hier ist es unheimlich!«

»Psst. Lass dich von der Ruhe umfangen. Pssst.«

»Ach, *auf einmal* bist du die Ruhe selbst? Das ganze Wochenende über warst du –«, Tillie holte tief Luft. Die Überzeugung, dass sein Vater herkommen würde, schien ihm eine Extraportion Selbstvertrauen verpasst zu haben. »Okay. Gut«, sagte sie. Sie würde ihren Job machen, ihren Zweck erfüllen. Sie hob die Kamera von der Brust und machte ein Bild von dem Mann mit den tief liegenden Augen, der sie beobachtete.

»Wir wollen ein Lied hören!«, rief einer der ungepflegten, dürren Bowler leicht lallend herüber.

»Ja!«, sagte ein anderer, der ebenso abgerissen aussah, aber etwas dicker war und ein zu enges Hemd trug, das einen

Streifen seines mächtigen Bauches offenbarte. Er kicherte und schlug seinem Freund auf die Schulter, als hätte der etwas unglaublich Witziges gesagt. »Unterhaltung!«

»Ja. Singt!«, ergänzte der Barmann gut gelaunt hinter der Bar.

Sie waren noch nicht länger als eine Viertelstunde da, dachte Tillie, und trotzdem waren inzwischen schon eine ganze Reihe anderer Leute hereingekommen, allerdings kein einziges Kind. Das war kein Ort für Kinder, überlegte Tillie. Sie fragte sich, zu welcher Art von Kindergeburtstag Jake hier gewesen war.

Die Rufe nach Gesang wurden lauter. Obwohl es in Wirklichkeit nur ein paar verstreute Stimmen waren, die sie neckten, hatte Tillie das Gefühl, es wäre ein ganzes Stadion voll.

»Okay, uns bleibt nichts anderes übrig.« Jake hob die kleine Fernbedienung auf, die oben auf der Karaokemaschine lag. Tillie hörte es klicken, dann setzte sich die Maschine in Gang.

»Wir wär's mit ein bisschen Bob Dylan? Das Beste vom Besten?«, fragte er und klickte weiter.

»Was?« Tillie verdrehte die Augen. »Von dem kenne ich doch gar nichts!« Sie versuchte, nicht so panisch zu klingen, wie sie sich fühlte.

»Oky, doky.« Jake sprang auf die Bühne. »Obwohl das echt eine Schande ist. Gut, ich bin so weit.« Jake drückte auf ein paar Knöpfe, bevor er die Fernbedienung ablegte und das Mikrofon zur Hand nahm.

Tillie wich langsam zurück und ließ ihre Blicke von einer Person zur nächsten wandern, um abzuschätzen, wer ihnen zusah. Die drei Bowler guckten immer noch, ebenso wie ein amüsiert dreinschauendes Pärchen in Jeansjacken, das an der

Bar saß. Die Frau hatte eine neonpinkfarbene Strähne im blond gebleichten Haar. Tillie steuerte auf einen Stuhl neben der Bühne zu, besorgt, Jake könne Dummheiten machen. So die Art von Sich-strafbar-machen-indem-man-einen-Karaoke-Song-nicht-bezahlt-Dummheiten. Tillie kontrollierte die Tür auf der Suche nach einer Spur von irgendeinem Vater, als plötzlich Hip-Hop-Rhythmen aus den Lautsprechern dröhnten.

»Jake Hausmann und Tillie Green, Leute«, sagte Jake ins Mikrofon. »Jetzt geht es los!«

Tillies Kopf fuhr ruckartig zu Jake herum. »Was?«, kreischte sie über die Musik hinweg. »Ich werde auf keinen Fall da raufkommen!«

»Aber es ist ein Duett!«, brüllte er zurück, wobei er das Mikro mit der Hand zuhielt. »Na, ich glaube, mit Jay-Zs Teil könnte man es als Duett bezeichnen ...«, fügte er zu sich selbst hinzu. »Bitte lass mich hier nicht allein ein Duett singen!«, bellte er versehentlich genau ins Mikrofon, während der Text für das gesprochene Intro des Songs über den Bildschirm waberte. Zu »Crazy in Love« von Beyoncé und Jay-Z flimmerte ein Video mit Bildern von Kirschblüten, einem Mann, der in einem Aufzug Zeitung las, und einem Hund, der das Meer ankläffte, über den Bildschirm. Karaoke war schon schräg.

Tillie stand auf und entfernte sich noch ein paar Schritte weiter von Jake. Sie sah sich nach dem Barmann um. Er starrte sie an.

»Jetzt muss ich Beyoncés Part singen?«, fragte Jake vom Mikrofon weg, während der Rhythmus des Intros weiterging. »Okay, wie du meinst«, sagte er. »Dann bin ich eben Königin Bey.« Jake zuckte mit den Achseln. »Eigentlich sogar gern.« Und er hob das Mikrofon an den Mund und begann zu singen.

Tillie konnte nicht fassen, was sie da sah. Oder hörte. Jake hatte eine Stimme, die auf jeden Fall kirchenchorwürdig war, dachte sie und unterdrückte ein Kichern. Sang er eine Oktave höher?

Es war großartig, das musste Tillie zugeben. Während sie Jake bei seiner kleinen Seitwärtsschritt-Choreografie zusah und seiner Sopranstimme lauschte, konnte sie die Rufe und das Gejohle um sie herum problemlos ausblenden. Wie ferngesteuert näherte sie sich dem Rand der Bühne, auf der Jake stand, und bevor sie wusste, wie ihr geschah, zog er sie zu sich herauf. Tillie stimmte leise in den Refrain ein, sie mit tiefer, er mit hoher Stimme. Sie versuchte, nicht zu laut zu singen, nett und zurückhaltend zu sein, aber Jake hielt ihr das Mikrofon direkt unter die Nase.

Ein instrumentales Zwischenspiel begann und Jake bewegte das Mikrofon von ihr weg, tänzelte um sie herum und hauchte ihr ins Ohr: »Okay, und jetzt du, Jay …« Und obwohl es nicht viel gab, wovor sich Tillie normalerweise mehr gefürchtet hätte als davor, vor echten, lebenden Menschen Jay-Zs Strophe aus »Crazy in Love« in ein Mikrofon zu rappen, sah sie Jakes lachende Augen und lächelte. Zu sehen, dass seine Augen zu einem Zeitpunkt lachten, an dem so ziemlich alles in seinem Leben schieflief, brachte sie dazu, ihre ganze Schüchternheit über Bord zu werfen, das Mikrofon, das ein bisschen nach Meerrettich und Schweiß roch, an den Mund zu führen und ihren besten »Jay« auszupacken.

Und sie verhaspelte sich zwar, schaffte es aber durch die ganze Strophe.

Als die Melodie wieder einsetzte, stimmte Jake sofort wieder mit ein. Er versuchte so eine Elvis-Nummer mit den Hüften und hob die Daumen, als der Schlussrefrain einsetzte. Immer wieder sangen sie »Crazy in Love«, während die Musik zu einem Feuerwerk der Freude anschwoll.

Vor ihnen hatte sich eine kleine Menschentraube gebildet. Die Nachzügler, die an der Bar auf ihre Getränke warteten, wackelten zu Beyoncé und Jay-Z, Jake und Tillie, mit den Köpfen.

Als sie die letzte Zeile gesungen hatten, pfiffen ein paar Leute.

Die Musik wurde leiser. Tillie drehte sich zu Jake um, aber da war nichts als Leere. Die Musik verstummte, die Karaokemaschine stoppte. Tillie entdeckte Jake, der sich von ihr entfernte und auf die Bar zurannte.

»Sie sind es!«, hörte Tillie Jake mit bebender, erstickter Stimme rufen, als er ein paar Meter entfernt die Bar erreicht hatte.

Tillie versuchte, vorsichtig von der Bühne zu klettern, aber in ihrer Eile, Jake einzuholen, stolperte sie über eine Stufe. Unwillkürlich schrie sie auf. Die Frau mit der pinkfarbenen Strähne im Haar eilte herbei, um ihr zu helfen. Tillie hockte auf Knien neben der hölzernen Bühnenplattform und spürte, wie ein Stich in ihren Knöchel fuhr und auf der Rückseite ihres Beins in Richtung Wirbelsäule kroch.

»Jake!«, rief sie. Sie konnte immer noch nicht sehen, mit wem er sprach. Jake und Wer-auch-immer wurden von der kleinen Gruppe von Menschen verdeckt, die eben noch mit den Köpfen gewackelt hatte. War es sein Vater? Hatten sie ihn endlich gefunden?

»Was ist denn hier los?«, hörte sie den Barmann schreien und sie versuchte, hinter Jake herzukriechen, aber das tat weh.

»Sie wissen, wo er ist, und sagen es mir nicht! Was haben Sie mit ihm gemacht?«, hörte Tillie Jake schreien.

Während die Frau Tillie den Rücken rieb und ihre Hand fasste, um ihr aufzuhelfen, sah Tillie endlich, was vor sich ging.

An der Bar stand der Großraumbüromann.

»Ich kenne Sie! Ich weiß alles über Sie!«, kreischte Jake. »Sie haben irgendwas mit meinem Dad gemacht. Sie wissen, wo er ist!«

»Ich habe keine Ahnung, wovon du redest!«, schrie der Großraumbüromann zurück und versuchte, Jake auszuweichen, der angefangen hatte, ihn zu schubsen. »Könnte mal jemand dieses Kind festhalten?«, rief er.

Tillie fing an, reihenweise Fotos zu schießen, und kümmerte sich nicht um die Frau, die hinter ihr stand und fragte, was sie da mache und wo ihre Eltern seien.

»Was war es, hä?«, rief Jake. »Dachten Sie, wir hätten Geld? Tja, haben wir nicht, also lassen Sie meinen Dad endlich frei!«

»Du bist ja wohl verrückt geworden!«, schäumte der Großraumbüromann vor Wut.

»Hat er Sie bei irgendwas erwischt? Hä?«Der Mann versuchte, sich davonzumachen, Jake immer hinterher.

Der Barmann ging auf Jake zu.

»Sie waren der Kerl, der das Büromaterial geklaut hat, was? Haben Sie sonst noch was gestohlen? Sind Sie ein Dieb? Ich kenne Sie! Ich weiß alles über Sie!«

Tillie merkte, dass Jake völlig außer Kontrolle war. Sie stürzte durch den Raum auf ihn zu, das Adrenalin übertünchte die Ahnung, dass die Schmerzen bald einsetzen würden.

»Hör jetzt sofort auf!«, schimpfte der Großraumbüromann.

Der Barmann erreichte Jake und zog ihn am Schlafittchen in die Höhe. »Jetzt aber raus mit dir«, sagte er.

Als Tillie näher herangekommen war, traf ihr Blick den des Großraumbüromannes. Sie war immer noch ein paar Meter von Jake entfernt und musste unweigerlich an dem Großraumbüromann vorbei, um Jake zu erreichen. Sie spürte, wie sich ihr ganzer Körper anspannte, während sie sich vorwärtsbewegte.

»Jake! Ich komme!«

Und dann spürte sie, wie jemand sie am Arm packte. Sie fuhr herum.

»Hört auf, Fragen zu stellen, deren Antwort ihr gar nicht wissen wollt«, flüsterte ihr der Großraumbüromann heiser zu. »Vertrau mir.«

Er hatte tatsächlich eine weiße Narbe über dem Auge, die ein wenig in die Augenbraue ragte. Tillie wand ihren Arm aus seinem Griff und eilte weiter hinter Jake her. Der kämpfte am Ausgang mit dem Barmann.

»Lasst euch hier bloß nicht wieder blicken, Destiny's Child, oder ich rufe die Polizei«, sagte der Barmann, als er Jake durch die Tür schob und Tillie hinterherwinkte.

Jake wollte noch einmal hineingehen, aber Tillie machte es dem Barmann nach und zog Jake am Schlafittchen fort.

»Ich kann einfach nicht fassen, dass dieser Widerling da war«, schimpfte Jake. »Ich kann nicht fassen, dass er da war und ich nicht das Geringste aus ihm rausgekriegt habe.«

Er rieb sich immer wieder die Schläfen, als wolle er die Schädeldecke mit den Fingern durchdringen und sein eigenes Hirn in den Schwitzkasten nehmen.

Tillie hatte den schimpfenden und tobenden Jake zur Bushaltestelle zurückgeführt. Er atmete so schwer, dass sie es über den Verkehrslärm hinweg hören konnte.

Die Busfahrt zurück dauerte so lang. Ihre Mutter würde sich Sorgen machen. Wenn der Bus sofort käme, könnte sie es *vielleicht* noch rechtzeitig nach Hause schaffen. Oder nur ein bisschen zu spät sein. Tillie schrieb ihrer Mom, sie sei bald zu Hause, die Kunst-AG habe wieder länger gedauert, es gehe ihr gut. Dann wandte sie sich wieder Jake zu.

»Tillie, das war er doch, oder nicht? *Das war er*!«

Sie nickte. Sie hatte sich das Gesicht in den letzten Nächten, in denen sie über ihren Bildern gebrütet hatte, eine Million Mal angesehen. Der Mann im Pins und Hits hatte den gleichen flachen, kahlen Kopf, die gleiche kleine Brille, die farblose Narbe. Und er war wütend geworden, als er Jake gesehen hatte. Als sie diesen Mann fotografiert und den Finger an seinen Lippen gesehen hatte, hatte sie Jake gesagt, sie glaube ihm, dass irgendetwas vor sich ging. Aber erst jetzt, seit der Großraumbüromann sie am Arm gepackt hatte, um auch sie zum Schweigen zu bringen, war sie sich ganz sicher, dass Jake recht hatte. Sein Vater war nicht in Kanada. Er war nicht verreist. Jakes Dad war *verschwunden*. Entführt?

»Und er war an dem Ort, von dem mein Dad angerufen hat! Einen Tag nach seinem Anruf!«, jammerte Jake. »Tillie, er hat ihm bestimmt irgendetwas angetan. Ich weiß es.«

»Ja, er hat auf jeden Fall etwas damit zu tun. Du hast recht.« Tillie sah seine dunklen Augen vor sich, als er sie angeknurrt hatte.

Hört auf, Fragen zu stellen ...

»Ja, und er ist davongekommen«, jammerte Jake. »Er ist damit durchgekommen …«

Bald würde es dunkel werden und Tillie zog ihre Jacke fester um sich. In Bein und Hüfte pochte es. Sie wühlte in ihrer Tasche nach der Kampfersalbe, die ihre Mutter immer einpackte, und zog Turnschuh und Socken aus, wobei versehentlich die Fersenerhöhung mit aus dem Schuh rutschte. Sie drückte sie wieder hinein und fing an, den Muskelkrampf aus der Ferse zu massieren. Durch die Salbe wurde ihr ein bisschen kalt, aber sie würde die Folgen des schmerzhaften Sturzes von dieser beknackten Karaokebühne etwas lindern. Als sie die Jeans nach oben schob, um die Wade einzureiben, drehte sie sich Jake zu, wissend, dass er all das mitbekam. Sie sah, dass er zitterte.

Jake hatte das Gesicht in den Händen vergraben. Seine Schultern zitterten wie nach einem Erdbeben, einem tiefen Atemzug folgten viele kleine, abgehackte Zuckbewegungen. Sein Rucksack war ihm ein Stück von den Schultern gerutscht und zog an seinen Armen.

Tillie hatte noch nie einen Jungen weinen sehen. Vielleicht, als sie noch klein gewesen war oder als ihr Dad sie im Krankenhaus besucht hatte, aber das war etwas anderes.

Jake murmelte irgendetwas Unverständliches.

»Was?«, fragte Tillie leise.

»Ich werde ihn nicht finden«, sagte er mit solchem Nachdruck, dass es ihm alle Kraft zu rauben schien und ihn verstummen ließ.

Tillie versuchte, ihn nicht anzustarren.

Sie griff nach den Rucksackträgern und zog sie ihm einen nach dem anderen von den Armen. Er ließ es zu. Sein Gesicht war nass, in seinen Augen spiegelten sich die Lichter der Autos, die vorbeifuhren.

Tillie nahm seinen Rucksack und stellte ihn neben ihren schmerzenden Füßen ab.

»Bist du okay?«, fragte sie.

Er nickte. Sein Atem wurde ruhiger.

Tillie war sich ganz sicher, dass sie nach diesem Augenblick nie wieder miteinander sprechen würden. Wenn man einen Jungen weinen sah, machte das bestimmt alles kaputt. Es wäre das Ende ihrer Nachforschungen und der Großraumbüromann und sein Gehilfe Jim würden mit der Sache davonkommen. Aber sofort wurde sie eines Besseren belehrt. Jake fing an zu reden.

»Mein Vater ist mein bester Freund«, sagte er mit glasigen Augen, schniefte und putzte sich die Nase am Jackenärmel ab. »Weißt du, was ich meine?«, fragte er, wartete aber nicht auf eine Antwort.

Und, nein, das wusste sie nicht.

Er kicherte künstlich. »Neulich habe ich eine Karte gefunden, die ich ihm einmal geschrieben habe. Ich habe in Moms und Dads Schlafzimmer gesucht. Du weißt schon, nach Hinweisen. Oder sonst irgendwas. Und ich habe diese Karte gefunden. Die lag in seiner Nachttischschublade. Es war eine Geburtstagskarte von mir, als ich neun war. Darauf stand: ›Herzlichen Glückwunsch, Dad! Ich wüsste nicht, was ich ohne dich machen sollte.‹ Und das wusste ich wirklich nicht. Ich meine, ich verdanke meinem Dad, dass ich angefangen habe, mich selbst zu *mögen* … so wie ich bin, schätze ich. Weil *er* mich mochte. Jetzt bin ich keine neun mehr«, er holte tief Luft, biss sich auf die Unterlippe und presste die Hände aneinander, um weitere Tränen zu unterdrücken, »und weiß immer noch nicht, was ich ohne ihn machen sollte. Nur dass ich jetzt ohne ihn *bin*. Und ich bin ... nichts.« Er hielt inne. »Ich bin nichts ohne ihn.« Er schüttelte den Kopf und wischte sich die Augen ab. Dann sagte er ganz leise zu sich selbst: »Ich will doch nur meinen Dad wiederhaben. Ich möchte einfach nur den einen Menschen wiederhaben, der mir immer sagt, dass alles wieder gut wird, und es auch so meint.«

Tillie wusste, dass es jetzt nicht viel bringen würde, ihm genau das zu sagen.

Alles wird wieder gut, Jake, dachte sie. Und dann musste sie aufhören, darüber nachzudenken, um nicht auch zu weinen.

Nach einer gefühlten Ewigkeit kam der Bus und sie traten die Heimreise an.

An diesem Abend machte ihr Dad ihr zum Abendessen ein paar Käsenudeln warm.

Sie hätte ihn zu gern umarmt, bat ihn stattdessen aber nur, ihr das Salz zu reichen.

13. Dieses Gesicht

Am folgenden Tag war Jake nicht in der Schule, ebenso wie am darauffolgenden.

Am ersten Tag schrieb er Tillie, er sei zu Hause geblieben, um zu ermitteln, obwohl Tillie eher dachte, er müsse sich wahrscheinlich vor allem von diesem schrecklichen Nachmittag erholen. Am zweiten Tag schrieb er nicht mehr und Tillie fing an, sich Sorgen zu machen.

Abby erzählte, er habe ihr an diesem Morgen geschrieben, dass er immer noch krank sei. Nachdem sie Tillie auf dem Weg zum Zeichensaal abgefangen und darauf bestanden hatte, dass sie stattdessen lieber mit »der Clique« zu Mittag essen solle, erzählte Abby ihr alles Mögliche. Sie erzählte, dass sie zwei Jahre lang in den Achtklässler Malik Granger verknallt gewesen sei und wie sehr es sie nervte, dass der wahrscheinlich – wie jeder andere auch – in Diana Farr verliebt sei, dass sie versuchen wolle, eine Band zu gründen, und dass Tillie, falls sie irgendein Instrument spielte, unbedingt mitmachen müsse, außerdem alle Arten von Theorien über die Figuren in einer Fernsehserie, die Tillie noch nie gesehen hatte, von der Abby aber behauptete, dass sie die *unbedingt* sehen müsse. Abby lief noch nicht einmal schneller als Tillie, sondern schlenderte einfach langsam neben ihr, obwohl ihr Redefluss eine Geschwindigkeit von einer Million Stundenkilometern drauf hatte.

»Jake hatte recht«, sagte Abby, als sie die Mensa betraten. »Du kannst richtig gut zuhören.«

Es fühlte sich seltsam an, ohne Jake an Jakes Tisch zu sitzen, aber Abby tat so, als sei das ganz normal. Sie unterhielt sich mit Tillie ebenso wie mit allen anderen.

»Hey, meinst du, du könntest die Fotos für uns machen, wenn das mit meiner Band klappt?«, fragte Abby sie einmal und setzte damit am Tisch ein aufgeregtes Gespräch darüber in Gang, für welche Gelegenheiten die Leute Fotos brauchten. Sean brauchte ein Porträt für das Vorsprechen bei einer lokalen Theatergruppe. Emma wollte sichergehen, dass in diesem Jahr ein gutes Foto vom Mädchen-Basketballteam in den Jahresbericht käme, denn das vom letzten Jahr hatten alle gehasst.

Zu ihrer eigenen Überraschung sagte Tillie allen zu. Langsam entspannte sie sich auf ihrem Platz am Tisch, auch ohne Jake an ihrer Seite.

Plötzlich schlug sich Abby die Hand vor den Mund und sagte: »Ups, ich habe ganz vergessen, dass ich Jake die Hausaufgaben für die Fächer, die wir zusammen haben, mitbringen sollte. Er hatte mich darum gebeten …«

Für einen kurzen Augenblick hatte Tillie ein schlechtes Gewissen. Über ihrem Schwätzchen mit Abby hatte sie Jake ganz vergessen. Sie hatte sein Schniefen vergessen und wie er die Hände so fest ineinander verkrallt hatte, dass die Knöchel ganz weiß geworden waren.

»Ich hoffe, es geht ihm gut«, sagte Tillie und meinte etwas ganz anderes.

Tillie wünschte sich, Jake würde einfach mit seiner Mutter sprechen. Blieb seine Mutter dabei, dass sein Dad auf

Geschäftsreise war? Was glaubte sie, wie lange sie mit dieser offensichtlichen Lüge durchkommen würde? Obwohl Tillie sich durchaus vorstellen konnte, dass Jake sie von seiner glücklichen Unwissenheit überzeugt hatte. Wahrscheinlich lachte und scherzte er die ganze Zeit.

Tillie schrieb ihm eine Nachricht. *Hey, wann können wir über Montag reden?*

Sie versuchte, sich nicht darüber zu ärgern, dass er Abby geschrieben hatte und ihr nicht.

Bis zum Ende ihrer nächsten Stunde hatte er noch nicht geantwortet. Sie traf Abby auf dem Gang. Na ja, eigentlich hatte sie sich in der Nähe von Abbys Spind postiert, um ihr auch ganz sicher über den Weg zu laufen.

»Hey, hast du was von Jake gehört?«, fragte Tillie.

»Seit heute Morgen nicht. Wahrscheinlich ist er in irgendein Rollenspiel auf seinem Computer oder irgend so eine andere Nerd-Nummer abgetaucht«, Abby verdrehte die Augen und lächelte.

»Aha«, sagte Tillie.

»Warum?«

Tillie wusste nicht, was sie sagen sollte.

Nach dem gestrigen Abend wusste der Großraumbüromann auf jeden Fall, dass Jake ihm auf die Schliche gekommen war – was der Großraumbüromann auch immer getan hatte. Außerdem war offensichtlich, dass der Großraumbüromann nicht nur etwas darüber wusste, wo Jakes Dad war, sondern auch etwas mit dessen Verschwinden zu tun hatte. Vielleicht hatte er ihm aus irgendeinem Grund etwas angetan. Vielleicht bedrohte er Jakes Mom. Und wenn er wusste, dass Jake wusste …, war Jake dann vielleicht in Gefahr? Ging diese

Gefahr vom Großraumbüromann aus? Wurde der Actionfilm, den Jake sich ausgemalt hatte, gerade Wirklichkeit?

Aber warum log seine Mom immer noch?, fragte sich Tillie. Wollte sie Jake wirklich nur beschützen? Dieser Teil der Geschichte ergab noch keinen Sinn.

Tillie stellte sich Jakes rotes, von Tränen feuchtes Gesicht von vor zwei Tagen vor. So konnte es nicht weitergehen. Sie konnte nicht zulassen, dass er sich noch länger so fühlte.

»Hey Abby, weißt du zufällig, wo Jake wohnt?«

»Na klar. Gib mir dein Handy, dann speichere ich dir seine Adresse ein. Wieso?«

»Danke«, murmelte Tillie. »Ich dachte ... ich schau einfach mal bei ihm vorbei.« Tillie reichte Abby ihr Handy. Sie musste Jake davon überzeugen, seiner Mutter alles zu erzählen, was er wusste. Sie brauchten unbedingt Hilfe, bevor der Großraumbüromann noch mehr Schaden anrichten konnte.

»Hey, vielleicht komme ich einfach mit, wenn du ihn besuchst!«, kündigte Abby an. »Das wird lustig! Los, wir bringen ihm eine Suppe mit oder so was. Ein Notfallpaket! Seine Mom wird sich sicher nicht um ihn kümmern. Der ist ziemlich egal, was er so treibt. Und sein Dad macht bestimmt jeden Spaß mit.«

Tillie wurde auf eine ganz neue Weise bewusst, dass Jake keinem seiner Freunde von seinem Dad erzählt hatte. Natürlich hatte sie das längst gewusst. Deshalb sprach er mit ihr immer im Flüsterton, während er mit den anderen laut herumalberte. Aber auf einmal wurde ihr klar, dass Jake ihr aus irgendeinem Grund wirklich vertraute.

Tillie bemerkte, dass sie die ganze Zeit einfach so dastand und Abby geistesabwesend anstarrte, und sie ärgerte sich darüber, dass sie sich so komisch benahm.

»Ähm …«, Tillie konnte Abby nicht mitnehmen. Sie durfte sie auf keinen Fall in die Sache hineinziehen, insbesondere, wenn man bedachte, wie bedrohlich gerade alles zu werden schien. »Tut mir leid, aber ich …«

»Oh. Nein, nein, das ist schon okay. Mach dir keine Gedanken, ich verstehe schon.« Abby schien ein Lächeln aufzulegen.

»Tut mir leid«, wiederholte Tilly.

»Hey …«, Abbys Lächeln verschwand und sie senkte die Stimme. »Offenbar stimmt mit Jake irgendetwas nicht. Mir ist schon aufgefallen, dass ihr beide immer miteinander tuschelt. Du weißt also Bescheid. Ich verstehe schon, wenn du nichts verraten darfst. Aber …«, sie holte Luft, als hoffe sie, Tillie würde etwas sagen, aber Tillie sagte nichts. Sie konnte nicht. »Aber sag mir Bescheid, wenn ich irgendwie helfen kann. Oder wenn *du* jemanden zum Reden brauchst.« Abby wartete noch einen Moment, dann winkte sie zum Abschied und setzte sich in Bewegung. »Okay, mach's gut, Tillie!«

Abby war *so* nett, dachte Tillie, und sie war *so*, *so* ungeschickt. Sie verfluchte sich selbst und schrieb dann ihrer Mutter auf dem Weg zu ihrer letzten Stunde eine Nachricht.

Wird heute vielleicht später. Treffen uns nach der Schule für eine Gruppenarbeit in der Kunst-AG in der Bibliothek.

Tillie zuckte zusammen. Auf einmal jeden Tag Kunst-AG? Nicht sehr überzeugend. Jake war viel besser in so etwas.

Nach der Schule nahm sie den Bus zu Jakes Adresse.

Um ihn nicht zu überrumpeln, schrieb sie ihm noch schnell eine Nachricht, als sie aus dem Bus ausgestiegen war.

Hab ein paar Ideen. Kann ich vorbeikommen? Bis gleich …

Auf dem Weg von der Bushaltestelle zu seinem Haus fiel ihr auf, dass er gleich neben dem Fußballplatz wohnte, auf dem früher öfter Schulfußballspiele stattgefunden hatten. Sie fragte sich, ob Jake spielte. Allzu sportlich wirkte er nicht …

Auf der Straße war nicht viel los, nur ein paar Kids kamen von der Schule nach Hause oder aus dem Haus gerannt und sprangen auf ihre Räder. Ein paar Frauen mit Hunden liefen vorbei und wandten schnell den Blick ab, als sie Tillie und ihre Beine bemerkten. So war das immer. Tillie starrte weiter geradeaus.

Nicht mehr weit von Jakes Haus entfernt blieb sie stehen.

Ein paar Häuser weiter sah sie einen kahlköpfigen Mann mit Brille, der kräftig an die Tür klopfte.

Das konnte unmöglich …

Er stemmte die Hände in die Hüften, blickte nach oben, schüttelte offensichtlich genervt den Kopf und klopfte erneut. Es war der Großraumbüromann.

Was war, wenn er sie entdeckte?

Tillie schlüpfte in den Vorgarten, vor dem sie stand, und strebte auf ein Gebüsch zu. In der Hoffnung, dass niemand im Haus sie bemerkte, schob Tillie mit einer Hand einen Ast beiseite und hielt mit der anderen die Kamera, aber ihr Arm begann so heftig zu zittern, dass sie aufgeben musste. Fotos konnte sie also keine machen. Aber ihren Eltern nachzuspionieren war ein großartiges Training gewesen, und Tillie fand schnell das perfekte Guckloch zwischen den Zweigen des Gebüschs.

Die Tür ging auf.

Jakes Mom kam mit einer großen Tasche mit einem Cubs-Logo auf die Veranda heraus und stellte sie vor dem Großraumbüromann ab. Die Tasche war so vollgestopft, dass irgendetwas oben herausfiel – vielleicht eine Baseballkappe, Tillie konnte es nicht genau sagen. Jakes Mom bückte sich, um es wieder hineinzustopfen.

Jakes Mom schien überhaupt keine Angst zu haben. Sie trat sogar näher an den Großraumbüromann heran und gestikulierte wild mit den Armen. Die beiden standen fast Nase an Nase. Der Großraumbüromann ließ kurz die Schultern hängen, wie ein Kind, das bei einer Missetat ertappt worden war, richtete sich dann aber wieder auf und begann zu schreien. Jakes Mom trat einen Schritt zurück. Tillie hörte, dass der Großraumbüromann herumbrüllte, konnte aber nicht viel mehr verstehen als »Also gut«, und dann noch so etwas wie: »Was passiert ist, ist passiert.«

Und dann sah Tillie, die ihren eigenen Augen normalerweise immer traute, etwas, das sie einfach nicht glauben konnte: Der Großraumbüromann und Jakes Mom umarmten einander. Es dauerte nur einen kurzen Augenblick, aber es passierte.

Anschließend nahm der Großraumbüromann die Tasche und verschwand damit um die nächste Ecke. Jakes Mom sah ihm noch einen Moment lang nach und ging dann ins Haus zurück.

Sollte Tillie ihn verfolgen? Vielleicht… Nein, so schnell konnte sie nicht laufen.

Nun hatte sie noch mehr Fragen als je zuvor. Was war in der Tasche? War es vielleicht Geld? War es bei den Kontoauszügen um die Auszahlung einer großen Summe gegangen?

Aber warum sollte auf dem Geld eine Baseballkappe liegen? Und warum hatten sie sich umarmt, wenn Jakes Mom ihm das Geld oder was auch immer in der Tasche war eigentlich nicht geben wollte? *Steckte Jakes Mom doch irgendwie in der Sache drin? War sie auf der Seite des Großraumbüromannes?*

Tillies Körper schien zu wissen, was zu tun war, bevor es ihr selbst bewusst war, denn sie fand sich plötzlich auf dem Weg zu Jakes Haus wieder.

Sie ging die Treppe zur Haustür hinauf und klopfte an die Tür.

Jakes Mom öffnete innerhalb von Sekunden.

Sie machte ein ernstes Gesicht. Ihre Haut war olivenfarben, hatte in letzter Zeit aber offenbar nicht viel Sonne abbekommen. Ihre Schlüsselbeine sprangen hervor wie bei einem Model. Die Wangen zeigten nicht einen Hauch von Rot. Die Haare klebten ihr in verblichenen braun gefärbten Strähnen an der Stirn, unter den Augen hingen dunkelblaue Ringe. Sie sah aus, als hätte man alle Tränen aus ihr herausgewrungen wie aus einem Spüllappen. Das war nicht die Frau, die Tillie sich vorgestellt hatte. Jake hatte gesagt, sie wirke ganz normal.

»Was kann ich für dich tun?«, fragte sie ohne eine Spur der Herzlichkeit, die bei Jake immer mitschwang.

»Äh, häm«, sagte Tillie. »Ja?«, sagte Tillie eher fragend. »Ich bin eine Freundin von Jake?« Schon wieder eine Frage. Das Wort »Freundin« klang aus ihrem Mund, als hätte sie es gerade in einem fremdsprachigen Wörterbuch nachgeschlagen und wollte nun ausprobieren, ob die Eingeborenen es verstünden.

»Er ist nicht da.«

Tillie hielt inne. »Er ist …« Sie wollte nicht sagen, dass man ihr erzählt hatte, er sei krank, denn vielleicht hatte er seine Mutter ja auch belogen. Vielleicht machte er etwas anderes. Das durfte seine Mutter nicht erfahren. »Ach, ich habe ihn heute in der Schule nicht getroffen. Und … wir machen so ein Projekt zusammen. Ich dachte, wir könnten vielleicht ein bisschen daran arbeiten?«

»Er ist in der Kunst-AG", sagte seine Mom. »Heute Morgen ging es ihm nicht so gut, aber im Laufe des Tages wurde es besser.«

»Ah, ja, klar. In der Kunst-AG. Ja, er ist schon ein großer Künstler.« Tillie musste sich ein Kichern verkneifen.

»Gut«, sagte seine Mom und begann langsam, die Tür zuzuschieben. »Ich richte ihm aus, dass du da warst.«

Sie hatte Tillie doch noch nicht einmal nach ihrem Namen gefragt.

Während Tillie sich von Jakes Haus wegbewegte, schrieb sie ihm eine Nachricht.

Jake, wo bist du denn???

Mehr wollte sie ihm nicht übers Handy schreiben. Sie musste mit ihm reden. Sie musste ihm erzählen, was sie gesehen hatte. Obwohl sie eigentlich selbst nicht wusste, *was* sie gesehen hatte. Das ergab alles so gar keinen Sinn.

Sie konnte jetzt nicht nach Hause gehen. Was sollte sie tun? Nach Hause gehen und abwarten, ob der Großraumbüromann Jake irgendetwas antun würde? Abwarten, ob Jakes Mom vielleicht hinter all dem steckte? Keine dieser Fragen konnte auch nur einen Tag warten. Aber sie wusste nicht, wo sie hingehen sollte.

Tillie lief erst einmal zurück zur Bushaltestelle, immer noch unentschlossen, was sie als Nächstes tun sollte. In Bein und Hüfte fing es bereits an zu kribbeln, vielleicht wegen der Anstrengung, vielleicht aber auch vom Stress.

Sie würde in die Stadt fahren. Da es ja gar keine Kunst-AG gab, konnte Jake auch nicht in der Schule sein. Vielleicht traf er sich mit Freunden in der Innenstadt. Sie verfluchte sich selbst dafür, Abby nicht nach ihrer Nummer gefragt zu haben. Wenn sie die Main Street abgeklappert hatte, würde sie zum Büro von Jakes Dad fahren und nachsehen, ob er dort war. Aber was war, wenn der Großraumbüromann auch dort war? Was, wenn er wieder zurück zur Arbeit gegangen war und behauptet hatte, er sei nur bei einem dieser Außentermine gewesen, von denen Jake erzählt hatte? Nein, sie durfte sich nicht dort blicken lassen. Und Jake erst recht nicht! Sie musste ihn unbedingt finden.

Sie stieg in der Innenstadt aus dem Bus und warf einen Blick in das Café, in dem die anderen Kinder nach der Schule immer herumhingen. Sie entdeckte einige ihrer Schulkameraden in mehreren Grüppchen, darunter Diana Farr. Instinktiv machte Tillie ein Foto. Cara Dale, ein Neuzugang in Diana Farrs Clique, bemerkte sie und kicherte. Tillie war sich zwar nicht ganz sicher, ob das Kichern ihr galt, aber sie ging davon aus. Sie schob den Gedanken beiseite und lief quer durch den Laden, um sich eine heiße Schokolade zu bestellen.

Jetzt blieb ihr nichts anderes übrig, als sich hinzusetzen und abzuwarten, ob Jake vielleicht auftauchte. Sie zog ihre Kamera heraus und klickte sich geistesabwesend durch einige ihrer Lieblingsfotos. Die Bilder dämpften das Geschnatter im Café. Tillie kam zu einem Porträt von Miss Martinez. Es war zwar kein besonders gutes Bild, aber sie behielt es auf der Kamera, weil es sie an den Tag erinnerte, an dem Miss Martinez sie mitgenommen und ihr gesagt hatte, ihre Bilder seien großartig.

Eigentlich wohnte Miss Martinez nur ein paar Blocks entfernt, fiel Tillie ein, und sie klickte sich zurück zu dem Bild von Miss Martinez' Haus. Clareview Street.

Was wäre, wenn sie Miss Martinez alles erzählte, statt Jake dazu zu bringen, mit seiner Mutter zu sprechen? Miss Martinez würde schon dafür sorgen, dass ihnen nichts passierte. Wahrscheinlich würde Jake erst einmal sauer auf Tillie sein, aber dann würde er ihr verzeihen. Er würde ihr verzeihen, wenn er von der Tasche hörte und verstand, wie wirklich auf einmal alles war, nicht mehr einfach nur irgendeine Theorie. Jetzt gab es da eine große Tasche voll mit … irgendwas und einen gruseligen Typen und zu viele Geheimnisse – sie musste irgendetwas unternehmen, und zwar sofort.

Tillie ließ ihre heiße Schokolade stehen, ohne davon getrunken zu haben, und verließ das Café in Richtung von Miss Martinez' Straße.

Sie schrieb ihrer Mutter: *Heute wird's superspät! Mir geht's gut, hab was genommen, Schmerzen erträglich.*

Ihre Mom schrieb zurück: *Komm bald nach Hause, Schatz!*

Ein paar Blocks vor der Clareview Street entdeckte Tillie Miss Martinez' Lebensmittelladen und beschloss, einen Abstecher dorthin zu machen. Wenn sie Miss Martinez' Brille fand, konnte das nur helfen. Miss Martinez würde sich freuen, sie wiederzubekommen, und wäre vielleicht eher bereit, Tillie zuzuhören, wenn sie ihr die haarsträubende Geschichte vom verschwundenen Vater erzählte.

Der Laden war fast leer. Es gab eine Handvoll kleiner Tische, an denen man essen konnte, aber dort saß niemand. Der Fliesenboden war übersät mit den schwarzen Schuhabdrücken der Kunden und in einer Ecke klebte verschütteter Ketchup. Der ganze Raum roch nach sauren Gurken. Der Mann an der Kasse schien nicht bemerkt zu haben, dass sie hereingekommen war, oder es war ihm egal. Er hing, auf die Ellbogen gestützt, am Tresen, seufzte ab und zu und blätterte in einer Zeitschrift. Der Junge hinter der Imbisstheke saß an die Wand gelehnt auf einem Stuhl und schlief. Eine Fliege schwirrte ihm unter der Nase herum und Tillie machte ein Foto davon, wie er im Schlaf schnaubte, um sie zu verscheuchen.

Tillie humpelte auf den Mann an der Kasse zu. Langsam fing ihr Bein an, richtig wehzutun. Der untere Teil ihres Rückens auch.

»Kann ich dir helfen?«, fragte der Mann und blickte von seiner Zeitschrift auf.

»Ich …«, fing Tillie an.

»Oh, hey, was ist denn mit deinem Bein passiert?«, fragte er.

Das wurde sie oft gefragt, als ob das irgendjemanden etwas anginge. Normalerweise antwortete sie: »Ach, nichts, ich erhole mich gerade von einem Beinbruch« – eine Lüge, mit der die Leute etwas anfangen konnten. Sie träumte schon lange davon, einmal etwas wirklich Aufregendes zu erfinden, wie: »Ich bin von einem Puma angegriffen worden«, oder »Ich bin Teilzeitpirat – unter meiner Hose trage ich ein klassisches Holzbein.«

»Gebrochen«, antwortete sie.

»Ah, tut mir leid. Ich hab mir auch schon mal das Bein gebrochen.« Er beugte sich zu ihr und erzählte ihr detailgetreu von seiner Baseballverletzung.

»Also, hm«, unterbrach sie ihn, »tut mir leid, aber ich suche nach einer Brille.« Sie spürte, wie sie rot wurde, wie immer, wenn sie jemanden etwas fragte.

»Zurzeit scheinen alle ihre Brillen zu verlieren, was?«, fragte er und kicherte.

»Hä?«, fragte Tillie. »Sie ist braun. Mit Punkten.«

Als sie das Wort »Punkte« ausgesprochen hatte, fiel ihr der Mann ins Wort. »Ach, das ist dieselbe. Die hat eben schon so ein Kerl abgeholt.«

Ein Teil von Tillie freute sich darüber, recht gehabt zu haben – die Brille *war* im Lebensmittelladen liegen geblieben, genau wie sie es aus ihren Fotos gefolgert hatte. Aber die Auskunft verwirrte sie auch. So ein *Kerl*?

»Ja«, fuhr der Mann fort. »Hat sie in eine Papierserviette gewickelt und in eine Tasche gestopft. Hat noch nicht mal danke gesagt, als ich sie ihm gegeben habe. Aber was soll's? War ein Cubs-Fan, was will man da schon erwarten?« Der Mann lachte. »Vorwärts, Sox, was, Kleine?«

»Warten Sie mal«, sagte Tillie. »Woher wissen Sie, dass er ein Cubs-Fan war?«

»Cubs-Tasche. Arrogantes Gesicht.«

Tillie holte tief Luft. Nur weil es ein Cubs-Fan war, musste es noch lange nicht der gleiche Mann gewesen sein. Vielleicht hatte Miss Martinez einfach einen Freund mit einer Cubs-Tasche.

Aber vielleicht war der Großraumbüromann ihr auch aus irgendeinem Grund immer einen Schritt voraus. Vielleicht wollte er ihr etwas mitteilen. Vielleicht wusste er, dass sie ihn bei Jakes Haus gesehen hatte, und wollte sie daran erinnern, keine Fragen mehr zu stellen. Vielleicht beobachtete er sie auch jetzt gerade.

Ihr Magen krampfte sich zusammen und ihr schlimmes Bein begann zu beben. »Ah«, quiekte sie »Hatte der Kerl zufällig eine Brille? Und kleine Knopfaugen? Trug er einen Anzug?«

»Ha! Sehr anschaulich.« Er lächelte sie an. »Brille ja. Die Augen habe ich mir nicht näher angesehen.«

Tillie schluckte. »Hatte er eine Glatze?«

Der Mann schüttelte den Kopf. Tillie seufzte erleichtert.

»Könnte ich nicht sagen. Er hatte eine Baseballkappe auf. Hey, bist die vielleicht eine von den fünf Freunden? Leibhaftig hier in meinem Laden?« Der Mann kicherte. »Worum geht es denn? Der Fall der verschwundenen Brille? Das Geheimnis des leeren Anzugs?«

Tillie spürte, wie sich die Welt um sie herum zu drehen begann. »Danke schön!«

Sie eilte nach draußen.

»Viel Glück, *Anne*!«, rief der Mann immer noch aus voller Brust lachend. Sie konnte ihn noch johlen hören, als die Tür schon klingelnd hinter ihr ins Schloss gefallen war.

Jake, schrieb Tillie, *der Großraumbüromann hat was vor. Ganz sicher. Wo bist du bloß???*

Musste sie sich noch größere Sorgen um ihn machen, als sie es ohnehin schon tat? Vielleicht wusste der Großraumbüromann genau über sie Bescheid. Vielleicht war er ihnen die ganze Zeit gefolgt. Er musste den blauen Chevrolet gefahren haben. Er war Jake zur Schule und ihnen beiden zur

Bushaltestelle gefolgt, warum sollte er sie nicht *überallhin* verfolgt haben? Vielleicht wusste er, dass Miss Martinez ihre Lieblingslehrerin war, dass Tillie das Fundbüro war, dass sie die Brille hatte finden sollen. Beobachtete er sie jetzt gerade? Würde er Miss Martinez etwas antun, nur um ihr klarzumachen, dass sie sich aus der Sache raushalten sollte?

Tillie versuchte, sich zu beeilen. Rucksack und Kamera prallten ihr bei jedem Schritt von vorn und hinten gegen den Rumpf, das Haar wehte ihr wie in einem Wirbelsturm ums Gesicht. Es war nicht weit, sie konnte es schaffen, sagte sie sich. Tillie versuchte zu ignorieren, dass ihr Bein schlimmer schmerzte als sonst. Es war besonders empfindlich seit dem Karaokesturz zwei Tage zuvor und von der Anstrengung, die ihr Körper vollbrachte, während er sich schneller als sonst vorwärts schob.

Sie kam an ein paar Kindern aus der Schule vorbei und hielt den Blick gesenkt. Sie hatte jetzt wirklich keine Zeit, falls eines von ihnen irgendetwas vom Fundbüro wollte.

Als Tillie an der Ecke von Main Street und Miss Martinez' Straße ankam und das kleine Haus schon sehen konnte, scherte direkt hinter ihr ein Mann aus, versetzte ihr beim Überholen fast einen Stoß mit der Schulter und lief dann vor ihr weiter.

»Tschuldigung«, hörte sie ihn freundlich sagen, aber diese Freundlichkeit änderte nichts daran, dass Tillie sich fühlte, als hätte ihr jemand in die Magengrube geboxt.

Sie blieb für einen Augenblick stehen. Von hinten konnte sie sehen, dass der Mann eine Baseballkappe aufhatte. Über der Schulter trug er eine große, vollgestopfte Tasche mit dem Cubs-Logo darauf.

Das war *er*. Sie hatte sein Gesicht nicht gesehen, aber er *musste* es sein.

Hatte er sie erkannt? Vielleicht hatte er nicht auf sie geachtet. Er hatte schon einige Meter Vorsprung.

Tillie ging weiter, verlangsamte aber ihren Schritt. Wenn er es wirklich war und sich umdrehte, durfte er sie auf keinen Fall erkennen. Sie ging in den Unsichtbarkeitsmodus über, eine Methode, die sie gegen Ende der Grundschule perfektioniert hatte. Kopf runter, Hand am Rucksackgurt, schildkrötenhafte Bewegungen. Sie hielt genug Abstand, um glaubhaft alles abstreiten zu können, wenn er sie beschuldigte, ihm zu folgen. Aber wenn er sich umdrehte und sie erkannte, war ohnehin alles aus. Sie verbarg das Gesicht hinter ihren Haaren.

Tillie war schon sehr weit hinter ihm, als sie sah, dass er genau vor Miss Martinez' Haus langsamer wurde.

Ihr stockte der Atem. Der Mann blieb an Miss Martinez' Briefkasten stehen.

War Miss Martinez in Gefahr? Tillie überlegte, ob sie sie irgendwie warnen sollte. Sollte sie schreien? Aber dann würde er zurückkommen. Vielleicht war das genau, was er wollte. Tillie immer noch den Rücken zugekehrt, öffnete er den Briefkasten und nahm ein paar Briefe heraus. War es nicht verboten, anderer Leute Post aufzumachen? Jedenfalls hatte ihre Mutter das gesagt, als sie einmal etwas aufgemacht hatte, das für ihren Dad bestimmt war. Er sollte sich gut überlegen, Miss Martinez' Post aufzumachen, dachte Tillie. Dann würde sie ihn nämlich anzeigen.

... und dann?

Tillie fühlte sich hilflos. Total und absolut hilflos. Sie konnte nur eines tun. Tillie hob ihre Kamera und begann, alles festzuhalten. Aus sicherer Entfernung knipste sie zwei Bilder und machte sich bereit, die Kamera augenblicklich fallen zu lassen, wenn er sie bemerkte. Aber er studierte immer noch die Post. Er blätterte sie durch, als hätte er alle Zeit der Welt, was Tillie sehr half, denn sie hatte nur die Wahl, entweder stehen zu bleiben, sich langsam auf ihn zuzubewegen, bis sie ihn erreichte, oder sich hinter einem Baum oder Auto zu verstecken.

Als er sich dem Haus zuwandte, entschied sich Tillie für das Auto. Sie machte drei Schritte auf das Fahrzeug zu, das vor dem Nachbarhaus von Miss Martinez parkte, duckte sich dahinter und setzte das Objektiv auf die Motorhaube. Schon zum zweiten Mal an diesem Tag versteckte sie sich wie eine Spionin.

Zusammengekauert fand Tillie sich auf Augenhöhe mit dem Autofenster. Und als sie einen Aufkleber mit Barcode entdeckte, stockte ihr der Atem. Das Auto, hinter dem sie sich versteckte, war ein gemieteter blauer Chevrolet. Und er war nur wenige Meter von Miss Martinez' Haus entfernt geparkt. Sie umklammerte ihre Kamera fest und befahl sich, durch den Sucher zu gucken.

Tillie machte ein paar Bilder vom Rücken des Mannes, während der den kleinen Weg auf die Haustür zuging. Der Mann zog irgendwelche Schlüssel aus der Tasche und steckte sie ins Schloss. Er fummelte etwas herum.

Warum hatte er ihre Schlüssel?

Tillie musste irgendetwas unternehmen. Sie musste schreien.

Da öffnete sich die Tür. Miss Martinez, aus ihren Schulklamotten raus und in Jogginghose und Kapuzenshirt, stand da und lächelte. Sie sagte etwas zu dem Mann und beide lachten. Der Mann bückte sich, öffnete seine Tasche und zog etwas heraus: die Brille, in eine Papierserviette aus dem Laden gewickelt. Miss Martinez lachte erfreut. Sie sah ihn liebevoll an, als er ihr die Brille auf die Nase schob.

Tillie fühlte sich so dumm. Das alles war nur ein Zufall. Das war nicht der Großraumbüromann. Niemand war hinter ihr oder Miss Martinez her. Das war einfach nur Miss Martinez' Freund. Das war die logische Erklärung. Er hatte zufällig auch eine Cubs-Tasche und eine Baseballkappe, weil sie in Templeton, Illinois waren und jeder hier die Cubs liebte – ganz einfach. Miss Martinez hatte einfach einen Verehrer, der auch einmal etwas für sie erledigte. Natürlich hatte sie den!

Miss Martinez trat einen Schritt aus der Haustür und fiel dem Mann in die Arme. Er hielt sie fest und sie küssten sich. Es war ein langer, ausdauernder Kuss. Dann lehnte sie den Kopf an seine Schulter und der Mann, der größer war als sie, legte seinen Kopf so auf ihren, dass Tillie das Profil seines lächelnden Gesichts sehen konnte.

Und sie kannte dieses Gesicht.

Es war das Gesicht eines glücklichen Mannes, eines fröhlichen Mannes – des Mannes, der vor einem bezaubernden weißen Haus, wie gemacht für eine perfekte Familie, seine Frau und seinen Sohn liebevoll in die Arme geschlossen hatte.

Es war das Gesicht von Jakes Dad.

14. Dieses neue Du

»Wo warst du?«, schimpfte Tillies Mom, als Tillie nach Hause kam. »Du siehst ganz erschöpft aus. Was ist passiert?«

Tillie steuerte schweigend auf ihre Zimmertür zu. Sie zog das kaputte Bein hinter sich her und spürte, wie es bei jeder Berührung mit dem Fußboden stärker schmerzte.

Ihre Mom packte sie an den Schultern und drehte sie zu sich um. Sie standen im Türrahmen zum Flur, der das Schlafzimmer von der Küche und dem Wohnzimmer trennte, und Tillie musste daran denken, wie Miss Martinez im Türrahmen gestanden hatte. Ihr war ganz schlecht.

»Mom, lass mich los.«

Das tat sie.

»Entschuldige bitte, Miss Tillie. Du wirst mir jetzt sofort sagen, wo du warst.«

Die Arme ihrer Mutter bildeten zu beiden Seiten ihres Oberkörpers perfekte Dreiecke. Sie sah so wütend aus, dass Tillie fast darüber lachen musste.

»Was soll das Grinsen?«, fragte ihre Mutter, nicht mehr weit vom Schreien entfernt.

Tillie schob sich an ihrer Mutter vorbei und schaffte es bis zu ihrem Zimmer. Ihre Mutter war ihr unmittelbar auf den Fersen und redete die ganze Zeit auf ihren Hinterkopf ein.

»Tillie, es gibt überhaupt keine Kunst-AG, oder? Okay, gut, dann werde ich jetzt mal Klartext mit dir reden. Du scheinst ja offenbar nicht viel davon zu halten. Ich *weiß*, dass es gar keine Kunst-AG gibt. Ich weiß es. Ich habe versucht, dir deine Lügen durchgehen zu lassen. Dich ... ganz normal sein zu lassen. Nicht, dass ich dich nicht für völlig normal hielte ... Ich meine, ich wollte dich damit durchkommen lassen. Mit der Sache mit deinem Freund. Ja, ich weiß, ich muss lernen, damit klarzukommen, weil natürlich noch viele kommen werden. Natürlich. Aber ich prüfe solche Sachen nach, Tillie, ich rufe an. Ich rufe in der Schule an, um herauszukriegen, wann ich dich abholen soll, und jetzt rate mal! Genau, keine Kunst-AG. Ich habe gestern Abend kein Wort darüber verloren, oder? Kein Wort. Aber das passiert jetzt schon zum x-ten Mal und ich kann es nicht mehr einfach so hinnehmen.«

Tillie warf ihren Rucksack auf den Boden. Sie zog die Kamera über den Kopf und legte sie behutsam aufs Regal. Sie nahm die kleine Kamera aus der Jackentasche und legte sie neben die andere. Sie warf ihre Jacke auf den Fußboden und ließ sich aufs Bett fallen.

Ihre Mutter atmete scharf ein.

»Geht es dir gut? Okay, ich bin auch nicht mehr sauer. Sag mir nur, dass es dir gut geht.«

Ihre Mom beugte sich zu ihr herunter, um ihr Bein zu berühren, als könne sie durch Handauflegen irgendwie nachvollziehen, wie stark oder schwach Tillies Schmerzen waren. Aber Tillie trat mit dem guten Bein nach ihr und traf sie dabei fast an der Schulter.

Ihre Mutter stand auf, drehte sich um und sagte dann mit erstickter Stimme: »Ich hasse das, Tillie. Was auch immer das war, die letzten Wochen. Diese neue Du, die immer weg ist. Ich habe solche Angst um dich. Es fällt dir schwer, dich zu bewegen, das wissen wir. Und plötzlich bist du da draußen und rennst vermutlich irgendwo herum und ich sehe, dass du schlimmere Schmerzen hast als gewöhnlich.« Ihre Stimme brach für einen Augenblick. Sie tupfte sich mit dem Ärmel die Augen. »Ursache und Wirkung hängen zusammen, Schatz. Du weißt, dass ich um vier aufhöre zu arbeiten, um für dich da zu sein. Begreifst du das? Und dann bist *du* nicht da. Kannst du dir vorstellen, wie weh mir das tut, Tillie? Ganz zu schweigen davon, was für Sorgen ich mir mache?«

Tillie drehte sich so auf dem Bett herum, dass sie an die Wand starrte. »Geh weg, Mama«, sagte sie. »Bitte.«

»Schatz ...«

»Geh weg!«, schrie Tillie.

Ihre Mutter musste ihr gehorcht haben, denn Tillie spürte, wie sie einnickte. Sie hatte kein Mittagsschläfchen mehr gemacht, seit sie ein Kleinkind gewesen war, aber es fühlte sich warm und behaglich an.

Als sie wieder aufwachte, saßen ihre Eltern hinter halb aufgegessenen Abendessensportionen in der Küche. Tillie schlenderte herein auf der Suche nach einem Aufwachsnack. Sie hatte keine Ahnung, wie spät es war.

Als sie zum Kühlschrank ging, starrten beide sie an.

»Tillie«, sagte ihre Mom. »Wir würden gern etwas mit dir besprechen.«

Tillie griff nach einer Limo und einem Stück Käse und setzte sich ihnen gegenüber an den Küchentisch.

»Wo warst du, Süße? Stimmt irgendetwas nicht?«

Tillie schüttelte den Kopf. »Ich war nur unterwegs zum Fotografieren«, antwortete sie wahrheitsgemäß.

Ihre Mutter nickte und sah Tillie dabei zu, wie sie sich eine dicke Scheibe Käse abschnitt und begann, sie herunterzuschlingen. Sie war am Verhungern.

»Du weißt doch, dass du nicht einfach so herumlaufen kannst«, sagte Tillies Vater. »Wenn du dich noch schlimmer verletzt, können wir nicht mehr …«, stammelte er. »Nicht mehr …« Und dann sagte er gar nichts mehr. Er verstummte wie üblich. Er konnte den Satz nicht beenden, egal, wie sehr Tillie sich das auch wünschte.

»Ja?«, stieß sie hervor, ohne einen von ihnen dabei anzusehen. »Können wir nicht mehr …?«

Ihr Dad schüttelte den Kopf.

»Es geht mir gut.« Sie biss noch ein paarmal ab, bis sie den Mund voll hatte, und stand dann auf. Ihre Eltern schwiegen noch immer, und sie hasste, dass sie vor ihren Augen davonhumpeln musste, insbesondere vor den Augen ihres Vaters. Sie hasste, nicht einfach aufrecht gehen zu können.

Wieder in ihrem Zimmer angekommen, entdeckte sie, dass Jake ihr endlich geschrieben hatte. Eine lange Antwort.

hey. sorry. geht's dir gut? irgendwie hat mom das mit der bowlingbahn rausgekriegt. sehr sehr seltsam. hab ich irgendwo einen mikrochip implantiert oder so? ha ha. hat handy beschlagnahmt. bin in ihr zimmer und hab an abby und ian geschrieben, während sie gearbeitet hat. jetzt sieht sie fern, deshalb kann ich nachrichten checken. was war mit dem großraumbüromann? hast du eine theorie? ruf dich morgen an. lösche jetzt alles und lebe mein leben in einsamkeit weiter. ps: obwohl mom gedacht hat, ich wäre krank, hat sie mich zur Kunst-AG gehen lassen, weil ich gesagt hab, ich hätte so viel dafür vorbereitet. köstlich.

aber rate, wo ich war? genau – autovermietung. muss ich dir alles morgen erzählen. bis bald matilda green

Tillie steckte die Speicherkarte ihrer Kamera in ihr Laptop, lud die Fotos herunter und drückte auf Drucken.

In einer Fontäne des Grauens kamen die Bilder von Miss Martinez und Jakes Dad aus dem Drucker geschossen. Während Tillie an Jake schrieb, dass alles okay sei und sie sich morgen treffen würden, hob sie ein frisch gedrucktes Bild auf, auf dem Jakes Vater grinste und sein Kinn in Miss Martinez' wunderschönen Haaren vergrub. Sie warf es auf ihren Schreibtisch zu all den anderen Bildern des »Falles vom verschwunden Vater« und dachte: »Fall abgeschlossen.«

15. So einfach ist das nicht

Als am nächsten Morgen der Wecker klingelte, lag Tillie schlafend auf dem Fußboden mit einem großen Haufen Fotos als Matratze und Kissen. Die Sonne schien mit erbarmungsloser, völlig unangemessener Helligkeit durchs Fenster herein. Als sie aufgestanden war und sich die Augen gerieben hatte, stellte sie fest, dass die Ausdrucke des Türkusses zerknittert waren. Von einer der Aufnahmen von Miss Martinez' Haus war sogar eine Ecke abgerissen. Ihr Fotodrucker war leer. Sie sah, dass das rote Licht blinkte. Ihre Mutter würde stinksauer werden, wenn sie sah, wie viel sie ausgedruckt hatte. »Es ist auf jeden Fall sinnvoller, sein Geld fürs Drucken auszugeben als fürs Studium, oder?«, würde sie sagen.

Die Geschichte hatte sich aufgeklärt. Sie war sie wieder und wieder durchgegangen. Der verschwundene Vater, der untreue Ehemann, die Wiedervereinigung von vermisster Brille und »blinder« Künstlerin. Nichts davon ergab wirklich *Sinn*, aber so war es einfach. Jakes Dad war weder auf der Flucht noch entführt worden oder ein Spion oder tot. Es war viel schlimmer. Er war aus freien Stücken verschwunden. Um irgendwo anders glücklich zu sein. Er musste die ganze Zeit dort gewesen sein, bei Miss Martinez zu Hause. Und Jakes Mom hatte davon gewusst. Sie musste alles gewusst haben. Jim und der Großraumbüromann hatten wahrscheinlich nur versucht, gute Freunde zu sein und ihren Kumpel zu decken. Der Großraumbüromann hatte wahrscheinlich eine Tasche voller Sachen abgeholt und Jakes Dad gebracht, damit der weiter Miss Martinez küssen konnte. Jakes Dad lebte glücklich fern seiner Familie und verursachte um sich herum Chaos und Traurigkeit, ohne davon zu wissen. Vielleicht wusste er aber auch davon, was es noch schlimmer machte …

Wie konnten Jakes Eltern Jake all das verheimlichen? Glaubten sie wirklich, er würde nicht wahnsinnig werden vor Sorge? Kaufte seine Mom ihm diese ganze »Mir geht's gut, mir geht's gut«-Masche, die er so gut drauf hatte, tatsächlich ab? Selbst Tillie durchschaute sie doch!

Das war alles zu viel.

Tillie fegte den Bilderteppich zu einem Haufen zusammen. Sie stellte sich vor, wie schön es wäre, ein Streichholz hineinzuwerfen und alles in Flammen aufgehen zu lassen. Stattdessen schob sie die Bilder mit den Füßen unter den Schreibtisch.

»Tillie, bist du wach?«, hörte sie aus der Küche.

»Ich komme schon!«

Nachdem sie sich umgezogen und fertiggemacht hatte, ging sie in die Küche, wo sie von einer mürrischen Mutter begrüßt wurde. Ihr Vater sei schon früh zur Arbeit gegangen, erklärte die, während sie im Bademantel an die Spüle gelehnt ihren Kaffee schlürfte. Sie deutete auf den Toast auf dem Tisch.

Tillie dachte an die vergangene Nacht. Die Sorge ihrer Mutter, die Verwirrung ihres Vaters, die Hilflosigkeit ihrer Eltern, weil sie nicht wussten, wo Tillie gewesen war. Sie hatte keine Fotos von den Auseinandersetzungen gemacht, die sich zwischen ihren Eltern abgespielt hatten. Ihre detektivischen Fähigkeiten hatten sich auf einen anderen Fall konzentriert, nicht auf das ewige Geheimnis hinter dem Schlüsselloch.

»Wo ist Dad?«, fragte Tillie.

»Wie ich schon sagte: bei der Arbeit«, sagte ihre Mutter leise und nippte an ihrem Kaffee. Tillie biss in ihren Toast.

»Ist es dafür nicht noch ein bisschen früh?«, fragte Tillie.

»Er musste heute Morgen persönlich ein paar wichtige Artikel überprüfen, bevor die online gehen«, sagte ihre Mutter in fast ausdruckslosem Ton.

Tillie sah auf die Uhr und stellte fest, dass sie spät dran war. Aber sie wollte sich nicht als Erste bewegen. Zum einen tat ihr immer noch alles weh, zum anderen benahm sich ihre Mutter irgendwie komisch.

»Also ist er tatsächlich schon so früh los? Deshalb? Können sie ihm die nicht zum Beispiel mailen? Warum musste er dafür ins Büro fahren?«

Tillies Mutter sah sie nur an.

»Manchmal brauchen sie ihn einfach vor Ort, das ist alles.«

Tillie starrte auf die kalten Butterflecken auf ihrem Brot.

»Ich weiß«, antwortete Tillie nach einer Minute.

»Was?«

»Ich weiß, dass er gebraucht wird.«

Die nächsten paar Minuten schwiegen beide. Dann machte ihre Mutter ihr »Du musst jetzt los«-Gesicht und kam auf sie zu, um ihr beim Aufsetzen des Rucksacks zu helfen. Eigentlich brauchte Tillie dabei schon seit Jahren keine Hilfe mehr, brachte es aber nicht übers Herz, es ihrer Mutter abzuschlagen.

An der Haustür drehte sich Tillie zu ihrer Mutter um und fragte: »Was hat der Politiker gemacht?«

»Hmm?«

»Die schlimme Sache, die er getan hat?«

»Ach, das Übliche«, sagte Tillies Mutter, drehte sich wieder zur Spüle um, stellte ihre Kaffeetasse ab und machte sich an den Abwasch. »Er hat seine Frau für irgendeine Zwanzigjährige verlassen. Und dann hat er deshalb gelogen.«

Tillie konnte sich nicht über die Schwelle bewegen. Vielleicht wartete sie auf ein »Mach dir keine Sorgen, in dieser Stadt gibt es keine Zwanzigjährigen, die deinen Vater stehlen könnten« oder wenigstens das übliche »Pass gut auf dich auf! Hast du deine Schmerzmittel genommen?« Aber nichts kam.

»Okay, tschüss, Mom.« Im Gehen fügte sie noch hinzu: »Ich komme gleich nach der Schule nach Hause.«

Sie sah, wie ihre Mutter, ohne sich zu ihr umzudrehen, nickte, und hinkte davon.

Die Mathestunde war so langweilig, dass es sich wie Folter anfühlte. Alles, was Tillie aus all den x und y an der Tafel herauslesen konnte, war:

Backsteinhaus + verlorene Brille = Affäre

Wenn »Jakes Vater + y = Jakes Leben wird nie wieder so, wie es war« ist, dann entspricht y Miss Martinez.

In Erdkunde verwandelte sich die Weltkarte in einen Stadtplan. Wenn die Bowlingbahn Afrika war, waren sie einen ganzen Ozean weit von dem Ort entfernt gewesen, an dem sich Jakes Dad tatsächlich aufgehalten hatte, nämlich in Nordamerika in Miss Martinez' Haus. Was für ein weiter Weg. Sie hatten unendlich weit danebengelegen. Aber irgendwie befand sich trotzdem alles noch auf der gleichen Landkarte, im gleichen Universum. Im Englischunterricht bei der Lektüre von *Jakob habe ich geliebt* war Wheeze Jakes arme Mutter und die glückliche Caroline war Miss Martinez. Tillie konnte nicht einen Augenblick zuhören.

Zur Mittagszeit überlegte sie, dass sie sich vielleicht gar nicht zu Jakes Freunden zu setzen brauchte. Dann konnte sie wieder für sich allein sein und musste niemandem wehtun und niemanden enttäuschen. Und auf diese Weise wäre es auch weniger schlimm, wenn sie Jake erzählte, wo sie seinen Vater gesehen hatte, weil sie wieder ein Niemand und total unwichtig wäre. Sie wäre dann nicht mehr das Mädchen, das kurz davorstand, als offizielles Mitglied in seine Clique aufgenommen zu werden, niemand, dem er sich zuwenden würde, um zu weinen.

Aber dann sah sie sein Gesicht.

»Tillie!«, sagte Jake und lächelte.

Sie hatte befürchtet, dass es irgendwie peinlich wäre, einander zu begegnen, nachdem sie ihn weinen gesehen hatte. Aber stattdessen fühlte sie sich gleich viel besser, als er sie anstrahlte. Sie hatte plötzlich das Gefühl zu wissen, was sich hinter diesem Lächeln verbarg. Sie erkannte, dass zwischen ihnen eine Vertrautheit herrschte, auf die Fotos bestenfalls einen Hinweis geben konnten. Und es fühlte sich gut an, jemanden wirklich kennenzulernen.

Sie konnte es ihm nicht sagen.

»Tillie!« Er kam zu ihr herübergehüpft. »Was ist los? Was macht das alte Hinkebein?«

Als ihr klar wurde, dass er von ihrem schlimmen Bein sprach, brach sie in schallendes Gelächter aus. Noch nie hatte sich jemand offen derartig über ihr Bein lustig gemacht, und es tat wirklich gut, darüber lachen zu können. Es tat überhaupt gut zu lachen.

»Wie üblich«, sagte sie und versuchte, das Lachen zu unterdrücken.

»Lahm wie eh und je, was?«, fragte Jake, während er neben ihr herging und sie unwillkürlich zu seinem Tisch führte. »Tut mir leid wegen der letzten zwei Tage«, flüsterte er ihr ins rechte Ohr, als sie sich hinsetzten. »Meine Mutter hatte mich im Schwitzkasten. Dir ist was zu dem Großraumbüromann eingefallen?«

Tillie schüttelte den Kopf. »Nein. Nein, gar nicht. Ich ... na, ich dachte, ich hätte eine Idee, und dann wurde mir klar, dass es Unsinn war, also ...«

»Hey, Tillie!«, riefen mehrere Stimmen an Jakes Tisch und retteten sie.

Sie winkte und ging auf die anderen zu.

Er wirkte so fröhlich. Das bedeutete entweder, dass irgendetwas *wirklich* im Argen war und er seine wahren Gefühle überspielte oder dass er etwas entdeckt hatte.

»Ich bin gestern zu dieser Autovermietung gegangen.«

»Ja, das hast du geschrieben.«

»Zu der, die am nächsten bei seiner Firma liegt. Eigentlich war das ein Reinfall. Die wollten mir nichts sagen. Aber«, fuhr Jake fort, »aber obwohl sie mir nichts sagen wollten, habe ich etwas herausgefunden. Pierces Wagen-für-jede-Gelegenheit-Autovermietung. Heureka! Warum ist mir das nicht früher aufgefallen?«

Tillie starrte ihn verständnislos an.

»Alice Pierce«, sagte er. »Das ist ihre Familie. *Pierces Wagen für jede Gelegenheit*.«

»Okay.« Tillie versuchte, so schnell wie möglich an den Tisch zu kommen.

»Das ist die Autovermietung ihrer Familie! Die wollten mir nichts sagen, aber Alice könnte uns weiterhelfen! Vielleicht lässt sie uns einen Blick in die Unterlagen werfen oder so!« Er klopfte Tillie auf den Rücken, als wäre sie diejenige gewesen, die an der Bushaltestelle geweint hatte. »Wir kriegen diesen Großraumbüromann. Weißt du, es ist schon irgendwie so, wie mein Dad gesagt hat. Der ist einfach einer von diesen Bla-bla-Schwätzern. Und am Ende gewinnen die Guten.«

Tillie sagte nichts. Sie setzten sich an den Tisch zu seinen Freunden, aber mit ein wenig Abstand. Tillie versuchte den Eindruck zu erwecken, sie interessiere sich für die Gespräche der anderen, damit Jake aufhörte, auf sie einzureden. Aber Jake sprach einfach weiter.

»Also liegen wir richtig damit, dass mein Dad den Großraumbüromann bei einem Verbrechen beobachtet hat, was? Denn als ich ihm das auf den Kopf zugesagt habe, ist er total ausgeflippt. Also haben wir jetzt zwei Möglichkeiten: Wir können versuchen, über Alice etwas über das Auto herauszufinden, oder wir gehen noch mal ins Büro von meinem Dad. Ich weiß nicht, vielleicht finden wir ja einen Weg, heimlich reinzukommen. Ich könnte mich als Botenjunge verkleiden und das Büroabteil durchsuchen?«

Tillie hielt den Blick krampfhaft auf ihr Essen gerichtet. »Jake, arbeiten Zwölfjährige als Botenjungen?«

Jake grinste. »Jetzt hör doch mal auf, immer alles zu zerdenken, Hermine. Bist du dabei? Ja, ich bin ausgerastet, aber ich habe mich wieder eingekriegt. Ich bin bereit. Ich bin wieder im Spiel.«

Langsam fing Tillie an, den Spitznamen Hermine zu mögen. »Ich habe meiner Mutter gesagt, dass ich heute gleich nach der Schule nach Hause komme.«

Für einen Augenblick verschwand das Leuchten aus Jakes Gesicht, aber dann sagte er: »Okay, klar. Aber was ist mit der Kunst-AG?«

»Was?« Tillie dachte an den Vortrag ihrer Mutter zum Thema Kunst-AG und für den Bruchteil einer Sekunde war sie sich fast sicher, dass er ihr Gespräch vom Vortag mitangehört haben musste, dass er ihr gefolgt war und Bilder gemacht hatte, wie sie seinem Dad gefolgt war. In Wirklichkeit hatte er sie aber natürlich weder gehört noch gesehen.

»Ich meine, warum erzählst du ihr nicht einfach, du musst wieder zu unserer imaginären Kunst-AG? Die ist zweimal die Woche, oder?«, sagte er.

»Sie weiß, dass es gar keine Kunst-AG gibt.«

»Was? Wie hat sie das rausgekriegt?«

»Tja ...« Tillie versuchte, sich daran zu erinnern, wie ihre Mutter es dargestellt hatte. »Ich habe ihr erzählt, dass ich mehrmals die Woche da hingehen würde, und wahrscheinlich finden Schul-AGs normalerweise nur einmal die Woche statt? Aber ich habe nie irgendwelche Arbeiten mit nach Hause gebracht, also ... Und irgendwann hat sie dann in der Schule angerufen, denke ich.«

»Uuups«, sagte Jake und zwinkerte. »Ja, die Sache mit den Projekten haben wir nicht ganz zu Ende gedacht ... trotzdem irgendwie erstaunlich, dass ihr so was auffällt.«

Na ja, Mutterlogik war ja nicht gerade so etwas wie Raumfahrttechnik, stellte Tillie fest. Man brauchte ja einfach nur die Augen offen zu halten.

»Hey, dazu fällt mir noch ein Witz ein, den mein Vater gern erzählt: Was tun die Mitglieder der Gerechtigkeitsliga in ihre Drinks?« Jake erhob mit der einen Hand seinen Plastikbecher und mit der anderen den Zeigefinger, als wolle er gleich einen Superheldenvortrag halten.

Tillie seufzte. »Was, Jake?«

»Just ice.« Er sah sie erwartungsvoll an mit einem Grinsen, das seine riesigen Schneidezähne vollständig entblößte. »Just ice. Verstehst du? Justice! Das englische Wort für Gerechtigkeit!«

»Aha ... Und was soll das mit uns zu tun haben?«

Jetzt seufzte Jake. »Weil, Tillie-Vanilli, wir auf der Suche nach Gerechtigkeit sind. Wie Superhelden. Für meinen Dad!« Jake schüttelte den Kopf mit einem »Ts, ts, ts« und nahm einen Schluck von seinem Wasser.

»Ah, okay.«

Sie saßen wortlos nebeneinander, aßen ihre Pizza und lauschten einem Streitgespräch zwischen Ian und Abby darüber, wer bei einer Schlacht zwischen Zwergen und Elfen gewinnen würde. Danach wiederholte sich das Ganze mit Vampiren und Killermeerjungfrauen. Als sie schließlich noch darüber in Streit gerieten, wer einen Boxkampf gewinnen würde, Schneewittchen oder Aschenputtel, griff Jake ein: »Okay, da gewinnt ja wohl ganz klar Schneewittchen. Das Mädchen hat jede Menge Rückendeckung.«

Tillie bemerkte, dass sie ihr Pizzastück schon eine ganze Weile in der Hand hielt, ohne davon abzubeißen. Sie legte es wieder hin und warf einen Blick in Richtung Mensatür. Die Uhr darüber zeigte 12:08 Uhr. In wenigen Minuten würde sie aufstehen und sich auf den Weg zum Kunstunterricht machen müssen. Und direkt neben ihr, so nah, dass ihre Hosennähte sich berührten, saß ein Junge, dessen Vater von der Kunstlehrerin versteckt wurde. Was würde Miss Martinez wohl tun, wenn sie wüsste, dass Jake weinend an der Bushaltestelle saß und sich fragte, warum niemand ihm auch nur einen Hinweis darauf geben wollte, wieso sein Vater nicht zu Hause war? Ob sie überhaupt einen Gedanken daran verschwendete?

Tillie hatte noch nie einen Jungen geküsst, aber dem Kuss zwischen Jakes Dad und Miss Martinez hatte man angesehen, dass es nicht der erste Kuss der beiden gewesen war. Es war ein vertrauter Kuss gewesen. Ein Kuss, wie ihn sich zwei Menschen immer wieder gaben. Ein Kuss, wie man ihn auf den Hochzeitsbildern seiner Eltern sah. Der Kuss hatte Jakes Dad entführt, nicht der Kollege.

Sie bekam das Bild einfach nicht aus dem Kopf, die Art, wie sie lächelnd in inniger Umarmung dagestanden hatten. Während sie die beiden beobachtet hatte, war Tillie ständig durch den Kopf gegangen: *Dieses Lächeln gehört euch nicht. Ihr habt es Jake gestohlen. Er verdient es zu lächeln, nicht ihr.* Und ihr war nichts anderes übrig geblieben, als ein Bild nach dem anderen zu schießen, als sich ihre Köpfe einander genähert und sie diesen endlosen, schrecklichen Kuss geküsst hatten, bevor sich die Tür hinter ihnen geschlossen hatte.

»Also sehen wir uns bald, ja?«, sagte Jake, als alle anfingen ihre Sachen zusammenzusuchen, um zur nächsten Stunde zu gehen. Als sie sich von der Gruppe entfernten, schien ein Hauch von Panik sein wiedererwachtes Schul-Ich zu überfallen. »Jetzt sind es schon zwei Wochen«, sagte er. »Tillie, muss ich mir ernsthafte Sorgen machen?«

Tillie spürte, wie tröstende Worte aus ihr heraussprudelten, bevor sie irgendetwas dagegen tun konnte. »Er taucht bestimmt wieder auf. Wir finden ihn schon.«

Es klingelte und alle hasteten hinaus.

Jake nickte ihr dankbar zu. »Okay. Und wir überlegen uns eine neue Tarnung für unsere Mütter, okay? Es sei denn, deine Mom ist eine ebenso gute Detektivin wie du! Dann haben wir schlechte Karten! Ha!« Er trabte los in Richtung Klassenzimmer.

»Ja, okay«, rief sie hinter ihm her.

Charlie Jordan kam auf sie zu. Er erzählte ihr, er könne ein Büchereibuch nicht mehr finden, das er ausgeliehen habe. Wenn er es nicht wiederfände, müsse er einen Dollar Strafe zahlen. Tillie nickte.

»Danke, Fundbüro«, sagte er und trottete zum Unterricht.

»Hey«, sagte Tom Wilson, der plötzlich wie aus dem Nichts hinter ihr auftauchte. »Es ... es geht schon wieder um einen Brief«, murmelte er. »Gestern hatte ich ihn noch.«

Bevor sie antworten konnte, war er auf seiner Suche schon wieder davongeschossen.

Sie hatte die Treppe erreicht, die Treppe, die sie sonst regelmäßig frustrierte, weil sie sie nicht schnell genug hinaufgehen konnte zum Kunstunterricht. Normalerweise wollte sie immer als Erste dort sein, vor den anderen Kindern, um Miss Martinez allerlei Fragen zu stellen. Jetzt setzte sie den Fuß auf die unterste Stufe und spürte, wie ihr übel wurde.

Sie machte kehrt und ging die Treppe hinunter statt hinauf.

Keine Aufsicht würde sie aufhalten, das wusste Tillie. Wenn sie sahen, wie sie hinkte, war es ihnen peinlich, sie anzusprechen. Der Sicherheitsmann am Schuleingang warf ihr nur ein mitleidiges Lächeln zu und winkte, als sie vorbeiging.

In der Firma von Jakes Dad klopfte Tillie so fest an die Glastür zum Großraumbüro, dass sie schon fürchtete, sie zu zerbrechen. Eine Dame in einem marineblauen Rock öffnete. »Kann ich dir helfen, Schatz?«

»Ich bin geschäftlich hier«, antwortete Tillie und schob sich an der Dame vorbei hinein. Viele Augenpaare richteten sich auf sie, wandten sich aber wieder ab, als sie ihr Hinken bemerkten. Jakes Anwesenheit hatte offenbar eher geschadet. Bei ihm gab es keinen Grund wegzusehen.

Als sie am hinteren Ende des Büros ankam, marschierte sie, so gut sie eben marschieren konnte, schnurstracks auf den Mann im letzten Abteil in der Ecke zu. Er tippte vor sich hin. Gelangweilt. Mechanisch. Am Eingang des Abteils blieb sie stehen. Innen hing ein rechteckiges Schild, auf dem stand: »Eugene Doyfle.« Eugene Doyfle? Der Großraumbüromann hieß Eugene Doyfle?

»Hi«, sagte Tillie.

Eugene drehte sich um und traute seinen Augen nicht.

»Du schon wieder?«, brummte er.

Das Deckenlicht spiegelte sich auf seinem schwitzigen, haarlosen Kopf und verlieh ihm einen glänzenden Schimmer. Sie verspürte das künstlerische Verlangen, ein Foto zu machen, um die Wirkung der Kamera bei einer Nahaufnahme mit der durch die Glasscheibe zu vergleichen, aber sie hielt sich zurück. Sie ließ die Kamera um ihren Hals hängen, auch wenn es sie in den Fingern juckte.

»Jep, ich.«

»Kind, ich hab dir doch gesagt ...« Er verdrehte die Augen zur Decke und seufzte ununterbrochen.

»Ich weiß. ›Hört auf, Fragen zu stellen, deren Antwort ihr nicht wissen wollt.‹«

Eugene schüttelte den Kopf. »Ich weiß nicht, was ihr eigentlich von mir wollt. Ich weiß nicht, was dein Freund von mir denkt, aber ich habe weder etwas gestohlen noch sonst irgendwas verbrochen. Du solltest jetzt gehen.«

Tillie konnte nicht fassen, dass sie sich je vor diesem Kerl gefürchtet hatte. Seine Narbe, die ihr wie ein böses Vorzeichen erschienen war, erweckte jetzt nur Mitgefühl. Sie nahm an, er hatte sie von einem Unfall in seiner Kindheit oder irgendeiner anderen ganz blöden Sache zurückbehalten, zum Beispiel von einem Zusammenstoß mit einer Straßenlaterne.

»Sie hatten recht«, sagte Tillie.

Eugene hob fragend die Augenbrauen.

»Ich wollte die Antwort gar nicht wissen.«

Er rieb sich mit Daumen und Zeigefinger den Nasenrücken.

»Sie haben Jakes Dad gedeckt«, fuhr sie fort.

Er antwortete nicht.

»Jakes Dad hat seinen Arbeitskollegen gesagt, Jake dürfe auf keinen Fall erfahren, dass er sich von Jakes Mom trennen würde. Stimmt das?« Während sie die Worte aussprach, wusste sie bereits, dass sie recht hatte.

»So einfach ist das nicht«, sagte Eugene. Er stand auf und sah sich um. Sie merkte, dass er mit jemand anderem Blicke austauschte und ihm mit dem Kopf anwies, er solle herüberkommen.

Tillie fuhr fort. »Er wusste, dass Jake herkommen würde, und hat Sie darum gebeten, ihn zu decken. War er hier, als wir hier nach ihm gesucht haben? Hat er Jake gesehen und sich hier hinten versteckt? Oder auf der Toilette?«, fragte Tillie, ohne auf Eugenes Antwort zu warten. »Wahrscheinlich hat er diesen anderen Kerl vorgeschickt, *Jim*«, sagte sie in verächtlichem Ton, »um sicherzugehen, dass wir nicht reinkommen. Und Sie haben Jim beobachtet. Sie haben den Finger auf die Lippen gelegt, um ihn daran zu erinnern, dass er Jake auf keinen Fall etwas verraten durfte.«

Einzelne Leute kamen an dem Abteil vorbei und warfen dem Mann fragende Blicke zu.

»Sie wussten, dass er eine Affäre hat.« Als sie es endlich ausgesprochen hatte, wurde sie plötzlich ganz ruhig.

Eugene Doyfle setzte sich wieder und stützte den Kopf in die Hand. Bei dieser Reaktion fielen alle restlichen Zweifel – der Teil von ihr, der sich zu gern geirrt hätte – von ihr ab und sie wusste, dass sie den Fall geknackt hatte.

»Eine *Affäre*«, wiederholte sie, als könne Eugene Doyfle das ganze Grauen dieses Wortes beim zweiten Mal besser verstehen. »Und Sie haben ... sich einfach nur um einen Freund gekümmert. Tja, ich schätze, man kann Ihnen keinen Vorwurf machen.«

Vielleicht war Eugene Doyfle einfach nur ein guter Freund. Vielleicht war er loyal und würde alles tun, sogar Dinge, die ihm nicht gefielen, um seinen Freunden beizustehen, wenn die ihn brauchten. Sie hatte ihn nach seinem Aussehen beurteilt und nach der Geschichte, die sie in ihrem Kopf zusammengebraut hatte, genau wie andere Menschen sie beurteilten.

Er sah sie an. »Bist du Jakes Freundin oder so was?«

»Nein.«

Geschlagen sagte er: »Sag ihm nichts, okay? Erzähl dem Jungen nichts davon. Wir haben Dave versprochen, ihm nichts zu verraten.« Eugene seufzte. »Wie kann man seinem Kind solchen Kummer bereiten?«, sagte er leise.

»Er ist jetzt hier, oder?« Tillie drehte den Kopf und sah sich um.

»Nein, ist er nicht«, antwortete Eugene ein bisschen zu schnell und griff nach der Stuhllehne, als wolle er flüchten.

»Ist er wohl. Natürlich ist er hier.«

»Lass es gut sein, Kleine, ja? Das ist so eine Erwachsenensache, in die du dich nicht einmischen solltest. Ich habe versucht, dich zu warnen. Das ist kompliziert.«

In diesem Augenblick erschien Jim. Er stand am Eingang des Büroabteils und warf Eugene einen vielsagenden Blick zu. Tillie drehte sich zu Jim um, sagte: »Gehen Sie mir bitte aus dem Weg«, und schritt an ihm vorbei.

»Hey«, hörte sie Jim hinter sich sagen, »hey, du hinkst ja ganz schön. Hast du dir wehgetan? Warum bist du nicht in der Schule? Brauchst du Hilfe? Hey, sollen wir dir was zum Kühlen holen. Lass uns gehen«, flehte er sie an. »Na, komm schon.«

»Ja, ich hinke«, sagte Tillie, ohne sich umzudrehen. »Und zwar immer, Jim.« Sie machte eine Pause und lächelte in sich hinein. »Ein Pumaangriff«, sagte sie im Weitergehen, ohne eine Miene zu verziehen, und lugte in jedes Büroabteil.

Jim folgte ihr, unfähig, ein hinkendes Mädchen zu packen, und dadurch nicht in der Lage, sie aufzuhalten. Sie spürte, wie die beiden Männer sich hinter ihrem Rücken ansahen und vielleicht nur mit Mundbewegungen tonlos darüber berieten, was zu tun sei. Sie nahm ihre Stimmen wahr, die ihr sagten, sie müsse jetzt gehen, sie könne sich hier nicht so aufführen.

Und dann sah sie ihn. Den verschwundenen Vater.

Sie entdeckte das gelborangefarbene Schimmern seiner Haare unter der Deckenbeleuchtung. Als sie näherkam, entdeckte sie, dass er in seinem Abteil ein paar schreckliche Zeichnungen aufgehängt hatte – eine von einem Mann mit einem Zaubererhut, eine mit einem Strichmännchen in einem Umhang und unzählige andere, deren Gegenstand nicht zu erkennen war – Jake musste sie gezeichnet haben.

Jakes Dad telefonierte. Er hatte den Hörer zwischen Ohr und Schulter geklemmt und sprach in dem Tonfall, den Erwachsene anschlagen, wenn sie arbeiten. Farblos. Tillie stand im Eingang zu dem Abteil und wartete, dass er sich umdrehen würde. Als er den Kopf wendete, um zu sehen, wer da hinter ihm stand, gefror sein Blick, aber nicht sein Mund. Er fuhr mit seinem »Aha, ja, genau, ja, aha« zu dem Menschen am anderen Ende der Leitung gewandt, fort. Tillie sah ihn einfach an. Aus der Nähe fiel ihr auf, dass er mehr Falten hatte als auf den alten Bildern, die Jake ihr gezeigt hatte. Er hatte Jakes Augen. Tillie fixierte ihn.

»Ihretwegen verpasse ich heute den Kunstunterricht«, sagte sie zu Jakes Dad. »Vielen Dank auch!«

Jakes Dad, immer noch am Telefon, fuhr in Panik in seinem Drehstuhl herum.

»Ich bin wirklich enttäuscht von Ihnen«, sagte Tillie. Er begann sich von der Person am anderen Ende der Leitung zu verabschieden und gab ihr ein Zeichen, einen Augenblick zu warten. Aber noch bevor er auflegen konnte, war Tillie bereits auf dem Weg zum Aufzug.

Sie drehte sich nicht um, um zu sehen, was für einen Aufruhr sie verursacht hatte.

Sie machte sich direkt auf den Heimweg und überlegte die ganze Zeit hin und her, was sie Jake erzählen sollte. Und vor allem wie.

16. Unvermeidlich

Die Schule würde auf jeden Fall bei ihr zu Hause anrufen, das stand fest. Irgendjemand würde ihren Eltern mitteilen, dass sie nicht im Unterricht gewesen war. Aber bis jetzt war das nicht passiert. Eine gespenstische Stille erfüllte das Haus. Jahrelang hatte Tillie sich gewünscht, dass ihre Mutter damit aufhören würde, immer so viel zu reden, dass sie damit aufhören würde, Tillie ständig zu fragen, ob es ihr gut gehe, was ihr Bein mache, was sie so treibe, und sie daran zu erinnern, dass sich ihr Bein mit zunehmendem Alter verschlimmern und ihr Gang noch schleppender werden könnte, wenn sie älter würde. Tillie war es so leid, immer sagen zu müssen: »Es geht mir gut«, während sie anderen Kindern dabei zusah, wie die Dinge machten, die sie nicht machen konnte.

Jetzt ging es ihr *nicht* gut, aber niemand fragte sie danach, ob es ihr gut ging oder nicht.

Tillie sah auf die Uhr. Es war kurz vor vier. Die Zeit verging so unendlich langsam, wenn man früh zu Hause war.

Als ihre Mutter von der Arbeit kam, hörte Tillie, wie sie vor ihrer Tür stehen blieb, um zu lauschen. Tillie raschelte mit Papier, damit ihre Mutter wusste, dass sie da war. Wenige Augenblicke später hörte sie ihre Mom tippen. Wenn sie tippte, klang das immer, als sei sie wütend auf ihren Computer. Beim Kochen war es genauso. Als tobe eine Schlacht zwischen Töpfen, Pfannen und Schränken.

Tillie tat etwas, das sie eigentlich selten tat. Sie machte Musik an. Bob Dylan. Jakes Lieblingsmusiker. Sie war sich nicht ganz sicher, ob ihr seine näselnde Stimme gefiel, aber sie mochte den Text.

Sie öffnete ihre Schreibtischschublade und blätterte ein paar alte Fotos durch. An einem, auf dem ihr Dad die Vögel beobachtete, blieb sie hängen. Er machte ein Gesicht, das sie bereits stundenlang zu ergründen versucht hatte. Woran dachte er?

Schließlich landete sie bei der ganzen Dad-Mappe. Das war kein Wunder, denn die nahm einen großen Teil ihres Archivs ein. Tillie zog sie heraus. Sie war mächtig dick. Dicker, als sie sie in Erinnerung gehabt hatte. Ihre Mom hatte recht. Sie musste genauer auswählen, was sie ausdruckte. Sie warf einen Blick in die Mappe und zog einzelne Fotos an den Ecken heraus, um sich ins Gedächtnis zu rufen, was darauf war. Dann wurde sie auf ein Bild weit hinten aufmerksam. Es war kurz nachdem sie die Polaroidkamera bekommen hatte, entstanden. Sie kannte dieses Foto gut. Ein altes Foto war so etwas wie ein Lieblingslied, das man lange nicht gehört hatte, und von dem man plötzlich wieder überrascht wurde.

Auf diesem Bild sah Tillies Dad aus, als hätte er gerade etwas ganz Furchtbares in den Nachrichten gesehen. Er saß auf einer Schaukel, die lächerlich klein für ihn war. Tillie stellte sich vor, dass sie hinter der Kamera wahrscheinlich darüber gelacht hatte. Wahrscheinlich hatte sie seinen Gesichtsausdruck gar nicht bemerkt, aber die Kamera hatte ihn eingefangen.

In der Schule war Elterntag gewesen, fiel Tillie wieder ein. Gegen Ende des Schuljahres kamen immer alle Eltern in die Schule, um sich die Projekte ihrer Kinder und eine Aufführung anzusehen. Sie hatte sich immer noch nicht ganz von ihren Verletzungen und Operationen erholt und war in diesem Frühjahr nur wenige Male zu Besuch in der Schule gewesen, aber den Elterntag hatte sie nicht verpassen wollen. Also war ihr Dad mit ihr hingegangen. Zunächst hatten sie an ein paar Schulstunden teilgenommen und waren dann hinaus auf den Pausenhof gegangen. Die anderen Kinder waren in den verschiedenen Grüppchen, in denen sie sonst auch immer spielten, in verschiedene Richtungen verschwunden. Sydney und Zahreen waren wahrscheinlich irgendwo hingelaufen, um Meerjungfrau zu spielen. Und ihr Dad war mit ihr zu den Schaukeln gegangen. Sie hatten versucht, ob sie schaukeln könnte, wenn er ihr half, aber nichts funktionierte. Irgendetwas an der Schaukelbewegung hatte ihr zu starke Schmerzen im Rücken bereitet. Er hatte gesagt, sie könne ruhig mit ihren Freunden spielen gehen, aber sie spielte schon lange nicht mehr mit den anderen. Das war ihm nicht klar gewesen.

Er hatte sich auf die Schaukel gesetzt und sie hatte ihn fotografiert.

Dabei hatte sie, ohne es zu merken, sein bekümmertes Gesicht eingefangen.

Vielleicht, dachte Tillie, hatte es ihn traurig gemacht, dass sie nicht mit den anderen zum Spielen gehen konnte. Er schien nicht verstanden zu haben, dass sie genau so, allein mit ihm, glücklich und zufrieden war.

Tillie legte das Bild zurück in die Mappe und spürte, wie ihr Handy in der Hosentasche vibrierte.

»Hörst du etwa gerade Bob Dylan«, fragte Jake, als sie abhob. »Ich höre es doch ganz genau.«

»Wie kommst du denn *darauf*?«, scherzte sie und machte die Musik leiser. Jake klang fröhlich, wieder aufgeladen.

»Jetzt magst du Bob Dylan auch. Das ist toll.«

»Was willst du, Jake?«, fragte Tillie.

»Und sofort zurück zum Geschäft. Das gefällt mir.«

»Ich werde auf keinen Fall irgendwo hingehen, falls du darauf aus bist, klar?«

»Wenn es tatsächlich eine Kunst-AG gäbe, würde ich mich anmelden«, plauderte Jake weiter. „Nach der Schule noch eine Stunde Miss Martinez? Wäre okay für mich!«

»Du nervst total, weißt du?«, stieß Tillie hervor.

»Boa«, sagte Jake seltsam fröhlich.

Tillie konnte es nicht mehr aushalten. Jake versuchte mit aller Kraft, der Welt zu beweisen, dass es ihm gut ging. Er konnte unmöglich so glücklich über die Alice-Pierce-»Spur« sein.

»Ich würde es quirlig nennen, nicht nervig. Deine größte Stärke ist oft auch deine größte Schwäche, und die Kehrseite von liebenswert und charmant ist eben, dass man manchmal auch ein bisschen nervt. Das behauptet jedenfalls meine Mom. Okay, also wenn wir nicht zu Pierces Autovermietung oder Dads Büro gehen können, komme ich einfach vorbei. Die Zeit vergeht so schnell und wir müssen ein paar Sachen klären.«

Tillie hielt den Atem an. »Du kommst vorbei?«, stotterte sie. Welches »vorbei« meinte er?

»Ich schätze, ich kriege meine Mutter dazu, mich zu fahren. Ach, und wenn deine Eltern möchten, dass sie reinkommt und sich vorstellt, ist das okay für sie.«

Anderer Leute Eltern kamen mit rein, wenn sie ihre Kinder absetzten? Sich mit anderen Kindern abzugeben hatte wirklich viele gruselige Begleiterscheinungen jetzt, wo sie älter war. Seit der Vierten hatte sich viel verändert. Wie sollte sie all das jemals lernen?

»Wann esst ihr zu Abend?«, fragte er.

»Was?«

»Dann komme ich danach.«

»Abendessen? Na, ich esse, wenn ich Hunger habe, also ...«

»Ach, ihr esst nicht zusammen zu Abend? Okay. Komisch. Also gut, ich komme ASAP«, sagte Jake. »Dann können wir überlegen, was wir wegen des Großraumbürokerls unternehmen.«

Tillie wusste, dass nun nur noch eine kurze Verabschiedung käme und das Gespräch beendet wäre. Langsam kam sie dahinter, wie Jake funktionierte. Sag, was du sagen willst, und dann mach dich davon, bevor irgendjemand dir widersprechen kann.

»Nein, das passt gerade echt nicht so gut«, sagte Tillie. »Ich meine, es bringt nichts. Wir können hier ja gar nichts machen. Meine Mutter schnüffelt ständig herum.«

»Tillie«, sagte Jake – und da war er wieder: der verzweifelte, von Sorgen zerfressene Jake, der unter der Oberfläche brodelte. »Wir haben keine Wahl. Kannst du nicht sagen, wir machen zusammen Hausaufgaben?« Aller Optimismus war aus seiner Stimme gewichen. »Inzwischen erzählt meine Mutter mir schon, dass wir nächste Woche vielleicht übers Wochenende ihre Familie in Michigan besuchen. Sie scheint sich noch nicht mal mehr die Mühe zu machen, mich zu belügen, und ich weiß nicht, was das bedeutet. Das ist, als wäre mein Vater einfach weg. Und wie hat sie überhaupt vom Pins und Hits erfahren? Vielleicht spioniert sie mir nach. Vielleicht versucht sie, mich vor irgendetwas zu beschützen. Es ist einfach schon zu viel Zeit vergangen, seit er verschwunden ist. Viel zu viel Zeit.«

»Also gut«, gab Tillie nach.

»Wir können uns doch noch mal alle Fotos ansehen, ja?«, fragte Jake. »Und sehen, was in welcher Reihenfolge passiert ist?«

Tillie wusste nicht, was sie sagen sollte. »Okay, Jake«, brachte sie gerade noch heraus.

Jake schwieg einen Augenblick, als erwarte er weitere Einsprüche, und sagte dann: »Super! Tschüss!«

Die Fotos von Jakes Dad und Miss Martinez lagen immer noch auf dem Boden verstreut. Tillie sammelte sie auf und stopfte sie in eine Schublade. Sie suchte alle Bilder zusammen, die zu der ursprünglichen Fantasiegeschichte passten, und verteilte sie auf dem Bett.

Dann ging sie, um ihrer Mutter zu sagen, dass Jake vorbeikäme.

Als Jakes Mutter hereinkam, wich Tillie ihrem Blick aus. Wenn seine Mutter sie wiedererkannte, würde Jake sich fragen, warum sie ihm nicht von ihrem Besuch erzählt hatte, und dann würde die ganze Geschichte herauskommen und sie hatte nicht die geringste Ahnung, wie sie das alles erklären sollte.

Die Mütter stellten sich einander vor, aber Tillie sah, dass ihre Mutter hauptsächlich Jake musterte. Jakes Mutter zeigte keine Anzeichen dafür, dass sie Tillie wiedererkannte. Offenbar schien sie sich nicht an sie zu erinnern.

Seine Mutter war viel niedergeschlagener, als Jake mitbekam. Offenbar sah er sie ebenso wenig an wie sie ihn.

Als sie sich in Tillies Zimmer zurückgezogen hatten, beugte Tillie sofort allen möglichen Peinlichkeiten vor, die noch kommen konnten, indem sie die Fakten einfach gleich auf den Tisch legte.

»Sie denkt, du bist mein Freund«, sagte sie.

Jake lachte kurz auf. »Ach, Abbys Mutter denkt, dass ich Abbys Freund wäre.«

»Oh«, sagte Tillie ein bisschen erleichtert. »Oh, okay.«

»Du stehst offenbar eher auf den minimalistischen Stil, Tillie«, sagte Jake, während er sich umsah und alles anfasste. »Das find ich super.«

»Was wolltest du noch mal machen?«, fragte Tillie. »Die Bilder habe ich hier drüben.« Tillie stand mit den Händen in den Hosentaschen da und spannte und entspannte ihren schlimmen Fuß immer wieder. Sie versuchte, ihren Blick von der Schublade mit den Kussfotos fernzuhalten. Von etwas Angstschweiß gelöst rutschte ihr die Brille ein bisschen weiter als sonst in Richtung Nasenspitze.

Jake schlenderte zu der Bildauswahl hinüber.

»Chronologisch. Cool!«

»Wir haben die Bilder aus dem Büro«, stotterte Tillie und musste bei dem Wort »Büro« unwillkürlich daran denken, wie Jakes Vater seelenruhig in seinem Abteil gesessen hatte, »und dann gleich danach das Auto. Und dann Maple Street.« Ihre Blicke trafen sich bei der Erinnerung an das erschrockene Mädchen und den Bart und ihre Albernheit, und sie lachten. »Und dann natürlich das Pins und Hits. Und«, seufzte sie, »das war es auch schon.«

Tillie hörte, wie ein Auto aus der Einfahrt fuhr. Jakes Mutter war wieder weg. Jetzt musste sie Jake auf Biegen und

Brechen für wer weiß wie lange unterhalten, bis er beschloss, sich wieder abholen zu lassen. Was machte man überhaupt, wenn man jemanden zu Besuch hatte? Tillie sah Jake dabei zu, wie er die Bilder auf dem Bett studierte, und der Kuss zuckte immer wieder durch ihre Gedanken, als würde dort ständig jemand das Licht an- und ausschalten. Sie schüttelte den Kopf, um das Bild herauszubekommen.

Sie konnte ihm nicht davon erzählen. Sie konnte einfach nicht. Es würde ihn zerstören.

Jake kniete sich vor das Bett und nahm jedes Foto einzeln in die Hand. »Es ist ja wohl sonnenklar, dass der Ärger, in dem Dad steckt, irgendwas mit den Kerlen in seiner Firma zu tun hat«, sagte er. »Sonst hätte er doch nie seine Familie verlassen. Er muss in etwas richtig Übles geraten sein. Mit solchen Freunden?«

»Ja, merkwürdig ist das alles schon. Aber vielleicht sind sie gar nicht böse«, sagte Tillie. »Vielleicht ist es ja … irgendwas ganz anderes. Irgendwas, an das wir noch gar nicht gedacht haben.«

»Was meinst du denn? Die verhalten sich alle total seltsam, weil Dad nicht bei der Arbeit ist, und dann taucht einer von ihnen ausgerechnet an dem Ort auf, von dem aus Dad mich angerufen hat, und brüllt mich an? Und die sollen nicht böse sein?« Jake sprach zwar mit Tillie, hatte den Blick aber auf das Foto von ihm und dem Großraumbüromann – Eugene Doyfle – im Pins und Hits gerichtet.

»Vielleicht tun sie in Wirklichkeit irgendwas Nettes«, sagte Tillie. Sie kniete sich neben Jake vors Bett und hob ein Bild von dem schreienden Mädchen in der Maple Street auf. Seine Augen waren erfüllt von Angst. Auch Jake war auf dem

Bild zu sehen, er spiegelte sich im Fenster. Das war eigentlich ein ganz tolles Bild, stellte sie fest und war ein bisschen stolz. »Vielleicht verstecken sie ihn in Wirklichkeit vor den richtigen Bösen, vor denen er weggelaufen ist«, schlug sie vor.

»Das glaube ich nicht«, wiegelte Jake ab und wandte sich wieder den älteren Bildern zu. Auf Knien rutschte er um sie herum, um zurück zum Anfang zu gehen, zu dem Bild, mit dem alles begonnen hatte – ein Foto von dem Firmengebäude, das Tillie gemacht hatte, bevor sie hineingegangen waren. »Aber möglich ist natürlich alles.«

Es klopfte.

Tillie sprang auf und öffnete die Tür nur einen Spalt, damit das Bett und die Fotos darauf von draußen nicht zu sehen waren.

Es war ihre Mutter, die versuchte, ins Zimmer zu spähen. »Könnte ich dich einen Augenblick sprechen?«

Tillie warf Jake über die Schulter einen Blick zu, aber der nahm keine Notiz von ihr.

»Klar«, sagte sie, schlüpfte durch die Tür und schloss sie hinter sich. Ihre Mutter ging den Flur entlang in Richtung Küche und Tillie folgte ihr. Jetzt würde sie bestimmt so einen »Hüte dich vor Jungs«-Vortrag bekommen. Natürlich hätte sie die Zimmertür einen Spalt offen lassen können, aber dann hätten ihre Eltern vielleicht ihre Bilder entdeckt und sie sehen wollen und zu viele Fragen gestellt über all die Orte, an denen sie sich in letzter Zeit so herumgetrieben hatte. Deshalb blieb ihr jetzt nichts anderes übrig, als sich einen Vortag darüber anzuhören, wie man sich verhielt, wenn man einen Freund zu Besuch hatte – etwas, das alle anderen ständig, quasi jeden Tag machten.

»Die Schule hat angerufen«, sagte ihre Mutter und klang erschöpft. »Wo bist du gewesen?«

Das hatte sie ja fast vergessen. Zum Glück hatte sie sich die Antwort schon zurechtgelegt. Sie würde sagen, sie habe Rückenschmerzen bekommen und sich deshalb in der Schule so eingeengt gefühlt, und sie hätte nichts davon erzählt, damit ihre Mutter sich keine Sorgen machte. Aber bevor sie irgendetwas sagen konnte, schrillte eine andere Stimme durch den Flur.

»Tillie!«, tönte es aus ihrem Zimmer. »Tillie!«

Tillie öffnete den Mund, um ihrer Mutter zu antworten, und drehte sich dann doch zu ihrer Zimmertür um.

»Was ist das, Tillie?«, schrie Jake.

»Tillie, was ist los?«, fragte ihre Mutter streng, trat näher an sie heran und berührte sie am Arm.

Tillie blickte zwischen ihrer Mom und ihrer Zimmertür hin und her, dann kehrte sie ihrer Mutter den Rücken zu und ging. Sie öffnete die Tür zu ihrem Zimmer. Jake hielt ein Foto in der Hand, sein Gesicht glühte feuerrot.

»Was ist das?«, fragte er leise.

»Was denn?«, sagte sie in der Hoffnung, es sei irgendetwas anderes, alles andere als das, von dem sie wusste, dass es das war.

»*Was ist das?*« Jakes Hand zitterte und das Foto mit ihr.

Tillie trat näher heran und nahm ihm das Bild aus der Hand. Sie musste es übersehen haben, als sie die anderen Fotos aufgehoben hatte. Es musste liegen geblieben sein, als sie am Morgen alle unter den Schreibtisch geschoben hatte.

Was sie in der Hand hielt, war eine Profilaufnahme von Miss Martinez. Sie küsste Jakes Vater. Ihre Gesichtszüge waren deutlich zu erkennen. Ihre Liebe noch deutlicher. Als sie sich das Foto noch einmal genau ansah, fiel Tillie auf, wie eng sich die Körper darauf aneinanderschmiegten.

»Tillie, du sagst mir jetzt sofort, was das ist.« Jakes Stimme bebte. Aber er war nicht mehr den Tränen nahe wie zuvor. Jetzt schien es eher so, als würde er jeden Augenblick losschreien.

»Ich ...« Tillie ging zu der Schublade mit ihren Mappen und zog die mit allen Bildern jenes schrecklichen Tages heraus. Sie drehte sich zu Jake um, blieb aber am Schreibtisch stehen und streckte ihm die schicksalhafte Mappe nur hin. Er riss sie ihr aus der Hand und setzte sich damit aufs Bett, ohne auf die Bilder zu achten, die dort lagen.

Er zog die Fotos aus der Mappe und blätterte sie zornig durch. Während er eines nach dem anderen in Stücke riss, hatte Tillie die Bilderserie klar und deutlich in chronologischer Reihenfolge vor ihrem geistigen Auge, als würde ein Film ablaufen. Tillie wusste, alles begann mit seinem Haus, von Blättern verdeckt, und endete mit Miss Martinez in den Armen seines Vaters.

Als Jake durch war, hatte sich sein Gesicht von Rot zu Kreideweiß verfärbt. Die Bildfetzen waren auf seinem Schoß verstreut, ein paar wie Laub zu Boden gefallen. Bob Dylan sang „Tangled up in Blue", ein trauriges Lied darüber, sich in Traurigkeit zu verstricken.

»Was sehe ich mir hier an? Ich verstehe es nicht.«

Die unvermeidliche Wahrheit sprudelte hervor. »Dein Vater wohnt bei Miss Martinez.«

Jake atmete tief durch die Nase ein und mit jedem Atemzug hob sich sein Brustkorb ein bisschen höher. »Wieso?«

»Sie haben … eine Affäre, Jake.«

»Aber das ergibt *überhaupt* keinen Sinn.« Er schüttelte den Kopf. »*Überhaupt* keinen.«

»Deine Mutter muss es gewusst haben. Sie wusste wahrscheinlich einfach nicht, wie sie es dir sagen soll, oder …«

»Warum hat sie sich dann die Kontoauszüge angesehen, hä? Warum hat sie …«, stammelte Jake.

»Ich glaube …«, sagte Tillie und versuchte, sich so behutsam wie möglich auszudrücken, »sie lassen sich vielleicht scheiden? Vielleicht deshalb?«

»Nein!« Jake stand auf. »Nein, auf keinen Fall. Meine Mom und mein Dad lieben sich. Die sind wie Gimli und Legolas!«

»Ich weiß«, sagte Tillie.

»*Alle streiten sich doch mal*!«, sagte er.

»Ich weiß.«

»*Also was soll das?*«, schrie Jake in einem Krächzen.

»Ich – ich weiß es nicht, Jake.« Tillie streckte die Hand nach ihm aus.

Jake schlug ihre Hand weg. Er lief ein paarmal hin und her und schäumte: »Ach, du ›weißt es nicht‹, aber du hast eine ganze Mappe von Fotos mit meinem Dad, gesund und munter? Du *weißt es nicht*, aber du versteckst Bilder von ihm und … *ihr*«, sagte er verächtlich, »in deiner blöden Schublade mit deinen anderen blöden Bildern? Du *weißt* es. Und du weißt es schon lange. Du hast gewusst, wo mein Dad ist. Wie lange weißt du es schon, Fundbüro? *Wie lange?*«

»Ich weiß nicht, warum irgendwas von alledem passiert! Oder wie! Und schrei mich nicht an!«

Tillie sah den Schatten ihrer Mutter an der Tür. *Komm jetzt bitte nicht rein, Mom*, dachte sie. *Bitte nicht*.

»Warum hast du die für dich behalten, hä?«, fragte Jake höhnisch. Sein Gesicht war grausam verzerrt und sah ihm gar nicht mehr ähnlich. »Du wolltest es mir einfach nicht erzählen? Verdammt noch mal, du hast all deine Hinweise preisgegeben außer denen, durch die du ihn *gefunden* hast?«

»Ich weiß nicht, was ich sagen soll.« Sie hatte wirklich keine Ahnung.

»Klar weißt du das nicht. Das weißt du nie«, fuhr Jake atemlos fort. »Wahrscheinlich bist du deshalb so gern allein.«

»Ja, vielleicht!«, antwortete Tillie. Sie stand kerzengerade an ihrem Schreibtisch, die Hände zu Fäusten geballt.

»Ich bin zu dir gegangen statt zu meinen Freunden, weil ich dachte, du könntest Geheimnisse besser bewahren als alle anderen. Schließlich ist dein ganzes Leben ein Geheimnis, oder? Aber jetzt hast du auch schon vor *mir* Geheimnisse!«, knurrte er.

»Weißt du, was mit dir nicht stimmt, Jake? Du redest so viel, dass du gar nicht mehr hörst, was andere Leute sagen. Wie hätte ich dir denn bitte sagen sollen, was ich gesehen habe? Du bist so voller Wahnideen, dass du deinen eigenen Augen nicht getraut hättest. Du hättest dir sofort irgendeine wahnwitzige Geschichte ausgedacht, dass Miss Martinez ihn gefangen hält oder so. Tja, weißt du was? Das tut sie nicht. Selbst *du* liebst sie. Wie kannst du das deinem Dad dann übel nehmen?«

»Sei still, Tillie!«, schrie Jake

»Ach, im Gegensatz zu dir oder was?« Sie hasste das, hasste ihn.

Sie sah, dass ihre Mutter sich der Tür näherte, als wolle sie hereinkommen. »*Lass mich in Ruhe, Mom!*«, hörte Tillie sich jaulen.

»Ha, weißt du, was mit *dir* nicht stimmt?« Jake beugte sich mit ausgestrecktem Zeigefinger zu ihr herüber. »Du bist so davon *überzeugt*, dass irgendwas mit dir nicht stimmt, dass du geglaubt hast, ich würde nicht mehr mit dir sprechen, wenn du es mir sagen würdest. Etwas so Wichtiges. Als gäbe es außer deinen blöden Bildern nichts, das ich mögen könnte. Aber stell dir mal vor, du Vollpfosten: Ich *mag* dich. Du bist lustig und du bist schlau und du bist irgendwie schräg und das mag ich. Aber warum musst du bloß so eine *Lügnerin* sein?«

»Sag nie wieder, meine Bilder wären blöd!« Tillie näherte sich seinem glühenden Gesicht.

Jake stieß ein kurzes, bitteres Lachen aus. »Siehst du? Die sind das Einzige, was dir wichtig ist.« Er zeigte auf die Fotos um sich herum. Dann bewegte er sich kopfschüttelnd und schnaubend in Richtung Tür.

»Und du?«, sagte Tillie. Er hielt an und drehte sich zu ihr um. »Was ist dir wichtig, hä? Der witzigste Kerl von allen zu sein? Dafür zu sorgen, dass alle dich für ganz toll halten? Weißt du, ich hab ganz genau mitbekommen, wie du dich in der sechsten Klasse über mich lustig gemacht hast. Ich habe gesehen, wie du meinen Gang nachgemacht hast. Mein Hinken! Danach haben alle über mich gelacht! So was ist dir wichtig, hä? Alle zum Lachen zu bringen, egal, wem du damit wehtust!« Jetzt weinte Tillie.

»Wovon redest du?« Jake sah sie an, als sei in Wirklichkeit sie diejenige mit den Wahnvorstellungen. »Ich habe mich noch nie über dich lustig gemacht! Nicht ein einziges Mal! Ist dir schon je in deinen verquirlten Sinn gekommen, dass du paranoid bist? Du bist so fest davon überzeugt, dass alle Leute sich ein Urteil über dich erlauben oder sich über dich lustig machen oder schlecht von dir denken könnten, dass du schon Dinge siehst, die gar nicht passieren.«

»*Ich* denke mir so was aus? *Ich* bin paranoid? *Du* bist doch der, der geglaubt hat, sein Vater sei ein Held auf der Flucht, dabei ist der nichts weiter als ein ...« Tillie bremste sich.

»Was? Was ist er?«

Tillie hatte angefangen zu schluchzen und konnte nicht mehr aufhören.

»Tja, du hast ja getan, worum ich dich gebeten hatte«, sagte Jake leise, als er sich zum Gehen wandte. »Du hast ihn gefunden. Also vielen Dank, Fundbüro. Dann war es das wohl.«

Tillie sah zu, wie er ging, unfähig, sich zu bewegen.

»Ich wollte es nicht vor dir verheimlichen, Jake«, schrie sie ihm hinterher, als er den Flur entlangging. »Ich wusste nur nicht, was ich sonst hätte machen sollen!«

Tillie hörte die Haustür ins Schloss krachen und eilte zum Fenster. Sie sah, wie sich Jake vom Haus entfernte, sein Umriss nicht viel mehr als ein dunkler Fleck in der Nacht.

Ihre Mutter kam aus ihrem Versteck direkt neben der Tür, nahm die schluchzende Tillie in die Arme und sagte ihr, dass alles wieder gut würde.

Aber das würde es nicht. Zum allerersten Mal war jemand bei ihr zu Besuch gewesen. Und es würde auch das letzte Mal gewesen sein.

17. Stalker

Der Freitag verging, ebenso wie das Wochenende und zwei weitere Tage, an denen Tillie Jake erfolgreich aus dem Weg ging. Sie tat ihr Möglichstes, um ihm in der Schule nicht zu begegnen. Sie wartete morgens so lange draußen, bis die meisten Kinder im Gebäude waren, und kam ein bisschen zu spät zum Unterricht, um ihm nicht vor der ersten Stunde in die Arme zu laufen. Sie nahm andere Wege zu den Unterrichtsräumen als sonst, um ganz bestimmt nicht an seinem Spind vorbeizukommen. Sie aß im Zimmer des Mathelehrers zu Mittag, das die Kinder nutzen durften, um Hausaufgaben zu machen. Sie kritzelte einfach irgendwelche Zahlen in ihr Notizbuch.

Und dann, am Mittwoch um die Mittagszeit, hielt Abby sie im Gang auf.

»Wo warst du denn?«, fragte sie. »Komm, wir gehen mittagessen.«

Bevor Tillie widersprechen konnte, fügte Abby hinzu: »Ist alles okay mit Jake? Jetzt mal im Ernst. Der saß die ganze Woche an deinem alten Tisch.«

Wirklich? Das konnte sie sich nicht vorstellen.

»Oh«, sagte Tillie. »Ehrlich gesagt weiß ich das nicht.«

Abby zuckte mit den Achseln. »Okay.« Sie hakte sich bei Tillie unter und geleitete sie zur Mensa.

Während Tillie an Abbys Arm den Speisesaal durchquerte, sah sie Jake da sitzen, wo sie früher immer gesessen hatte. Er war tief über sein Tablett gebeugt und hatte Kopfhörer auf. Sie brauchte sich keine Gedanken darüber zu machen, ob er sie bemerkte, denn er sah nicht auf.

Als sie bei der Gruppe am Tisch angekommen waren, fragte Abby Tillie darüber aus, wann und wie sie mit dem Fotografieren angefangen hatte. Tillie hatte gerade etwas widerwillig angefangen, die Geschichte von ihrem Opa und den Polaroids zu erzählen, als sie weiter unten am Tisch jemanden »Jake« sagen hörte. Tillie verstummte, um zuzuhören.

»Er ist da drüben am Fundbüro-Tisch«, hörte sie Ian sagen.

»Ja. Ist er jetzt etwa das Fundbüro?«, fragte Emma.

»Vielleicht schleppt er morgen auf einmal eine komische alte Kamera mit sich herum«, sagte Ian.

Alle lachten.

Abby warf zunächst Tillie und dann den anderen einen Blick zu. »Sie ist hier, Jungs! Können wir vielleicht ein bisschen Respekt erwarten?«

»O, hey, Tillie«, sagte Ian. »War nur Quatsch. Du bist nicht sauer, oder?«

Tillie kaute schweigend auf ihren Pommes und ihrem Hackbraten herum. Sie konnte noch nicht einmal zu ihrem alten Tisch fliehen, denn der gehörte ihr jetzt nicht mehr. Man hatte ihr ihr Mensaversteck gestohlen.

Abby beugte sich zu ihr und flüsterte ihr ins Ohr. »Neueste Meldung – Ian ist ein Vollpfosten!« Sie knuffte Tillie mit der Schulter und lächelte. Tillie gab sich alle Mühe zurückzulächeln.

Sie versuchte, Jake nicht zu beachten, obwohl sie die ganze Zeit an ihn denken musste.

Sie schwor sich, niemals wieder in der Mensa zu Mittag zu essen.

In Tillies erster Kunststunde seit ihrem Streit mit Jake besprach Miss Martinez mit ihnen ein Aquarell von einer Orange und einem Apfel. »Nehmt einen dicken Pinsel für den Hintergrund und bedeckt das ganze Blatt. Dann nehmt ihr einen feinen Pinsel für die Details. Achtet auf das Licht. Und habt keine Angst, es zu versauen. Farben sind geduldig.«

Die Obstschale stand in der Mitte des Raumes und die Kinder arbeiteten an fleckigen hölzernen Staffeleien, die schon seit zwei Jahrzehnten in Dauerbenutzung sein mussten.

Tillie stellte sich vor, wie es wäre, wenn sie so tat, als würde sie den Apfel und die Orange malen, und dann, wenn alle die Staffeleien umdrehten, um ihre Werke zu zeigen, würde sie ein Bild von Miss Martinez präsentieren, die Jakes Dad küsste.

Als Miss Martinez hinter Tillies Leinwand vorbeilief, sagte sie: »Gute Arbeit.« Aber es klang eher wie ein Entwurf von »Gute Arbeit«, bei dem die Farben fehlten, die es normalerweise hatte.

Tillie zwang sich, Miss Martinez anzusehen und sich ganz normal zu verhalten.

»Danke«, fing sie an, unterbrach sich aber, als sie Miss Martinez' Gesicht sah. Miss Martinez' Blick klebte an ihr, als habe sie darauf gewartet, einen kleinen, privaten Augenkontakt herzustellen, und ihr Gesichtsausdruck sagte Tillie, dass sie alles wusste. Sie runzelte die Stirn, aber nicht zornig, sondern in einer schrecklichen Mischung aus Traurigkeit und Enttäuschung. Sie zeigte auf ihre Brille und sagte leise und bedacht: »Ich habe sie wieder.« Dann schüttelte sie ganz leicht den Kopf, als wolle sie unangenehme Gedanken vertreiben, und ging zum nächsten Schüler weiter.

Sie wusste also, was Tillie gesehen hatte. Wer wusste es noch? Hatte Jake mit seinen Eltern gesprochen? Hatte Jakes Dad Miss Martinez von dem Mädchen erzählt, das bei ihm im Büro gewesen war? Eigentlich war das egal. Was passiert war, war passiert.

Als es klingelte, schoss Tillie aus dem Zimmer, ohne Miss Martinez noch einmal anzusehen.

Ihr Vater – der sonst nie zu Hause war, wenn sie aus der Schule kam – saß in ihrem Zimmer. Er wartete auf sie.

Er saß auf ihrem Bett, umgeben von Fotos.

»Matilda …«, sagte er, ohne sie anzusehen, als sie die Tür öffnete. Sein Blick war auf die Bilder vor ihm gerichtet, die sich über seinen Schoß und auf das Bett ergossen. Ein paar lagen auch auf dem Boden.

Sie wollte sagen: »Was auch immer der Lehrer oder der andere Erwachsene, der dich angerufen hat, erzählt hat, stimmt nicht. Ich habe nichts getan, ich habe nur versucht, jemandem zu helfen.« Aber sie sagte es nicht. Sie konnte nicht. Sie konnte nur sagen: »Warum bist du denn nicht bei der Arbeit? Und wo ist Mom?«

Tillies Dad antwortete nicht.

Und dann kam ihr eine andere Möglichkeit in den Sinn. Vielleicht hatte er nach all der Zeit doch noch den Wert ihrer Bilder entdeckt, ihre Schönheit. Vielleicht war er gar nicht böse darüber, dass sie Jakes Dad gesucht hatte. Vielleicht war er zu ergriffen, um zu sprechen.

»Ich finde mit der Kamera Dinge wieder, die andere Leute verloren haben.« Das hatte sie ihm schon immer erzählen wollen. »Sie nennen mich Fundbüro.« Sie deutete mit einer Kopfbewegung auf den Fotohaufen.

Sie rang sich ein kurzes Lachen ab, um zu zeigen, dass das schon in Ordnung sei. Gleichzeitig beobachtete sie sein Gesicht, um zu sehen, ob er irgendwie reagierte. Aber es blieb völlig ausdruckslos.

Also stand sie einfach da und wartete. Ihr Bein fing an wehzutun vom zu langen unbeweglichen Stehen. Ihr Dad griff nach einem Bild und legte es dann wieder hin.

»Dad ...« Sie ging auf ihn zu, um sich aufs Bett zu setzen.

Aber bevor sie dort ankam, hob ihr Vater ein anderes Bild auf. Mit zusammengepressten Lippen und angespanntem Unterkiefer starrte er sie an. Dann drehte er das Foto zu ihr um. Es zeigte ihn und ein winziges Stück der Wange ihrer Mom. Es war eines der Fotos, das sie durch das Schlüsselloch an der Schlafzimmertür gemacht hatte. Eine Nahaufnahme von seinem Gesicht. Keine Gefühlsregung war darauf zu erkennen. So sah man aus, wenn man völlig überfordert war und nur noch dicht machen konnte. Tillie hatte sich dieses Bild oft und lange angesehen und sich gefragt hatte, ob er an sie und ihr Bein dachte, an ihre Mom oder an etwas ganz anderes – irgendetwas Geheimnisvolles, das ihn so undurchschaubar machte.

Sie blieb in der Tür stehen und sah sich abwechselnd das Bild und dann wieder ihn an.

»Was ist das?«

»Ein Foto«, flüsterte Tillie.

Dann folgte eine lange Pause.

»Aber was *soll* das?«

»Du weißt doch, dass ich meine Kamera ständig benutze«, sagte Tillie und versuchte, beiläufig zu klingen. Eigentlich hatte sie sagen wollen: »Du weißt doch, dass ich meine Kamera über alles liebe.«

»Du hast deine Mom und mich beobachtet? Heimlich? Im Schlafzimmer?«

Sie konnte nicht sprechen.

Ihr Dad nahm langsam Fahrt auf. Seine Stimme, die bis dahin fast tonlos gewesen war, schwoll an und erfüllte das ganze Zimmer.

»Deine Mom meinte, ich soll mich hier mal umsehen, um herauszufinden, ob an dem, was die Mutter dieses Jungen am Telefon gesagt hat, etwas dran sein kann.«

Also hatte Jake seiner Mutter erzählt, dass er Bescheid wusste. Seine Mutter hatte es seinem Vater erzählt. Sein Vater hatte Miss Martinez von ihrem Auftritt im Büro erzählt, und die musste sich mit den Einzelheiten von Jakes Mom alles Übrige zusammengereimt haben. Im Geiste verfluchte Tillie Jake.

»Und dann finde ich das hier«, fuhr er fort. »Deine Mutter und mich.« Er verstummte und schüttelte den Kopf zu allem, was vor ihm ausgebreitet lag. »Und so viele von mir …« Er fuhr mit der Hand durch die Bilder, die neben ihm auf dem Bett lagen. Tillie sah, dass es der Inhalt der Dad-Mappe war.

»Weil wir gerade von Missachtung der Privatsphäre sprechen …«, flüsterte Tillie.

»Also frage ich dich noch einmal. Was soll das?«

Tillie versuchte sich daran zu erinnern, wann ihr Vater das letzte Mal so lange in ihrem Zimmer gewesen war.

»Ich liebe es zu fotografieren.« Tillies Stimme bebte. Die Schmerzen in Rücken und Bein hatten sich seit dem Morgen verdreifacht. »Wie Vivian Meier. Ich habe sie gegoogelt, Dad.« Tillie verstummte und wartete auf irgendetwas, egal, was. »Eines Tages bin ich vielleicht so gut wie sie«, fügte sie verzweifelt hinzu.

Tillies Dad musterte sie von oben bis unten. »Ich glaube das einfach nicht.« Er griff sich an den Kopf und stand auf. »Du bist fast dreizehn und tust nichts anderes, als andere Leute zu beobachten. Wie ein ... ein *Stalker*.«

Tillie öffnete den Mund, aber es kam kein Laut heraus.

»Es tut mir leid, Tillie. Es tut mir leid, was ich dir angetan habe«, sagte er. Er ging auf die Tür zu, blieb dann aber direkt neben ihr stehen und sagte: »Aber das muss aufhören. Schluss mit den Kameras. Schluss mit den Fotos. Mit dir stimmt etwas nicht.«

18. Kaputt

Wie man sich rausschlich, wusste sie inzwischen. Kein Problem. Aber vier Kameras gleichzeitig zu tragen war eine echte Herausforderung.

Im Freien spürte sie ein leichtes Ende-März-Tröpfeln. Der Frühling stand vor der Tür, aber die Luft war immer noch kalt und diesig. Im Vorgarten entdeckte sie ein paar Knospen. Sie trat darauf, als sie über den Rasen zum Müll ging.

Die Mülltonnen standen direkt am Bordstein. Tillie legte die Kameras daneben.

Als Erstes griff sie nach der kleinen Sucherkamera. Die kriegte man bestimmt schnell kaputt. Sie hielt sie noch einen Augenblick in der Hand, um sich zu verabschieden, und schleuderte sie dann auf die Straße. Auf dem Asphalt brach sie auf und mit einem kräftigen Tritt ihres guten Beins verwandelte Tillie sie in einen Trümmerhaufen.

Das würde alle glücklich machen. Schluss mit dem »Stalken«, Schluss damit, anderer Leute Leben kaputt zu machen.

Ihre große Filmkamera – die, die eigentlich ihrer Mom gehörte und die, wie ihre Googlerecherche ergeben hatte, die gleiche Art von Mittelformat-Filmkamera war wie die, die Vivian Maier verwendet hatte, um heimlich das Leben der Leute auf den Straßen festzuhalten – würde sich schon weniger leicht zerstören lassen. Tillie hob sie mit beiden Händen über den Kopf.

Kunst sollte Wahrheit abbilden, hatte Miss Martinez gesagt. Aber Miss Martinez war ja selbst eine einzige große Lüge.

Mit einem Stöhnen schmetterte Tillie die Kamera auf den Asphalt, so fest sie konnte.

Die Wahrheit wollte doch sowieso keiner. Jake hatte nicht einsehen wollen, dass er nur ein weiteres trauriges Kind mit einer kaputten Familie war. Und sie hatte nicht erkennen wollen, dass sie nur ein kaputtes Mädchen war. Aber er *war* traurig und sie *war* kaputt.

Das Objektiv zersprang in ein Dutzend Scherben, aber nur ein kleiner Teil des Gehäuses fiel ab und Tillie fluchte.

Es war gar nicht ihr Körper, der kaputt war. Nein. *Sie* war es. *Sie* war schräg. Ein Hinkebein. Ein *Freak*. Lag das daran, dass sie fast ununterbrochen Schmerzen hatte? War das der Grund, warum die Leute sie entweder anstarrten oder so schnell wie möglich wegsahen, wenn sie die Straßen entlangging? Vielleicht. Aber eigentlich spielte das Warum auch keine Rolle.

»Komm schon«, sagte sie laut. »Geh kaputt.« Mit ihrem guten Bein trat sie nach der Kamera.

Für ihre Mutter spielte das Warum eine Rolle, die hörte keine Sekunde damit auf, sie daran zu erinnern, dass sie anders war, dass sie allein war.

»Geh kaputt!«, befahl sie mit einem weiteren Tritt.

Und es spielte eine Rolle für ihren Dad. Das Warum bedeutete *alles* für ihren Dad.

Tillie nahm den metallenen Deckel von der Mülltonne und hielt ihn hoch.

Es tut mir leid, was ich dir angetan habe, hatte er gesagt.

Tillie ließ den Mülltonnendeckel mit lautem Scheppern auf die Kamera niedersausen. Die Kamera zersprang.

Als Nächstes nahm Tillie ihre beste Freundin, die wunderschöne Spiegelreflexkamera – die, mit der sie die meisten ihrer Gesucht-gefunden-Bilder gemacht hatte – und legte sie neben die Metall- und Glasstücke vor sich. Erneut hob sie den Deckel.

Ach ja? Es tut dir leid, Dad?

Sie schmetterte ihn zu Boden. Ein paar Stücke der Kamera flogen vom Bordstein auf die Straße.

Warum *ignorierte* er sie dann?

Sie schlug noch einmal zu. Fester.

Sie hatten einen Unfall gehabt, ja! Er hatte sie verletzt! Bei einem *Unfall*! Es war einfach *Pech* gewesen! Okay, alles klar!

Sie hämmerte noch fester auf die Kamera ein.

Hieß das, er musste aufhören zu lachen oder zu lächeln? Hieß das, er musste stottern und Trübsal blasen und *sich für sie schämen?* Und überhaupt hatte er *ihr gar nichts angetan*! Das hatte gar nichts mit ihm zu tun! Sie hätte das Fotografieren entdeckt und geliebt, egal, *was* passiert wäre, egal, welchen Weg sie eingeschlagen hätte. Es machte sie aus!

Aber damit war jetzt Schluss.

Tillie ließ den Deckel noch einmal auf ihre Kamera krachen.

Schluss mit dem »Stalken«.

Und noch einmal.

Schluss mit dem Freak.

Und noch einmal.

Drei zertrümmerte Kameras lagen vor ihr. Schrott.

Die letzte Kamera, die sie zerstören musste, war die Polaroidkamera, die ihr Opa ihr geschenkt hatte – die, die nicht mehr funktionierte. Die würde sofort auseinanderfallen, das wusste sie. Aber sie konnte es nicht selbst tun. Sie drückte sie an die Wange und legte sie dann in die Mitte der Straße. Das nächste Auto, das vorbeikam, musste die Drecksarbeit für sie erledigen.

Sie sah sich den Trümmerhaufen an, den sie fabriziert hatte. Ein Bild sagte *wirklich* mehr als tausend Worte, dachte Tillie. Ihre Bilder waren ihre Schreie gewesen, die der Welt gezeigt hatten, dass sie nicht dazugehörte. Sie war nur Zuschauer, sie lebte in den Randbereichen des Lebens, erzählte anderer Leute Geschichten … Und jetzt, ohne ihre Fotos, würde sie einfach nur schweigen.

Sie schob die Überreste ihrer Kameras zusammen und warf sie Stück für Stück in die Mülltonne, und das war es. Als sie zum Haus zurückging, hörte sie, wie ein Auto vorbeifuhr und die Polaroidkamera unter seinen Rädern zermalmte.

Da hast du's, Dad, dachte Tillie. *Schluss mit den Kameras.*

19. Malen mit Licht

»*Phos* oder *photos* bedeutet Licht. *Graphein* heißt malen oder schreiben. Fotografie bedeutet also so viel wie ›Malen mit Licht‹. Wenn man darüber nachdenkt, ist das sehr interessant, denn wir betrachten Fotografie als etwas, das unsere Eltern machen, um später Erinnerungen an unsere Zeit als Babys zu haben. In Wirklichkeit ist es aber eine Wissenschaft und eine Kunstform, die sich mit dem Licht und wie es sich in der Welt widerspiegelt beschäftigt.«

Tillie hatte das Referat, eine Arbeit zum Thema »Was ich liebe«, eher widerwillig geschrieben, als es im Englischunterricht um Autobiografien gegangen war. Nun waren schon Wochen vergangen, seit sie das Fotografieren aufgegeben hatte, und es kam ihr so dämlich vor, noch darüber zu sprechen. Aber es gab nichts anderes, womit sie sich auskannte.

Ihr war ganz schlecht, als sie vor der Klasse stand, um das Referat zu halten. Vor der ganzen Klasse zu sprechen war das Allerschlimmste. In den hinteren Reihen wurde gekichert, also sprach sie, so schnell sie konnte.

»Früher dachte man, Fotografien würden den Menschen ihre Seele rauben.« Sie musste sich beeilen, das Gelächter wurde lauter. »Das ist natürlich nicht wahr, aber damals waren die Menschen sehr abergläubisch. Sie fürchteten sich davor. Seit ihrer Erfindung musste die Fotografie hart darum kämpfen, anerkannt zu werden. Heute wird sie endlich als

Kunstform akzeptiert. Vielen Dank für eure Aufmerksamkeit.«

Sie ging auf ihren Platz.

Das Gelächter hielt an. Wahrscheinlich lachten sie gar nicht über sie, aber es fühlte sich so an. Ihr fiel wieder ein, was Jake gesagt hatte: *Du bist so fest davon überzeugt, dass alle Leute sich ein Urteil über dich erlauben, dass du schon Dinge siehst, die gar nicht passieren …* Vielleicht hatte er recht.

Nach der Englischstunde stellte Diana Farr, flankiert von zwei Mitgliedern ihrer üblichen Garde, sie im Gang.

»Toller Vortrag«, sagte sie und die beiden anderen Mädchen kicherten.

»Hm, danke«, sagte Tillie, ohne den Blick zu heben.

»Kannst du mir mal erklären, wieso du mein Leben ruinieren willst?«, sagte Diana dann und rüttelte Tillie, bis die ihr in die Augen sah.

»Äh, was bitte?«

Diana verschränkte die Arme vor der Brust und knickte die Hüfte seitlich ein.

»Du hast gesagt, Joaquin mag mich«, sagte Diana.

»Tut er doch auch«, beharrte Tillie.

»Tut er *nicht*!«, schnappte Diana. »Ich habe einen Monat lang gewartet, dass er mich fragt, ob ich was mit ihm unternehme! Inzwischen habe ich Ian und Ahmed und Christian einen Korb gegeben! Und gestern Abend hab ich ihm dann geschrieben: *Was ist eigentlich los? Falls du es noch nicht gemerkt hast: Ich mag dich sehr*, und er antwortet: *Du bist echt toll und auch total hübsch, aber da hast du was falsch verstanden. Ich mag jemand anderen.*« Diana schnitt eine Grimasse. »Jemand anderen …«

»Auf den Bildern sah es so aus, als fände er dich toll!«, stammelte Tilie. »Er hat dich ... die ganze Zeit angestarrt!« Vielleicht hatte er sie aber auch nur angesehen, wie alle anderen sie ansahen, fiel Tillie plötzlich ein. Vielleicht war das für ihn gar nichts Besonderes, und vielleicht, wie so oft, hatte Tillie einfach keinen Schimmer, was in den anderen vorging.

»Tja, da hast du dich wohl *getäuscht*«, sagte Diana. Sie hob die Hand, als wolle sie Tillie zum Schweigen bringen, dabei hatte Tillie gar nichts weiter gesagt. »Misch dich nie wieder in mein Leben ein. Halt dich einfach von mir fern.«

»Genau«, stimmte der Begleitschutz zu.

Dann rauschten Diana Farr und ihre Freundinnen davon.

»Du hast mich darum *gebeten*, mich in dein Leben einzumischen!«, schrie Tillie ihnen noch hinterher, aber sie waren schon zu weit weg, um sie zu hören.

Tillie holte tief Luft und tastete vor ihrer Brust nach der Kamera, aber die war nicht da. Was für ein Mist! Dianas perfekt gesträhntes Haar, das den Gang entlangfegte, wäre ein wunderbares Fotomotiv gewesen.

Ohne Diana Farrs ständige Werbung und vor allem ohne ihre Kamera wäre ihr Leben als Fundbüro nun wohl auch offiziell vorbei. Tillie versuchte, ein Gefühl des Verlustes oder der Entrüstung oder so etwas aufzubringen, aber zu ihrer Überraschung fühlte sie sich nur taub. Eigentlich war sie erleichtert, endlich wieder niemand zu sein. Nach allem, was passiert war, wäre es sicher schön, wieder völlig zu verschwinden. Außerdem hatte sie sowieso keine Kameras mehr.

»Hey, Fundbüro!«, sagte jemand, als Tillie mit gesenktem Kopf auf ihren Spind zuging.

Tillie antwortete nicht.

»Hey!« Dann folgte eine kurze Pause. »Hey!«

Tillie erkannte die Stimme von Tom Wilson, dessen Liebesbriefe sie gefunden hatte. War das erst ein paar Wochen her? Es fühlte sich an wie ein ganzes Leben.

Tillie ging weiter, entschlossen, sich dem zu entziehen, was ganz sicher einer der letzten Rufe nach dem Fundbüro war.

Tillie hatte die letzten drei Wochen, eigentlich fast den ganzen April, damit zugebracht, Jake aus dem Weg zu gehen und ihr früheres Leben als Mittelstufeneremit wieder aufzunehmen. Es war hilfreich, dass ihre Eltern sie unter »Hausarrest« gestellt hatten. Das bedeutete, dass sie immer gleich nach der Schule nach Hause musste. Sie hatten ihr das Handy weggenommen und ihr stattdessen den alten Pager ihres Vaters gegeben. »Der ist noch aus der Steinzeit«, hatte ihr Vater gesagt. »Für Notfälle«, hatte ihre Mutter beteuert. Immer, wenn sie Abby über den Weg gelaufen war, hatte die versucht, sie zum gemeinsamen Mittagessen zu überreden, und mehrmals gefragt, warum sie nicht auf ihre Nachrichten geantwortet habe. Tillie hatte ihr erzählt, sie habe Ärger wegen schlechter Mathenoten und müsse täglich sehr sorgfältig ihre Hausaufgaben machen. Eines Tages hatte Abby schließlich auch gefragt, warum sie ihre Kamera nicht mehr dabei habe, und Tillie hatte erklärt: »Meine Lieblingskamera ist kaputt gegangen, also ...« Weil sie dabei fast in Tränen ausgebrochen war, hatte sie auf dem Absatz kehrt und sich so schnell wie möglich aus dem Staub gemacht. Dieser demütigende Vorfall hatte sie dazu gebracht, auch Abby aus dem

Weg zu gehen – und allen anderen menschlichen Wesen noch mehr.

Ein paar Mal hatte sie, wenn sie vom Mittagessen im Mathezimmer zum Kunstunterricht gegangen war, geglaubt, Jakes Stimme zu hören, und sich in der nächstbesten Mädchentoilette versteckt, bis er ganz sicher verschwunden sein musste.

Miss Martinez hatte die letzten drei Wochen so getan, als sei nichts passiert. Sie hatte Tillies Arbeit gelobt und sie angelächelt. Sie hatte ihr zwar nicht mehr zugezwinkert, ihr aber auch keine enttäuschten Blicke zugeworfen.

Eines Nachmittags verkündete Miss Martinez, wer in diesem Jahr in der Kunstausstellung der Schule seine Arbeiten zeigen dürfe: Deshaun Washington. Matt Ross. Tillie Green.

Deshaun und Matt sprangen auf, ließen die Oberkörper aneinander klatschen und umarmten sich. Tillie wich Miss Martinez' Blick aus.

»Herzlichen Glückwunsch, Jungs.« Miss Martinez strahlte, während die Klasse halbherzig applaudierte.

Sie zeigte ihnen Deshauns Tonfigur einer Schildkröte, Matts Selbstporträtcollage und ein Foto von Tillies Dad. Ihrem Dad, wie er über einen Teller mit Kartoffelbrei gebeugt Zeitung las. Hinter ihm war im Glas des Küchenfensters Tillies Spiegelbild zu erkennen, das die Kamera auf ihn richtete. Es war die Art von Foto, die Tillie als »gewollt und nicht gekonnt« bezeichnete – es sah zwar cool aus, war aber eigentlich nicht viel mehr als ein Klischee, das es schon tausendmal gegeben hatte. Aber das Licht auf dem Bild war wirklich gut und sie war immerhin so stolz darauf gewesen, dass sie es als eine ihrer »freien Arbeiten« abgegeben hatte.

»Nein«, sagte Tillie.

Die Klasse verstummte.

»Ich meine, nein, danke«, verbesserte sie sich.

»Ach, Tillie, aber das ist doch eine Ehre! Wir hängen eure Arbeiten im Gang auf und jeder kann sie sich ein oder zwei Tage lang ansehen. Und die Eltern kommen auch.«

»Nein, schon okay«, sagte Tillie. »Nein, danke.«

Miss Martinez starrte sie lange an. Dann sagte sie lauter: »Wer ist der Meinung, dass Tillies Bild bei der Kunstausstellung gezeigt werden sollte? Na, kommt schon, Leute!« Ihre aufgesetzte Energie erinnerte Tillie an ihre Mom. Sie verzog das Gesicht.

Ein paar gelangweilte »Huhuuus« waren zu hören, ansonsten herrschte Stille.

»Okay«, kapitulierte Miss Martinez. Ihre Augen ruhten noch einen Augenblick auf Tillie, dann wanderten sie weiter.

Als Tillie die Schule verließ und in Richtung Bus ging, entdeckte sie in der Reihe der Autos, die warteten, um Kinder abzuholen, ein bekanntes Gesicht. In einem saß Jakes Dad, tippte auf seinem Handy herum und blickte alle paar Sekunden auf, wahrscheinlich, um zu sehen, ob sein Sohn oder vielleicht seine Freundin in der Menge wären, die aus der Schule quoll. Nach ein paar Minuten erschien Jake und hüpfte auf den Beifahrersitz. Sein Dad sagte irgendetwas und Jake lachte. Vielleicht hatte er ihm einen seiner typischen »Dad-Witze« erzählt, überlegte Tillie. Jake kurbelte das Fenster etwas herunter und rief einer Gruppe älterer Kinder etwas zu. Die Kinder lachten und Jakes Dad lachte auch. Einen

Moment lang glaubte Tillie zu sehen, wie das Lächeln für einen Augenblick von Jakes Gesicht verschwand, aber ganz sicher war sie sich nicht. Vater und Sohn fuhren gemeinsam davon und Tillie schlurfte zum Bus.

20. In die Welt hinaus

Ihre Eltern dachten, Hausarrest sei eine echte Strafe für Tillie. Sie hatten noch nicht begriffen, dass der »Freund«, der ihnen solches Kopfzerbrechen bereitet hatte, nicht mehr als eine Zufallsbekanntschaft war. Immer wieder sagte ihre Mutter solche Sachen wie: »Weißt du, wenn du deine Freizeit und deine Talente etwas schlauer einsetzen würdest, könntest du auch noch etwas Zeit mit deinem Freund verbringen.« Jake hätte sich bestimmt totgelacht.

Tillie verbrachte die Tage damit, sehr viel fernzusehen. Die Krimiserien, die sich ihre Eltern ansahen, kamen ihr jetzt wirklich albern vor. Die endeten immer mit einem befriedigenden Gut-siegt-über-Böse-Ergebnis. Das war unrealistisch. Tillie machte ihre krankengymnastischen Übungen wie ein Uhrwerk. Sie erledigte all ihre wöchentlichen Haushaltspflichten und machte gewissenhaft ihre Hausaufgaben. Sie tat so, als würde sie zuhören, wenn ihre Eltern mit ihr über »Affären« sprachen und ihr versicherten, *sie* würden sich bestimmt nicht scheiden lassen. Sie lächelte und nickte. Sie verhielt sich wie ein Musterkind. Ein tödlich gelangweiltes Musterkind.

Eines Samstags – Tillie räumte gerade das Geschirr vom Mittagessen ab – klingelte das Telefon ihres Vaters, der mit seinem Laptop am Küchentisch saß und arbeitete. Er meldete sich und senkte dann die Stimme. Tillie wandte sich ihrer Mutter zu, um zu sehen, wie die mit den Lippen »Wer ist das?« formte. Ihr Dad stand auf und verließ die Küche, um das Gespräch im Schlafzimmer fortzusetzen, ihre Mutter folgte ihm.

Einige Minuten später kamen sie gemeinsam zurück und bauten sich am Küchentisch auf.

»Süße?«, sagte ihre Mom.

Als Tillie sich umdrehte, stellte sie fest, dass die beiden ganz ernste Gesichter machten, diese Wir-müssen-etwas-besprechen-Gesichter. Welches ihrer Geheimnisse hatten sie jetzt wieder aufgedeckt? Hatten sie herausgefunden, dass sie sich nachts aus dem Haus geschlichen hatte? Hatten sie noch weitere Bilder von sich auf ihrem Computer entdeckt?

»Schatz, gerade hat Miss Martinez angerufen.«

Tillie wischte sich die Hände an der Jeans ab, drehte sich zu ihnen um und lehnte sich an die Spüle. »Okay ...«

»Sie hat deinem Vater erzählt, dass du für die Kunstausstellung in der Schule ausgewählt wurdest?«

Tillie seufzte. »Ach, das. Ja, schon, aber das ist nichts Besonderes.« Sie drehte sich wieder zur Spüle um.

»Schatz, komm mal her, ja?«, bat ihre Mutter. Tillie gehorchte widerwillig und alle drei setzten sich an den Tisch.

Tillie fing an, eine Papierserviette, die auf dem Tisch lag, in lauter kleine Streifchen zu zerreißen.

»Sie sagte, du hättest nein gesagt«, sagte ihr Dad fast schon flüsternd.

»Ja. Es ist kein besonders gutes Bild.«

»Sie hat deinem Dad erzählt, du hättest wirklich Talent«, sagte ihre Mom und streckte ihr über den Tisch die Hand entgegen. Tillie legte die Serviette hin und ließ ihre Mom nach ihrer Hand greifen. »Dass es nie infrage stand, ob du ausgewählt würdest oder nicht.«

Tillie konnte sich nur schwer vorstellen, dass das nie infrage gestanden haben sollte. Nicht nach allem, was passiert war. Aber würde Miss Martinez ihre Eltern anrufen und so etwas behaupten, wenn es nicht stimmte?

»Sie hat deinem Dad erzählt, sie sollte so was eigentlich nicht sagen«, fuhr ihre Mom fort, »aber deine Arbeit gefalle ihr am besten von allen, und sie hat uns gebeten, dich davon zu überzeugen, dass du sie ausstellst. Sie sagte, es sei eine große Ehre. Pro Jahrgangsstufe würden nur drei Kinder ausgewählt, Tillie.«

War das Miss Martinez' Art, ihr zu vergeben? War das ihr Friedensangebot?

»Uns ist klar, dass sie dich enttäuscht hat. Und du kannst uns glauben, dass wir mit ihrem Verhalten in dieser Sache ganz und gar nicht einverstanden sind.«

Das wusste Tillie. Sie hatten ihr schon erklärt, dass Miss Martinez und Jakes Vater sich falsch verhalten hätten, aber sie betonten auch immer und immer wieder, dass die Ehe »eine komplizierte Sache« sei.

»Aber sie ist immer noch deine Lehrerin«, fuhr ihre Mom fort, »und das ist schon ... etwas Besonderes. Es geht um deine Leistungen, nicht um ihre ...«, ihre Mom hielt inne und holte tief Luft, »Fehler.«

»Ich denk' drüber nach«, sagte Tillie.

Ihre Mom drückte ihre Hand. »Danke, Schatz.«

Tillie stand auf, überließ das Geschirr erst einmal sich selbst und machte sich auf den Weg in ihr Zimmer.

Ihr Dad fing sie im Flur ab.

»Tillie«, sagte er langsam, als wolle er etwas wirklich Wichtiges mitteilen.

Tillie sah zu ihm auf. Sein Blick war wie üblich auf seine Füße gerichtet.

»Tillie, sie hat gesagt, deine Kunst … bildet Wahrheit ab.« Er sah so aus, als wolle er noch etwas anderes sagen, aber wie üblich tat er das nicht.

»Okay, Dad«, sagte Tillie. »Ich denke wirklich drüber nach.«

Er nickte und ging zurück in die Küche.

Tillie saß am Fenster und betrachtete die gelegentlich vorbeigehenden Passanten und die herumschwirrenden Vögel. Sie konnte sich nur ausmalen, was im Zimmer ihrer Eltern an diesem Nachmittag gemurmelt würde.

Sie hat gesagt, deine Kunst bildet Wahrheit ab.

Tillie fiel wieder ein, dass Miss Martinez im Auto genau das zu ihr gesagt hatte an dem Tag, an dem sie sie zum Arzt gefahren hatte. *Kunst sollte Wahrheit abbilden, weißt du?*, hatte sie gesagt. *Deine Fotos tun das.*

Diese Erinnerung an Miss Martinez stand ganz deutlich vor Tillies geistigem Auge, das Bild der Frau, die sie vor zwei Monaten netterweise an der Bushaltestelle mitgenommen hatte. Der Frau, die ihr gesagt hatte, sie solle keine Angst davor haben, bei einem Kunstprojekt Fehler zu machen, aber von der Tillie angenommen hatte, sie selbst mache niemals Fehler. Damals hatte Tillie sie noch nicht richtig gekannt, und wenn man ehrlich war, wusste sie eigentlich *immer noch* nichts über Miss Martinez. Sie kannte einen einzelnen Tag, einen kleinen Teil einer Geschichte. Aber sie hatte nie etwas über Miss Martinez' Gründe, ihre Gefühle, *ihre* Wahrheit erfahren. So konnte sie die Miss Martinez, die jetzt in ihrem Kopf existierte, hassen. Aber vielleicht sollte sie ihr auch einfach …

verzeihen, wie Miss Martinez ihr offenbar verzieh. Vielleicht konnte sie Miss Martinez jetzt einfach eine *andere* Miss Martinez sein lassen.

Tillie hatte auch sich selbst an diesem Tag noch sehr lebhaft vor Augen – das Mädchen auf dem Beifahrersitz. Auch dieses Mädchen hatte sich verändert. Damals hatte sich Tillie noch vor allem gefürchtet. Sie hatte ihre Bilder für sich sprechen lassen, aber nie wirklich selbst gesprochen. Sie hatte nur Aufträge für andere Kinder erledigt, dankbar für jeden kleinen Einblick in die Leben der anderen, die so viel erfüllter schienen. Aber inzwischen hatte sie ihr eigenes Leben betreten. Sie war in die *Welt* eingetreten, war durch das nächtliche Illinois gelaufen, Spuren zu Bowlingbahnen gefolgt, hatte vor Wildfremden gesungen und sich mit einem Mann angelegt, vor dem sie sich kurz zuvor noch gefürchtet hatte.

Und das lag an Jake.

Es war, weil Jake sie *gesehen* hatte. Wenn er sie ansah, sah er nicht, wie sie ging. Er schien sogar zu *mögen*, wie sie ging, als würde sie dadurch ... sie selbst. Er sah keinen Freak hinter einer Kamera. Er sah eine »Detektivin«, eine Künstlerin. Er sah jemanden, dem er vertrauen konnte.

Und sie hatte dieses Vertrauen verraten.

Sie musste sich bei Jake entschuldigen. Sie musste ihm sofort sagen, dass es ihr leid tat. Sie war ihm aus dem Weg gegangen, sie hatte ihn sogar aus ihrem Kopf verbannt, aber vielleicht, wenn selbst Miss Martinez immer noch genug Interesse an ihr hatte, um ihre Eltern anzurufen, nach allem, was passiert war und ungeklärt zwischen ihnen stand, dann mochte Jake sie vielleicht auch noch und konnte ihr vergeben, auch wenn sie ihm wehgetan hatte.

Schon der Gedanke erfüllte Tillie mit Erleichterung.

Sie strebte auf das Schlafzimmer ihrer Eltern zu.

»Alles in Ordnung, Schatz?«, fragte ihre Mutter.

»Ja«, sagte Tillie. »Aber ich muss ganz dringend weg.«

»Nein«, sagte ihre Mom. »Das musst du sicher nicht.«

»Aber es ist ganz wichtig.«

»Ich werde es aber nicht erlauben, mein Fräulein.«

»Mom«, quengelte Tillie. »Ich muss unbedingt mit Jake sprechen. Ich muss ihm sagen, dass es mir leid tut, okay? Alles, was passiert ist.«

»Oh«, sagte ihre Mutter überrumpelt.

»Ich muss ihn um Verzeihung bitten«, sagte Tillie.

»Ich verstehe, Schatz«, sagte ihre Mom lächelnd. Sie machte eine Handbewegung, als wolle sie Tillie aus dem Zimmer scheuchen. »Ja, okay, geh. Geh ruhig.«

»Ja, geh«, fiel ihr Vater ein. »Gut«, ergänzte er leise, als Tillie sich die Schuhe anzog.

Ihre Mutter stand auf und nahm das Portemonnaie und die Autoschlüssel. »Ich fahre dich hin«, sagte sie. »Und eine halbe Stunde später hole ich dich wieder ab, okay? Du hast immer noch Hausarrest.«

Tillie hörte sie kaum. Sie war schon zur Tür raus.

21. Die Wahrheit

Jake öffnete die Haustür. Er schien nicht überrascht, sie zu sehen.

Er kam zu ihr hinaus auf die Veranda, machte die Tür hinter sich zu und lehnte sich an die Hauswand.

»Geht's deiner Mom gut?«, fragte Tillie trotz allem, was sie schon wusste.

»Ich denke, das wird schon«, sagte Jake. Er machte eine Pause und sagte dann: »Sie lassen sich scheiden. Er wird wahrscheinlich erst mal weiter bei Miss Martinez wohnen. Schätze ich.«

Tillie kniete sich hin, um sich auf die Verandastufen zu setzen. Er setzte sich dazu.

»Es ist schön hier draußen.« Tillie sah hinauf in die grünen Bäume.

»Ja«, sagte er.

»Es tut mir leid …«, fing sie an.

Aber noch bevor sie ihren Satz beenden konnte, unterbrach Jake sie: »Das muss es nicht.«

»Ich wollte nicht …«, fing sie wieder an.

»Warum hast du mich nicht zurückgerufen?«, fragte Jake.

»Hä?«

»Ich habe dich immer wieder angerufen und dir Nachrichten geschickt. Ich meine, anfangs natürlich nicht, aber nach ungefähr einer Woche. Ich habe auch ein paarmal versucht, dich in der Schule zu erwischen. Ich habe ein-, zweimal deinen

Namen gerufen und du bist aufs Klo gerannt«, sagte er. »Abby meinte, sie hat auch oft versucht, dich zu erreichen. Sie hat mich nach dir gefragt. Sie findet dich toll.«

»Ehrlich?« Tillie konnte das gar nicht glauben. »Meine Mom hat mir das Handy weggenommen. Und ich glaube, ich ... wollte wahrscheinlich niemanden sehen. Und wollte nicht gesehen werden.«

»Na ja, egal. Jetzt bist du ja hier.« Jake hatte Ringe unter den Augen. Sie hatte ihn zwar mit seinem Vater lachen sehen, aber wahrscheinlich hatte er nur versucht, so zu tun, als gehe es ihm gut. Sie war sich sicher, dass er noch mehr geweint hatte.

»Nachdem all das passiert war«, sagte er, »hat mein Vater mir erzählt, wie du bei ihm aufgekreuzt bist. Wie du ihn und seine Kumpels angeschrien hast.« Jake schüttelte ungläubig den Kopf. »Das war echt der Hammer.«

»Ich habe Jim erzählt, dass ich seit einem Pumaangriff hinke.«

Jake prustete und sah für einen Augenblick wieder aus wie sein altes Ich. »Oh, mein Gott. Ernsthaft?«

Tillie nickte.

»Das ist brillant. Weißt du, wir müssen uns noch viel mehr Geschichten überlegen, die du den Leuten erzählen kannst, wenn sie fragen. Du hast ein Lawinenunglück überlebt! Du hast mit einem Killerkraken gekämpft oder so. Ha!«

Tillie lächelte. »Ja ... keine schlechte Idee, aber ich glaube, ich werde ab jetzt einfach bei der Wahrheit bleiben.«

»Ja ... die Wahrheit«, murmelte Jake vor sich hin.

»Wie dem auch sei ...«, fuhr Tillie fort, »ich hätte dir von Anfang an von deinem Dad erzählen sollen und es tut mir leid, ganz ehrlich.« Sie sagte das ganz schnell, damit er sie nicht unterbrechen konnte. Sie musste es loswerden.

Jake antwortete nicht.

»Ich kann dir sagen, es ist wirklich schräg hier«, sagte er nach einer Weile. »Mein Dad kommt mich abholen und geht mit mir Mittagessen. Und dann erzählt er mir, wie toll ›Chrissy‹ ist.«

»Chrissy?«

»Oh, ja. Miss Martinez hat einen Cheerleader-Vornamen.«

»Wow.«

»Und dann komme ich nach Hause und meine Mom fragt mich, was er gesagt hat, und das ist alles einfach irgendwie ... na ja, eben ziemlich schräg.«

»Tut mir ehrlich leid«, sagte Tillie.

Jake machte wieder eine Pause und guckte in den Himmel. »Ich war so wütend auf ihn.« Die Ellenbogen auf den Knien fing er an, mit der Faust der einen Hand in die Handfläche der anderen zu boxen, bis die Knöchel knackten. »Als ich ihn das erste Mal wiedergesehen habe, sollte ich mich hinsetzen. Dann hat er mir erzählt, wie er ›Chrissy‹ bei unserem bescheuerten Elternabend im letzten Frühjahr kennengelernt hat, als ich zum ersten Mal Kunstunterricht hatte, und wie sie ›beste Freunde‹ geworden sind. Dann hat er mir erzählt, dass er gar nichts dagegen machen konnte, was er für sie empfand ... Du hättest mich sehen sollen, Tillie. Er hat mir erzählt, er könnte das alles ertragen, er könnte alles ertragen, was ich ihm zu sagen hätte, und dass er es verdienen würde. Zuerst habe ich zu ihm gesagt: ›Ich dachte, *ich* wäre dein bester Freund‹, was ihn scheinbar ziemlich getroffen hat. Das war *gut*. Und dann habe ich ihm gesagt, dass ich nicht verstehen könnte, warum er einfach so abgehauen und verschwunden sei, aus welchem *Grund* auch immer. Warum er mir nicht sagen wollte, wo er war und was los war. Er sagte ...« Jake biss sich auf die Unterlippe. »Er sagte, er hätte mir nicht in die Augen sehen können.«

Jake erzählte Tillie, dass seine Eltern ein Abkommen geschlossen hätten. Weil sein Dad seine Mutter betrogen hatte, musste er ausziehen und mit Jake sprechen.

»Also hat deine Mom die Dienstreise erfunden, um ihm Zeit zu verschaffen«, fügte Tillie die letzten Puzzlestücke zusammen.

»Jep«, sagte Jake mit zusammengekniffenem, ernstem Mund.

Immer wieder hatten seine Eltern Pläne gemacht, wann Jakes Dad mit ihm sprechen sollte, und dann hatte sein Vater immer wieder gekniffen. Jakes Verhalten hatte seine Mom davon überzeugt, dass er keine Ahnung hatte, und so hatte sie weiter darauf gewartet, dass sein Dad den Mut aufbrächte zu gestehen. In der Zwischenzeit hatte seine Mutter im Zorn das Handy seines Vaters aus dem Familienvertrag streichen lassen, weshalb Jake ihn nicht erreicht hatte.

»Und deshalb hat er auf dem Festnetz angerufen«, ergänzte Tillie. »Und aus dem Pins und Hits.«

»Ja.« Jake boxte sich immer noch in die Hand.

Da sie nur ein Auto hatten, hatte sein Dad sich eines gemietet – einen blauen Chevrolet Malibu. Ein paarmal war er Jakes Schulweg entlanggefahren und hatte versucht, den Mut aufzubringen. Als Jake mit Tillie in seiner Firma aufgetaucht war, hatte er sich versteckt. Dann war er ins Auto gesprungen, wild entschlossen, mit ihm zu sprechen, nur um wieder die Nerven zu verlieren, als er Jake sah. Wie Tillie angenommen hatte, wussten seine Kollegen, was los war, und hatten versucht, Jake hinzuhalten, bis sein Dad es schaffen würde, ihm alles zu erklären.

»Im Grunde ist mein Dad einfach ein gewaltiger Feigling.« Jakes Blick war in Richtung Straße gerichtet. »Warum war nicht einfach *irgendjemand* ehrlich zu mir? Scheidung ist scheiße.« Er verbarg das Gesicht in den Händen. »Und wie kann ich sicher sein, dass die Lügerei jetzt aufhört? Er könnte schließlich auch jeden Morgen zur Schule gefahren sein, um ›Chrissy‹ zu sehen, und *nicht*, um mit mir zu sprechen. Weißt du was? Er ist nicht nur ein Feigling. Er ist ein Vollidiot«, sagte Jake mit leicht bitterem Unterton und hob den Kopf. Er blinzelte in die Sonne und sah ohne die üblichen weit aufgerissenen Augen viel, viel älter aus.

Tillie wollte Jakes Dad nicht als Vollidiot bezeichnen, obwohl Jake das ja bereits eingeräumt hatte und sie ganz seiner Meinung war, also schwieg sie.

»Aber schließlich ist er immer noch mein Dad«, fügte Jake hinzu, als hätte er ihre Gedanken gehört. »Und meine Mom bleibt meine Mom.«

Sie saßen schweigend da und betrachteten die Dinge vor sich: die Platanen und die Forsythie in der Ecke des Gartens, die Eltern, die mit kleinen Kindern vorbeitrotteten auf dem Weg zu einem süßen, sonnigen Sonntag im Park.

»Warum müssen Erwachsene eigentlich immer so dämlich sein?«, fragte sie schließlich.

»*Das* wüsste ich auch gern«, antwortete er.

Eine Katze aus der Nachbarschaft schlich vorbei und ein Kleinkind versuchte kichernd und stolpernd, sie zu fangen.

»Ich habe schon seit vier Jahren das Gefühl, dass mein Vater verschwunden ist«, sagte Tillie und spürte, wie die Worte aus ihr herausdrängten wie eine Flutwelle.

»Was meinst du? Deine Eltern sind doch nicht geschieden«, sagte Jake.

»Willst du wissen, wie mein Bein in Wirklichkeit kaputt gegangen ist?«, fragte Tillie.

Jake nickte.

»Ich konnte perfekt laufen«, sagte Tillie.

Jake neigte sich zu ihr. »Was ist passiert?«, fragte er leise.

»Mein Dad ...«, sie versuchte zu sprechen, musste aber zweimal von Neuem ansetzen, bevor es herauskam. »Mein Dad hat herumgealbert. Wir saßen im Auto. Ich weiß noch, dass ich fürchterlich gelacht habe, weil er so lustig war. Er fuhr richtig schnell. Jedenfalls hat man mir das später erzählt. Ich ...« Sie bemühte sich, alles richtig zusammenzubekommen, sich wirklich zu erinnern. »Ich glaube, so schnell war es gar nicht, aber auf jeden Fall ein bisschen zu schnell für das Wetter, weil wir spät dran waren und meine Eltern es nicht leiden konnten, zu spät zu kommen. Können sie immer noch nicht.«

Sie nahm den Bürgersteig und Jake neben sich nicht mehr wahr. Sie sah verschneite Bäume vor dem Autofenster. »Wir waren auf dem Weg zu meinem Opa. Er wurde 60 oder 70 oder so ... 70. Ja, 70. Und es war eben ein ganz normaler Wintertag in Illinois ... Es lag Schnee, es war eisig und wir waren ... einfach zu schnell. Wir haben herumgealbert und gelacht und hatten es eilig und haben nicht genug heruntergebremst. Oder eben nicht *wir*. *Er*. Er hat nicht genug gebremst. Und dann sind wir auf eine Eisplatte gekommen und haben uns gedreht und gedreht.« Als sie die Worte aussprach, wurde ihr schwindelig, als säße sie wieder in dem Auto, das sich drehte und drehte und drehte. »Und dann sind wir genau in einen Baum gekracht und …«

Sie sah das schwarze Metallteil, das auf ihren Körper aufprallte. Sie hörte das Knacken, das ihre Wirbelsäule von sich gegeben hatte, als sie gebrochen wurde, und ihren Schrei und eine verschüttete Erinnerung kam zurück. Ihr Dad hatte genau im gleichen Moment geschrien.

»Meine Hüfte wurde zertrümmert. Meine Wirbelsäule brach. Und ich habe mir drei Rippen gebrochen.«

»Krass«, sagte Jake.

»Schon, oder?« Tillie schüttelte den Kopf, als glaube sie ihre eigene Geschichte kaum. »Ich habe mir ein Hüftgelenk gebrochen! Eine Achtjährige! Ach, und den kleinen Zeh«, fügte sie hinzu. »Nicht zu vergessen!«

»Nein, vergiss bloß nicht den armen Kleinen!«, sagte Jake.

Sie drehte ihm das Kinn zu, konnte ihn aber immer noch nicht ansehen. »Und auch als die Knochen wieder zusammengewachsen waren«, fuhr sie fort, »hörte alles irgendwie nie mehr auf … wehzutun.«

»Mannomann«, sagte Jake. »Tut …« Es hörte sich an, als wolle er sagen: »Tut mir leid«, aber er überlegte es sich anders. »Und hat sich dein Vater auch verletzt? Ist er deshalb … ›verschwunden‹?«

»Nein. Er … ist nicht wirklich verschwunden. Er ist nur einfach irgendwie nicht mehr *da*. Er ist nie darüber hinweggekommen …« Erst jetzt, da Tillie das alles endlich laut aussprach, wurde ihr klar, wie wahr es war. »Er fühlte sich richtig schlecht, hat meine Mom früher immer gesagt, wenn ich gefragt habe. Ich schätze, ich weiß sowieso nicht mehr so genau, wie er vor dem Unfall war, nur in ganz *verschwommenen* Erinnerungen, bei denen ich mich frage, ob ich sie in Wirklichkeit erfunden habe … Also vielleicht war er schon immer so … keine Ahnung. Er kann mich nicht ansehen. Das ist es. Er sieht mich nicht an. Nicht länger als ein, zwei Sekunden. Er fühlt sich schlecht, weil ich nicht mehr Fußball spielen kann – er liebt Fußball – oder Schwierigkeiten habe, Freunde zu finden – weil er mich für einen Freak hält, schätze ich. Und weil er mich nicht ansieht, sieht er nicht, dass es mir in Wirklichkeit gut geht! Er kennt mich gar nicht.« Tillie blickte auf und begegnete Jakes Blick.

»Tja … dann hat er echt Pech gehabt«, sagte Jake.

Auf dem Verandaboden brummte Tillies Handy. Sie sahen, wie es an- und dann wieder ausging.

»Mom ist unterwegs«, erklärte Tillie.

»Warst du wütend auf ihn? Oder bist du es noch?«, fragte Jake neugierig.

Tillie überlegte. »Nicht wegen des Unfalls. Ich bin wütend, dass er nicht darüber hinwegkommt, schätze ich.«

»Glaubt *er*, dass du wegen des Unfalls böse auf ihn bist?«

Sie überlegte wieder. Glaubte er das?

»Keine Ahnung«, sagte sie und stellte sich das Gesicht ihres Vaters auf hundert Fotos vor. Verzweifelt. Auf jeden Fall schuldbewusst. Aber fürchtete er, sie sei *böse* auf ihn? Das konnte doch nicht sein.

»Weißt du, es gibt etwas, das ich dir nie verraten habe«, unterbrach Jake ihre Gedanken.

Tillie sah ihn an.

»Darüber, dass mein Vater gegangen ist.«

Sie nickte, damit er fortfuhr.

»Ein paar Tage, bevor er verschwand, hatten meine Mom und er einen Riesenstreit.« Er hielt inne und beobachtete ihre Reaktion, dann fuhr er fort. »Ich meine, sie haben sich so richtig angeschrien. Und sich richtig ... na ja, richtig gemeine Sachen an den Kopf geschmissen.« Er holte Luft. »Ich hätte wissen sollen, warum er verschwunden ist.«

»Vielleicht hast du das ja irgendwie.« Tillie zuckte die Achseln.

Tillie stellte sich vor, wie beängstigend es wäre, wenn ihre Eltern einander anschreien würden, statt nur in scharfem Ton zu flüstern, wenn sie glaubten, sie bekäme es nicht mit.

»Weißt du«, sagte Jake, »ich bin wirklich traurig darüber, dass mein Dad mich belogen hat. Aber ich glaube, dass meine Mom auch nicht sehr glücklich war. Ich glaube, sie waren es beide nicht.« Er seufzte. »Bist du jetzt sauer? Weil ich dir diesen wichtigen Hinweis vorenthalten habe?«, fragte er und runzelte die Stirn so heftig, dass die Augenbrauen fast das ganze Gesicht überspannten.

Tillie schüttelte den Kopf. »Nein, auf keinen Fall.«

»Danke«, sagte er.

Beide richteten den Blick wieder in den Garten vor sich. Ein Dutzend Vögel schwirrte durch die Luft und landete auf einem Telefonkabel, das quer über die Straße verlief.

»Hey, Tillie?'«, sagte Jake.

»Ja?«

»Noch eins.«

»O, nein ...«, sagte Tillie und lachte ein bisschen. »Was kommt jetzt noch?«

»Nein, ernsthaft, ich muss das loswerden. Weißt du noch, dass du gesagt hast, ich hätte mich über dich lustig gemacht?« Jake biss sich auf die Unterlippe.

»Ja, tut mir leid, ich habe nur ...«

»Die Wahrheit ist«, unterbrach Jake mit erhobener Hand, um sie zum Schweigen zu bringen, »dass ich es möglicherweise wirklich getan habe.« Er sah Tillie reuevoll an. »Ich erinnere mich ehrlich nicht. Und ich möchte gern glauben, dass ich es nicht getan habe, dass ich so etwas nie tun würde, aber ich weiß es nicht. Letztes Jahr? Da war ich die ganze Zeit total überdreht. Ich habe nur Mist gebaut. Mache ich *immer noch*.«

»Wir machen doch alle viel Blödsinn«, sagte sie.

»Du verstehst das. Dankeschön.«

Beide streckten ihre Beine aus, lehnten sich mit den Schultern aneinander und guckten in den Garten. So saßen sie ein Weilchen schweigend beisammen und ließen den schönen Tag an sich vorüberziehen, bis Tillies Mutter um die Kurve bog. Jake stand auf und reichte Tillie die Hand. Sie ergriff sie.

»Also Schluss mit dem Fundbüro?«, fragte er sie.

»Das hast du schon gehört?«

»Tja, ich habe gemerkt, dass dir dein kostbarstes Anhängsel fehlt«, sagte Jake.

»Ja ...« Sie konnte nicht darüber sprechen. »Die Dinge ändern sich, schätze ich. Hey, wenigstens sind wir nicht mehr böse aufeinander.«

»Ja.« Er winkte ihrer Mutter zu und die winkte begeistert zurück.

»Tut mir leid, deine Mom enttäuschen zu müssen«, sagte er mit breitem Grinsen, »aber ich bin immer noch nicht dein Freund, also komm bloß nicht auf falsche Gedanken.«

Tillie lächelte und sie gingen ein paar Schritte auf das Auto zu. »Na ja, was meine Mom sagt, ist normalerweise Gesetz, also ... tut mir leid. Du wirst unsere Liebe einfach akzeptieren müssen.«

»Der arme Tom Wilson!«, sagte Jake und kicherte.

»Was?« Tillie blieb wie angewurzelt stehen.

»Na, komm schon, dir ist klar, dass Tom Wilson in dich verliebt ist, oder?«

»Halt. Den. Mund.«

»Das ist mein Ernst!«

»Du hast sie nicht alle. Tom Wilson ist in Lauren Canopy verliebt. Die schreiben sich ständig Liebesbriefchen!«

»Was? Willst du mich veräppeln? Die zwei sind beste Freunde! Die haben wahrscheinlich als Babys schon miteinander in der Badewanne gesessen. Tillie, jetzt mal ernsthaft. Diese Liebesbriefe, die du immer für ihn suchen solltest? Die Briefe, die du immer sofort gefunden hast? Die waren an dich! Lauren Canopy hilft ihm, sie zu schreiben! Er hat gehofft, dass du sie liest! Das kann man ja wohl auch erwarten! Mann, ich kann nicht glauben, dass du das nicht wusstest. Und ich dachte, du wärest eine gute Beobachterin.« Jake sperrte den Mund auf, um in das typische Gelächter auszubrechen, das Tillie schon viel zu lange nicht mehr gehört hatte.

»Halt den Mund! Halt den Mund, halt den Mund, halt den Mund!« Tillie spürte, wie sie purpurrot anlief. »Ich hinke!«

»Ach, ich wusste nicht, dass du nicht trotzdem ein Mädchen bist.«

Tillie boxte ihm in den Arm. »Hör jetzt auf. Ich gehe.«

Während sie ins Auto kletterte, hörte sie Jake noch rufen: »Einen schönen Tag noch, Mrs Green!«

»Ist alles in Ordnung?«, fragte ihre Mom.

»Ja«, antwortete Tillie und drehte sich zu ihr um. »Danke, Mom.«

Das Kinn ihrer Mutter bebte. Sie legte Tillie die Hand an die Wange. »Du hast es verstanden, Schatz«, sagte sie und strich Tillie eine Haarsträhne aus den Augen hinter das Ohr.

»Er ist ein netter Junge«, sagte ihre Mom beim Wegfahren.

»Ja, Mom, ich weiß«, sagte sie. »Aber wir sind nur Freunde, okay?« Tillie lächelte. »Wir sind einfach Freunde.«

22. Gefunden

Der Sonntag kam und irgendetwas hatte sich verändert. Vielleicht bildete sie es sich auch nur ein, aber sie hätte schwören können, dass ihr Fuß weniger wehtat, als sie ihn beim Aufstehen aus dem Bett belastete.

Tillie machte das Fenster auf. Es war schon fast Mai und die Luft roch frisch. Tillie juckte es in den Fingern, das Licht des Sonntagmorgens einzufangen, das in melancholischer Schönheit durch die Äste fiel.

Sie dachte an ihre Kameras und schloss die Augen, um die Sonnenstrahlen am Fenster auszusperren. Ihre armen Kameras. Sie waren so schön gewesen und jetzt waren sie Schrott.

Ihre Zimmertür stand einen Spalt offen und Tillie bemerkte, dass jemand dort stand.

»Ja?«, fragte sie.

Ihr Dad klopfte zaghaft an die Tür, während er sie aufschob, und sagte: »Morgen. Entschuldige, dass ich störe.«

»Schon okay«, sagte sie und drehte sich vom Fenster weg und ihm zu. »Ich mache buchstäblich gar nichts.«

Er hielt etwas in der Hand.

»Das war ein ... ein komischer Monat, was?«, sagte er.

»Ja, schätze schon«, gab sie zu.

Draußen ging das Gezwitscher der Vögel von Soloeinlagen in Chorgesang über.

»Die Lehrerin von neulich? Die, die angerufen hat?«, sagte ihr Dad auf seine seltsam stammelnde Art.

»Ja, Dad?«

»Das ist diejenige, was?«, fragte er. »Miss M ... irgendwas?«

Er sah Tillie nicht direkt an, während er sprach, aber ungefähr in ihre Richtung, in Richtung Bett.

Tillie nickte.

Er nickte zurück.

»Sie hat mir das Bild beschrieben. Das, das sie gern ausstellen würde.« Er machte eine Pause. »Ist es dieses?« Er zog das Bild hervor. Ihr Dad, scheinbar allein mit seinem Frühstück, mit Tillies Spiegelbild im Rücken. »Ich hab es in ... zwischen all den Bildern gefunden, die du gemacht hast.«

Tillie betrachtete das Bild, das er in seiner großen Hand hielt. Es war nur eines von mehreren. Die glänzenden Bilder zitterten leicht in seinem Griff. »Ja, das ist es«, sagte sie. »Es ist nicht besonders gut, ehrlich gesagt.«

»Ach?«, sagte er. Er musterte es mit leicht zusammengekniffenen Augen, als versuche er, es mit ihren Augen zu sehen. »Ich finde es gut. Ich finde, du solltest deine Arbeiten ausstellen«, sagte er. »Verstecke sie nicht vor allen wie Vivian Maier«, fügte er hinzu, und es klang ein bisschen, als versuche er, witzig zu sein. Er machte eine Pause, als warte er auf eine Antwort, und als keine kam, fuhr er fort. »Sie sagte, dass du häufig Bilder von mir abgibst. Die Bilder von mir, die ich gefunden habe? Du machst sie für die Schule?«, fragte er.

»Zum Teil, ja«, flüsterte Tillie. Ihre Stimme hörte sich an, als hätte sie seit Tagen nicht gesprochen – heiser und rau.

Er nickte. »Und diese Kunstausstellung ist in der Schule? Oder ...«

»Ja.«

»Ah, okay«, sagte er. »Tja, darf ich vielleicht etwas dazu sagen?«

»Ja, natürlich«, antwortete Tillie besorgt.

»Ich mag das Bild, das du für die Schule von mir gemacht hast …«

»Ja?«, sagte Tillie. Sie wartete auf das »Aber«.

»Aber glaubst du, Miss Martinez würde dich auch ein anderes ausstellen lassen?«

Tillie spürte, wie sie im Bett versank. Sie lehnte sich an die Wand zurück. Vielleicht wollte ihr Dad, dass sie zwar ihre Bilder ausstellte, aber keines aus ihrer »Stalker«-Phase.

Ihr Dad kam weiter ins Zimmer herein und blieb unmittelbar vor ihrem Bett stehen. »Entschuldige bitte, ich habe neulich dieses Bild hier mitgenommen. Mit den anderen. Vielleicht darfst du ja auch dieses ausstellen«, sagte er. »Ich liebe es.« Er drehte das Bild zu ihr um und Tillie erkannte darauf ihr eigenes Gesicht. Es war das Selbstporträt, das sie an dem Tag gemacht hatte, an dem Miss Martinez sie zum Arzt gefahren hatte. Ihre Mutter hatte es vor ein, zwei Monaten bei Walmart für sie abziehen lassen, aber die Geschichte mit Jakes Dad hatte Tillie so abgelenkt, dass sie es noch gar nicht richtig wahrgenommen hatte.

Das Bild zeigte Tillie mit der Kamera vor der Brust vor dem Spiegel an ihrem Kleiderschrank. Mit fragendem Gesichtsausdruck betrachtete sie das eigene Spiegelbild. Der Kameragurt war ein wenig von einer Schulter gerutscht. Der Fuß war zur Seite ausgestellt. Wie immer stand sie etwas schief. Ihr ganzes Ich war von oben bis unten zu sehen. Sie wusste selbst noch nicht genau, welche Geschichte dieses Bild erzählte.

»Von all deinen Bildern mag ich dieses am liebsten, glaube ich«, sagte er. »Es ist perfekt.«

Ihr Dad sagte das, als sei nichts dabei.

»Dad«, sagte Tillie und konnte selbst nicht erklären, warum sie es in diesem Augenblick sagte. »Ich habe meine Kameras kaputt gemacht.«

Ihr Dad runzelte die Stirn wie ein zusammengeknülltes, vergilbtes Stück Papier. Er warf an Tillie vorbei einen Blick über die Schulter, durch die Mauern hindurch dahin, wo ihre Mom sich gerade für den Tag fertig machte, und sah sich dann um, als suche er nach der Stimme, die diese Worte gesagt haben könnte.

Er setzte an, etwas zu sagen, unterbrach sich, versuchte es erneut, blieb wieder stumm. Dann sagte er: »Was?«

Tillie zuckte die Achseln.

»Aber, wa ...«, sagte er. »Warte mal, *du* hast die Kamera kaputt gemacht?«

»*Kameras*. Ich habe meine *Kameras* kaputt gemacht. Plural«, sagte sie. »Sogar die, die Opa mir einmal geschenkt hat.«

Tillies Vater fiel die Kinnlade herunter. Erschrocken stellte Tillie fest, dass ihr Vater diesmal noch schmerzerfüllter aussah als jemals zuvor, wenn er am Küchenfenster gestanden und die Vögel beobachtet hatte. Er wirkte aufgewühlter als je bei einem Streit mit ihrer Mutter. Er schloss die Augen, sein Gesicht erschien Tillie nun nicht mehr unergründlich, sondern einfach nur traurig. Sie merkte, dass sie all diese Traurigkeit nicht mehr länger ertragen konnte, also spuckte sie einfach aus, was sie am Vortag in ihrem Gespräch mit Jake herausgefunden hatte. Diesen Gedanken, der in ihr aufgewallt war, als alle so böse auf sie gewesen waren.

»Ich bin nicht böse auf dich, Dad. Okay?«, sagte sie und sah ihm geradewegs in die geschlossenen Augen, in sein erschlafftes Gesicht. »Ich verzeihe dir.«

Er öffnete die Augen. Die Fotos in seinen Händen bebten sichtbar.

»Ich wollte nur …«, versuchte Tillie fortzufahren. »Ich dachte nur, du solltest das wissen.«

Ihr Dad starrte auf seine Füße und sagte ganz vorsichtig, als versuche er, die Situation zu erspüren: »Til, hör zu. Ich weiß, ich hätte dich wegen deiner Bilder nicht anschreien sollen. Das weiß ich, also danke, dass du … ich … Was haben wir immer gesagt, als du noch klein warst? Ich *nehme deine Entschuldigung an*, okay? Ganz ehrlich. Und ich hätte nicht schreien dürfen.«

Sein Blick schoss wieder nach unten, um ihrem auszuweichen. Er griff sich an die Stirn.

»*Nein*, Dad. Nein … sieh mich bitte kurz einmal an, ja?«, sagte Tillie. Sie spürte, wie ihr das Haar in die Augen fiel. Sie strich es zur Seite und steckte es hinter die Schultern. Sie betrachtete den Mann vor sich. Sie saß auf dem Bett und er stand vor ihr, was sie daran erinnerte, wie er früher immer etwas abseits dagestanden hatte, wenn ihre Mutter sie im Rollstuhl herumschob. »Sieh mich an, Dad.«

Ihr Vater ließ den Blick umherschweifen, bis es ihm schließlich gelang, sich ihr zuzuwenden. Er sah sie zwar immer noch nicht direkt an, aber immerhin. Er starrte auf ihre Stirn, vielleicht ihre Wangen oder ihren Mund, während dieser Mund Dinge aussprach, die sie bereits vor langer Zeit hätte aussprechen sollen, wenn sie nur damals schon gewusst hätte, dass es die richtigen wären.

»Dad«, fuhr sie langsam fort und spürte jedem Wort nach, als hätte sie es nie zuvor ausgesprochen. Wie bei einer Ansprache. »*Ich verzeihe dir.*« Sie schob sich zur Bettkante vor und stand auf, unmittelbar vor ihm.

Tillies Dad überraschte sie mit einem plötzlichen Lachen. Einem kurzen, schrillen Lachen.

»Was soll das, Tillie?«, fragte er.

Tillie kämpfte gegen den Drang an, so zu tun, als würde das alles nicht passieren, wie Jake es immer machte. Sie konnte nicht. Sie hielt den Blick starr auf ihn gerichtet. Dieser Blick, nicht gefiltert durch das Glas eines Objektivs, beängstigte sie, aber er war ihre große Stärke und ihre Trumpfkarte.

»*Ich verzeihe dir den Unfall*«, sagte sie. »Okay? Ich bin nicht böse auf dich. Es geht mir gut, Dad. Es geht mir wirklich gut. Und«, sie holte noch einmal tief Luft und wiederholte, »*ich verzeihe dir.*« Sie atmete aus. »Das habe ich schon immer getan.«

Tillies Bein fing an wehzutun. Sie war eigentlich noch gar nicht richtig aufgestanden und hatte sich noch nicht gedehnt, also lehnte sie sich ans Bett, während sie mit ihm sprach.

Sie biss sich auf die Unterlippe.

Ihr Dad stand da mit schlaff herunterhängenden Armen und schwieg.

»Weißt du«, sagte sie spontan, wie Jake es machte, wenn er versuchte, die Stimmung etwas aufzulockern, »jeder macht Fehler.« Sie dämpfte ihre Stimme. »Oder, Dad?« Tillie wagte sich ein bisschen näher an ihn heran, indem sie den Kopf auf ihn zubewegte.

Er blieb stumm und starrte auf den Fußboden.

Wenn sie nur lang genug wartete, würde er vielleicht etwas sagen.

Aber das tat er nicht.

Tillies Dad presste die Lippen ganz fest zusammen. Vielleicht war er wütend. Dann hob er den Blick zur Decke, wie man es tat, wenn man betete – allerdings hatte sie ihren Vater noch nie beten sehen. Er rieb sich die Stirn und fuhr sich mit der Hand durch die Haare.

Schließlich sah er ihr in die Augen.

»Danke.«

Er atmete aus, als hätte er vier Jahre lang die Luft angehalten, und seine Augen lächelten.

»Und jetzt muss ich mich setzen«, sagte Tillie. »Ich sollte erst einmal meine Dehnübungen machen.«

Unwillkürlich fasste ihr Dad sie am Ellenbogen, wie ihre Mom es immer getan hatte, als sie sich von dem Unfall erholte, und half ihr, sich hinzusetzen. Sie brauchte eigentlich keine Hilfe, aber sie ließ es zu. Sie setzten sich nebeneinander aufs Bett, lehnten sich an die Wand und streckten die Beine aus.

Am anderen Ende des Flurs hörten sie ihre Mom in der Küche werkeln.

»Pfannkuchen«, sagten Tillie und ihr Dad genau gleichzeitig.

Tillie glaubte, ihn schniefen zu hören. Aber vielleicht bildete sie sich das auch nur ein.

Er zog sie zu sich heran.

Langsam, vorsichtig, legte Tillie den Kopf an seine Schulter. Durch die Schulter und die Beuge seines Halses konnte sie sein Herz schlagen hören. Sie fühlte, wie sich seine Muskeln erst an- und dann entspannten.

»Tillie«, sagte ihr Vater. Sie konnte durch seine Haut spüren, wie ihr Name vibrierte.

»Ja?«, sagte sie. Sie konnte kaum atmen. Sie spürte, wie die Muskeln in ihren Handflächen zu zucken begannen, und hoffte, dass er es nicht merken würde, sonst würde er vielleicht denken, sie fühle sich nicht wohl, dabei war ihr, als nähme sie eine warme Dusche nach einem kalten Wintertag.

»Was hältst du davon, einkaufen zu gehen?«

»Ähm«, sagte Tillie fragend. »Okay ...«

»Eine neue Kamera.«

Tillie hob die Hand von seinem Knie und führte sie zu ihrer Brust.

»Was?«, fragte sie, richtete den Kopf auf und wandte sich ihm zu.

»Wir sollten dir eine neue Kamera besorgen. Eine aussuchen.«

Es war, als spräche er Chinesisch.

»Ich habe leider gar keine Ahnung davon«, sagte er und nickte leicht. »Wie heißen denn die Geschäfte, in denen man Kameras kauft? Gibt es dafür einen speziellen Ausdruck? ›Kameraladen‹ oder so?« Jetzt plapperte er schon fast. »Wie auch immer: Ich weiß nicht, worauf es ankommt, also auch nicht, worauf man achten muss, aber du doch bestimmt, oder? Du weißt doch bestimmt, welche Kameras gut sind.« Er wuschelte sich durch die Haare und schüttelte sie, sodass sie noch unordentlicher aussahen als zuvor. Tillie dachte an Jake und seine Schuppen. »Und wir sollten nicht kleckern«, er schien mit sich selbst zu sprechen. »Ich denke, wir brauchen eine, die die zwei oder drei – oder wie viele es waren – kaputten Kameras ersetzt. Damit du möglichst gute Bilder machen kannst. So gute, wie du kannst.«

Tillie starrte ihn an.

»Ich meine, deine Bilder sind bemerkenswert, Tillie.« Er holte tief Luft. Seine Stimme wurde leiser. »Das ist mir sehr wohl aufgefallen.« Er atmete aus und sie spürte die Hitze seines Atems an der Schulter. »Es ist mir *schon immer* aufgefallen«, fügte er bereitwillig hinzu und betonte dabei jede Silbe, während er einen weiteren beachtlichen Versuch machte, ihr lange in die Augen zu sehen. »Ich habe nur …« Und was er sonst noch zu sagen hatte, fiel ihm wohl noch zu schwer. Er atmete aus. Er hob die Hände und ließ sie auf seine Knie fallen, als gebe er auf.

Als sie nichts sagte, zogen sich seine Augenbrauen zusammen wie die eines Kindes, das fürchtet, jemand könne es nicht leiden, und er fügte hinzu: »Wir müssen natürlich nicht sofort gehen.«

Tillies Wangen stießen an den unteren Rand ihrer Brille, so breit musste sie lächeln.

»Nein, doch, jetzt!«, sagte sie. »Wir können doch Mom fragen, ob sie uns fährt! Jetzt gleich!« Tillie drückte sich von seiner Schulter hoch und er stand auf, um ihr zu helfen.

»Ach, nein, nein, nicht nötig«, sagte ihr Dad. »Ich fahre.«

Tillie tat, als hätte sie das überhört. Aber für einen Augenblick hatte sie das Gefühl, vor Freude den ganzen Weg bis nach New York stepptanzen zu können, wenn sie wollte.

Laut sagte sie nur: »Ah, gut«, und zwar so beiläufig wie möglich.

»Ich sage deiner Mom Bescheid.«

Ihr Dad ging den Flur entlang zur Küche und sprach mit ihrer Mom.

Tillie nahm ihr Handy und schrieb eine Nachricht an Jake.

Dad fährt mit mir eine neue Kamera kaufen ...!!!

Einige Sekunden später, als sie sich die Schuhe zuband, erschien auf dem Bildschirm:

auch dir einen guten morgen ... du bist das beste fundbüro, das man sich vorstellen kann. schön, dich wiederzuhaben

Tillie lächelte und steckte das Handy, auf Vibration gestellt, in die Hosentasche, für den Fall, dass Jake oder Abby ihr schreiben würden, um sich später zu treffen. Wahrscheinlich hatte sie jetzt keinen Hausarrest mehr.

Als sie die Haustür erreichte, hatte ihr Vater schon die Autoschlüssel in der Hand. Er hatte sich nur eine leichte Jacke übergeworfen.

Ihre Mom stand in ihrem Bademantel in den Türrahmen gelehnt. »Ihr lasst euch tolle Pfannkuchen entgehen.«

»Tschuldige, Mom.«

»Tschüss, ihr zwei. Viel Spaß!«, sagte ihre Mom viel zu fröhlich.

Tillie und ihr Dad blieben noch einen Augenblick an der Tür stehen, bevor ihr Dad die Türklinke hinunterdrückte und sie das Haus verließen.

Während die beiden auf das Auto zugingen, war sich Tillie zwar nicht ganz sicher, was genau sie gerade gefunden hatte, aber sie wusste, *dass* sie etwas gefunden hatte. Und in diesem wundervoll vagen Bewusstsein, während ihr eine süße, wärmende Brise durch das geöffnete Autofenster übers Gesicht strich und ihr Vater die Schlüssel ins Zündschloss steckte und das Radio anmachte, sagte Tillie ihren alten Augen Lebewohl. Sie machte sie zu. Sie wusste, dass diese Suche abgeschlossen war. Wenn sie ihre Augen wieder öffnen würde,

würde sie die Welt durch eine völlig neue Linse betrachten. Mit geschlossenen Augen dachte Tillie darüber nach, was es noch zu finden gab und was sie bereits gefunden hatte.

»Bereit?«, fragte ihr Dad.

»Und wie!«, antwortete Tillie und öffnete die Augen, um zu sehen, wie er sie anlächelte.

Dann fuhren sie los.

Titel der Originalausgabe: *Worth a Thousand Words*
Erschienen bei Roaring Brook Press, New York, ein Unternehmen
der Holtzbrinck Publishing Holdings Limited Partnership

Deutsche Erstausgabe

Ein Unternehmen der La Martinière Groupe

Umschlaggestaltung: Leonore Höfer, Knesebeck Verlag
unter Verwendung des Motivs Tsuji/ Getty Images
Übersetzung: Gundula Müller-Wallraf
Satz und Layout: satz & repro Grieb, München
Herstellung: Arnold & Domnick, Leipzig
Druck: PNB
Printed in Latvia

ISBN 978-3-95728-091-6

www.knesebeck-verlag.de

MIX
Papier aus verantwortungsvollen Quellen
FSC® C084698